Paru dans Le Livre de Poche :

JUSTINE OU LES MALHEURS DE LA VERTU.
ALINE ET VALCOUR.

Collection dirigée par Michel Simonin

D.A.F. DE SADE

Les Crimes de l'amour

ÉDITION ÉTABLIE SUR LES TEXTES ORIGINAUX
PRÉSENTÉE ET COMMENTÉE
PAR BÉATRICE DIDIER

LE LIVRE DE POCHE
classique

Professeur de littérature française à l'Université de Paris
(VIIIe), Béatrice Didier est l'auteur d'une thèse importante
sur *L'Imaginaire chez Senancour*, et d'une *Histoire de la
littérature française, 1778-1820*. Spécialiste du XVIIIe siècle
et de la première période romantique, elle a donné des
études sur Sade, Rétif de La Bretonne, Benjamin Constant,
Stendhal, Chateaubriand, etc. Collabore au *Monde*, à la
N.R.F., *Littérature*, etc.

INCESTE ET ÉCRITURE CHEZ SADE

DE tous les crimes de l'amour, celui qui semble jouir dans ces nouvelles d'une place privilégiée c'est, assurément, l'inceste. Le nœud
tragique de *Dorgeville* s'exprime en cette seule
phrase : « Eh bien! Dorgeville, reconnaissez cette
sœur criminelle dans votre épouse infortunée. »
Dans *Florville et Courval* le thème atteint à une
plus grande complexité; et l'on sent avec quelle
jubilation le romancier-démiurge permet, à
l'approche du dénouement, cette révélation de
la multiplicité des liens et des crimes noués en
un seul nœud : « Reconnais-moi, Senneval,
reconnais à la fois ta sœur, celle que tu as séduite
à Nancy, la meurtrière de ton fils, l'épouse de
ton père, et l'infâme créature qui a traîné ta
mère à l'échafaud. » *Eugénie de Franval,* à l'opposé, est d'une extrême simplicité; mais cette
unité s'opère autour d'une seule passion, exclu-
sive, longuement préparée et mûrie : l'amour du
père pour sa très jeune fille.

A la même époque, Sade compose les *Cent
vingt journées* où il imagine une société de libertins unis par un réseau de liens incestueux :
« Depuis plus de six ans ces quatre libertins,

qu'unissait une conformité de richesses et de goûts, avaient imaginé de resserrer leurs liens par des alliances où la débauche avait bien plus de part qu'aucun des autres motifs qui fondent ordinairement ces liens. » Dans la *Philosophie dans le boudoir,* Eugénie exulte : « Me voilà donc à la fois incestueuse, adultère, sodomite ! »

A cette pratique de l'inceste par les personnages les plus significatifs de l'univers sadien, vient se joindre, doublure essentielle de l'acte, une théorie. Dans *Eugénie de Franval,* le père fait appel à l'antiquité des traditions, et, puisque justement son interlocuteur est un prêtre, à la Bible et à l'histoire de Loth. Dans *Français encore un effort si vous voulez être républicains,* Sade entreprend la justification politique de l'inceste : « L'inceste est-il dangereux ? Non, sans doute ; il étend les liens des familles et rend par conséquent plus actif l'amour des citoyens pour la patrie. » Suivent alors d'innombrables exemples où Sade recourt à toute une érudition historique et géographique, pour en venir finalement à cette constatation que l'inceste est une conséquence directe de cette « communauté des femmes » qu'il faut établir dans la véritable république.

On peut invoquer une tradition à la fois philosophique et littéraire. Tous ces arguments, tous ces exemples, Sade les a puisés dans la science historique que lui lèguent les « Philosophes » du Siècle des lumières, ainsi que les récits des voyageurs, Chardin ou Bougainville. L'inceste est à la mode aussi dans l'univers romanesque, et cette mode se prolongera à l'aube du XIXᵉ siècle pour aboutir au récit des amours interdites de René.

On sent bien cependant à l'insistance, à la violence de Sade, dès qu'il aborde ce sujet, qu'une étude des « sources » et des « influences » est absolument inopérante. Nous sommes devant l'une des pulsions fondamentales de l'imagination, de la philosophie, du désir sadiens. Il est certes bien difficile, et peut-être vain, de voir quelles ont pu être les incidences biographiques de ce désir. On connaît fort mal l'enfance des écrivains de cette époque; on peut cependant penser avec P. Klossowski que « chez Sade, on se trouverait en présence d'un complexe œdipien, non pas déterminé, comme c'est le cas d'un grand nombre de névrosés par une inhibition de l'inceste procédant de l'angoisse de la castration, mais dû au regret d'avoir voulu sacrifier le père à cette fausse idole, la mère[1]. » Nous constaterons, en effet, le rôle très défavorisé de la mère dans la plupart des incestes sadiens. L'autre incidence incestueuse dans la vie de Sade est tardive et relativement bénigne : il s'agit de l'enlèvement de sa belle-sœur Anne-Prospère de Launay, la chanoinesse. Cette figure transposée de l'inceste sororal est finalement assez secondaire.

Toutes les formes de l'inceste n'ont pas évidemment la même importance. Le rapport mère-fils est absolument défavorisé, tandis que le rapport père-fille est exalté. Et ce rapport implique, en corollaire, le sacrifice de la mère. Dans *Eugénie de Franval* cette oblation est d'abord purement psychologique : c'est la douleur de Mme de Franval; mais bientôt, il faudra en venir au meurtre, par l'empoisonnement que le père charge la fille de perpétrer. L'inceste mère-fille de la *Philosophie dans le boudoir* est essentiellement un viol, un meurtre de la mère, aux anti-

1. *Sade mon prochain,* Seuil, 1967, pp. 177-178.

podes du consentement et du bonheur si
évidents entre le père et la fille dans *Eugénie de
Franval* (le dénouement tragique est visiblement
superflu et parodique : le ton général de cette
nouvelle, c'est le bonheur des amants). Or dans
la *Philosophie,* la mère a été livrée à la fille par le
père lui-même. Les incestes entre frères et sœurs
n'ont pas ce rayonnement, ce bonheur privilégié
du rapport père-fille. Que l'on se reporte à
Florville et Courval : on n'y trouvera nulle part
de scène comparable à l'apothéose d'Eugénie
dans *Eugénie de Franval*. L'inceste sororal n'est
qu'une forme affaiblie, métaphorique de l'inceste essentiel. Voilà pourquoi Eugénie, tant
qu'elle n'a pas consommé l'acte, appelle son
père : « mon ami, mon frère ».

Le père se trouve alors doublement possesseur,
puisqu'il ajoute à ses droits traditionnels sur la
fille mineure, ceux de l'amant. Il n'y a donc plus
de borne à la volonté de puissance. Outre cette
force contenue dans la nature même de la relation, Sade se plaît à donner à son héros toutes
les formes du pouvoir. Et d'abord la richesse.
Les maîtres du château de Silling sont de très
grands seigneurs; M. de Franval « possédait, avec
400 000 livres de rente, la plus belle taille, la
physionomie la plus agréable, et les talents
les plus variés ».

La joie essentielle du père consiste à retrouver
le reflet de lui-même dans sa fille, mais un reflet
suffisamment différent pour qu'il puisse être
dominé. C'est alors que la jouissance est double,
à la fois du maître et de l'esclave fondus dans
cette joie unique. On voit fort bien, chez Franval,
à quel point le plaisir de l'inceste s'apparente
au bonheur narcissique, à l'onanisme; mais à un
onanisme privé de toute tristesse. On comprend

aussi à quel point s'établit une analogie entre la situation incestueuse et la situation du prisonnier, et plus particulièrement de ce prisonnier qu'est Sade écrivain. De même qu'il est privé de toute relation avec le monde extérieur, le couple incestueux refuse cette relation vers l'ailleurs, le dehors. Mais, tandis que la claustration est pénible, et privative, Sade se complaît à imaginer la solitude de l'inceste comme le bonheur suprême. Eugénie se réjouit à l'idée d'éviter à tout jamais un contact avec un « étranger » : « Moi, poursuivait-elle, avec chaleur, moi, me joindre à un étranger qui, n'ayant pas comme toi de doubles raisons pour m'aimer mettrait à la mesure de ses sentiments tout au plus celle de ses désirs. » La multiplication par deux que suggère le mot « doubles », en fait, permet l'accès à l'infini du désir et du sentiment qui, dans cette relation privilégiée, seront miraculeusement, exceptionnellement concordants.

Mais ce refus de l'exogamie par Eugénie n'en est pas moins très caractéristique. Il se situe aux sources mêmes de l'interdit, du tabou de l'inceste, si l'on admet avec Lévi-Strauss que l'origine de l'interdit est à rechercher dans un mouvement général d'échange d'où la société tire sa vie propre : « Le groupe au sein duquel le mariage est interdit évoque aussitôt la notion d'un autre groupe... au sein duquel le mariage est, selon les cas, simplement possible, ou inévitable; la prohibition de l'usage sexuel de la fille ou de la sœur contraint à donner en mariage la fille ou la sœur à un autre homme et, en même temps, elle crée un droit sur la fille ou la sœur de cet autre homme. Ainsi toutes les stipulations négatives de la prohibition ont-elles une contrepartie positive[1]. » Le refus d'Eugénie, c'est donc le refus de toute communication avec le monde extérieur, la volonté de demeurer dans son clan. Peut-être pourrait-on y voir une figure paroxystique, extrême, du désir de ne pas déchoir, de se marier dans sa classe — ramenée à la limite à sa seule famille. Le fantasme de l'inceste à la fin du XVIIIe siècle trahirait donc à la fois le désir et la peur de l'enfermement sur soi, dans une classe — la noblesse — qui prend conscience de n'être plus la classe dominante.

On verra aussi dans l'inceste sadien une forme de manichéisme. Le mal se trouve assimilé avec l'extérieur. L'inceste est donc, paradoxalement, le moyen d'assumer pleinement une pureté absolue. A l'appui de cette interprétation, on citera toute une tradition hérésiarque que Sade a fort bien pu connaître et dont Stendhal se fera encore l'écho dans les *Cenci* : François « donnait à entendre à cette pauvre fille une hérésie effroyable, que j'ose à peine rapporter, à savoir que, lorsqu'un père connaît sa propre fille, les enfants qui naissent sont nécessairement des saints, et que tous les plus grands saints vénérés par l'Église sont nés de cette façon ». On se rappellera alors que l'Eugénie de la *Philosophie dans le boudoir,* qui exécute sa mère, suivant l'ordre du père, et Eugénie de Franval qui connaît le bonheur de l'inceste avec son père, portent le même nom, qui indique la bonté, la beauté, la pureté de la race : il importait qu'elles ne déchoient pas. Eugénie de Franval se trouve donc conserver parfaitement cette pureté du sang que son nom même symbolise.

L'inceste, parce qu'il participe d'une image de

[1]. *Structures élémentaires de la parenté,* P. U. F., 1949, p. 65.

la claustration, tout autant que pour des raisons sociales, va permettre tout un jeu du secret et du dévoilement. Dans une nouvelle comme *Florville et Courval,* le caractère caché de l'inceste est évident : le procès du récit consiste donc en une révélation. Dans *Dorgeville* également, le dévoilement intervient à la fin; il constitue le dénouement même. Plus qu'un fait nouveau, qui ne pourrait guère qu'être négatif, un suicide par exemple, le dénouement est simplement une brusque lumière jetée sur tout un passé, dont la densité peut recouvrir plusieurs années et une extrême complexité d'intrigues. Il n'en est pas du tout ainsi dans *Eugénie de Franval,* là encore privilégiée, puisque l'inceste est éclairé dès le départ, posé comme théorème initial. Le rôle qui était départi dans d'autres nouvelles à toute une tactique visant à *cacher,* va être ici remplacé, au contraire, par la démarche très exactement inverse : une tactique de la mise en scène. Le tabou sera enfreint doublement, puisque non pas dans l'ombre, mais en pleine lumière, et comme sur la scène d'un théâtre. Franval a rigoureusement ordonnancé la fête au cours de laquelle sa fille se donnera à lui : Eugénie sera placée sur « un trône de roses » et parée « comme ces vierges qu'on consacrait jadis au temple de Vénus ». Les décors iront en se diversifiant encore : « Là, dans une salle décorée, Eugénie, sur un piédestal, représentait une jeune sauvage fatiguée de la chasse et s'appuyant sur un tronc de palmier, dont les branches élevées cachaient une infinité de lumières disposées de façon que les reflets, ne portant que sur les charmes de cette belle fille, les faisaient valoir avec plus d'art. » C'est que ce jour-là Eugénie devait se montrer à l'ami de Franval, Valmont, qui n'a le droit que de la voir, pour prix de la perversité avec laquelle il séduira la mère. C'est dire que la vue est, à elle seule, une récompense d'une des formes atténuées du meurtre de la mère qui précèdent, dans cette nouvelle, son exécution finale. Pour ce plaisir de voyeur qu'elle procure à Valmont, Eugénie entend bien qu'il lui rende la monnaie de sa pièce et la convie à son tour, pour qu'elle s'assure « par ses yeux mêmes de la chute de sa mère ». Dans *Eugénie de Franval*, comme dans les *Cenci*, l'inceste non plus honteux, et comme imposé par une fatalité, mais glorieux, conscient, voulu, s'accompagne de voyeurisme; l'érotisme y trouve son compte, tandis qu'est proclamée la négation de tout principe moral et social.

Car l'inceste chez Sade est finalement une des formes les plus efficaces de la négation. D'abord parce que le tabou est si fortement ancré que, sur ce point, Sade n'a rien perdu de sa violence, de sa force — que l'on se réfère à la polémique sur *Le Souffle au cœur*. Ensuite, parce que, grâce aux origines mêmes de l'interdit, l'inceste permet de nier à la fois l'ordre social et l'ordre religieux. La contestation essentielle et sans compromis de Sade devait donc, par une sorte de nécessité, réserver une place privilégiée à l'inceste.

Arme de combat, l'exaltation de l'inceste répond donc aux pulsions fondamentales de Sade; elle est l'expression absolue et parfaite de cet univers de la claustration, de cet enfermement, de la prison qui devint vite pour Sade plus que l'entrave même de son existence : la figure essentielle de son univers. Si le marquis a souffert de retrouver dans le cachot de la Bastille ou de Vincennes, l'emprisonnement premier et utérin, il se venge donc de cette double prison, en créant une claustration glorieuse et bienheureuse, celle d'Eugénie et de son père. Mais il faut dépasser ce plan, et l'on voit qu'il s'agit de beaucoup plus que d'une revanche sur la vie, grâce à l'œuvre. L'inceste ne tient une telle place dans le monde sadien que parce qu'il est, en définitive, une figure de l'écriture, du moins telle que la pratique Sade. Dans les deux démarches, on trouve le même point de départ : cette volonté d'enfreindre un tabou; — en disant, et surtout en écrivant ce que l'on ne doit pas dire, et encore moins écrire, l'écrivain s'affronte à un interdit, en sachant très bien que là, comme son personnage par l'inceste, il remet en question tout le système social, tout le code des signes. L'écrivain connaît alors la claustration du libertin. Sade a été emprisonné surtout à partir du Concordat pour ses écrits, plus que pour ses actes. Mais un autre danger le menaçait : le système même de l'écriture pouvait être sa prison, du moins s'il ne parvenait pas à le réformer complètement. Or, Sade, comme Franval, réussit à métamorphoser l'emprisonnement dans les mots, dans le secret de l'œuvre, en une révélation glorieuse et éclatante de ce scandale, de cette déchirure essentielle, de cette mort de la mère qu'est le fait même d'écrire.

BÉATRICE DIDIER.

LES CRIMES DE L'AMOUR

LE TEXTE

Notre texte est établi sur l'édition originale qu'il reproduit, à une exception près, mais importante et significative. Nous avons rétabli les passages (signalés par un astérisque en tête et à la fin) du manuscrit d'**Eugénie de Franval** qui avaient fait l'objet de l'auto-censure de Sade, pour les raisons contraignantes que le lecteur discernera clairement.

Les notes dans le texte sont de Sade.

FAXELANGE
OU
LES TORTS DE L'AMBITION

M. et Mme de Faxelange, possédant 30 à 35 000 livres de rentes, vivaient ordinairement à Paris. Ils n'avaient pour unique fruit de leur hymen qu'une fille, belle comme la déesse même de la Jeunesse. M. de Faxelange avait servi, mais il s'était retiré jeune, et ne s'occupait depuis lors que des soins de son ménage et de l'éducation de sa fille. C'était un homme fort doux, peu de génie, et d'un excellent caractère; sa femme, à peu près de son âge, c'est-à-dire quarante-cinq à cinquante ans, avait un peu plus de finesse dans l'esprit, mais à tout prendre, il y avait entre ces deux époux beaucoup plus de candeur et de bonne foi, que d'astuce et de méfiance.

Mlle de Faxelange venait d'atteindre sa seizième année; elle avait une de ces espèces de figures romantiques, dont chaque trait peint une vertu; une peau très blanche, de beaux yeux bleus, la bouche un peu grande, mais bien ornée, une taille souple et légère, et les plus beaux cheveux du monde. Son esprit était doux comme son caractère; incapable de faire le mal, elle en était encore à ne pas même imaginer qu'il pût se commettre; c'était, en un mot, l'innocence et la candeur embellies par la main des Grâces. Mlle de Faxelange était instruite; on n'avait rien épargné pour son éducation; elle parlait fort bien l'anglais et l'italien, elle jouait de plusieurs instruments, et peignait la miniature avec goût. Fille unique et destinée, par conséquent, à réunir un jour le bien de sa famille, quoique médiocre, elle devait s'attendre à un mariage avantageux, et c'était depuis dix-huit mois la seule occupation de ses parents. Mais le cœur de Mlle de Faxelange n'avait pas attendu l'aveu des auteurs de ses jours pour oser se donner tout entier, il y avait plus de trois ans qu'elle n'en était plus la maîtresse. M. de Goé qui lui appartenait un peu, et qui allait souvent chez elle à ce titre, était l'objet chéri de cette tendre fille; elle l'aimait avec une sincérité... une délicatesse qui rappelaient ces sentiments précieux du vieil âge, si corrompus par notre dépravation.

M. de Goé méritait sans doute un tel bonheur; il avait vingt-trois ans, une belle taille, une figure charmante, et un caractère de franchise absolument fait pour sympathiser avec celui de sa belle cousine; il était officier de dragons, mais peu riche; il lui fallait une fille à grosse dot, ainsi qu'un homme opulent à sa cousine, qui, quoique héritière, n'avait pourtant pas une fortune immense, ainsi que nous venons de le dire, et par conséquent tous deux voyaient bien que leurs intentions ne seraient jamais remplies et que les feux dont ils brûlaient l'un et l'autre se consumeraient en soupirs.

M. de Goé n'avait jamais instruit les parents de Mlle de Faxelange des sentiments qu'il avait pour leur fille; il se doutait du refus, et sa fierté s'opposait à ce qu'il se mît dans le cas de les entendre. Mlle de Faxelange, mille fois plus timide encore, s'était également bien gardée d'en dire un mot; ainsi cette douce et vertueuse intrigue, resserrée par les nœuds du plus tendre amour, se nourrissait en paix dans l'ombre du silence, mais quelque chose qui pût arriver, tous deux s'étaient bien promis de ne céder à aucune sollicitation et de n'être jamais l'un qu'à l'autre.

Nos jeunes amants en étaient là, lorsqu'un ami de M. de Faxelange vint lui demander la permission de lui présenter un homme de province qui venait de lui être indirectement recommandé.

« Ce n'est pas pour rien que je vous fais cette proposition, dit M. de Belleval; l'homme dont je vous parle a des biens prodigieux en France et de superbes habitations en Amérique. L'unique objet de son voyage est de chercher une femme à Paris; peut-être l'emmènera-t-il dans le nouveau monde, c'est la seule chose que je craigne; mais à cela près, si la circonstance ne vous effraie pas trop, il est bien sûr que c'est, dans tous les points, ce qui conviendrait à votre fille. Il a trente-deux ans, la figure n'est pas très agréable... quelque chose d'un peu sombre dans les yeux, mais un maintien très noble et une éducation singulièrement cultivée.

— Amenez-nous-le », dit M. de Faxelange...

Et s'adressant à son épouse :

« Qu'en dites-vous, madame?

— Il faudra voir, répondit celle-ci; si c'est vraiment un parti convenable, j'y donne les mains de tout mon cœur, quelque peine que puisse me faire éprouver la séparation de ma fille... Je l'adore, son absence me désolera, mais je ne m'opposerai point à son bonheur. »

M. de Belleval, enchanté de ses premières

ouvertures, prend jour avec les deux époux, et
l'on convient que le jeudi d'ensuite le baron de
Franlo sera présenté chez Mme de Faxelange.

M. le baron de Franlo était à Paris depuis
un mois, occupant le plus bel appartement de
l'hôtel de Chartres, ayant un très beau remise,
deux laquais, un valet de chambre, une grande
quantité de bijoux, un portefeuille plein de
lettres de change, et les plus beaux habits du
monde. Il ne connaissait nullement M. de Belleval, mais il connaissait, prétendait-il, un ami
intime de ce M. de Belleval, qui, loin de Paris
pour dix-huit mois, ne pouvait être, par conséquent, d'aucune utilité au baron; il s'était présenté à la porte de cet homme; on lui avait dit
qu'il était absent, mais que M. de Belleval étant
son plus intime ami, il ferait bien de l'aller
trouver; en conséquence, c'était à M. de Belleval
que le baron avait présenté ses lettres de recommandation, et M. de Belleval, pour rendre service à un honnête homme, ne s'était pas fait
difficulté de les ouvrir, et de rendre au baron
tous les soins que cet étranger eût reçu de l'ami
de Belleval, s'il se fût trouvé présent.

Belleval ne connaissait nullement les personnes
de province qui recommandaient le baron, il ne
les avait même jamais entendu nommer à son
ami, mais il pouvait fort bien ne pas connaître
tout ce que son ami connaissait; ainsi nul
obstacle à l'intérêt qu'il affiche dès lors pour
Franlo. C'est un ami de mon ami; n'en voilà-t-il
pas plus qu'il n'en faut pour légitimer dans le
cœur d'un honnête homme le motif qui l'engage
à rendre service?

M. de Belleval, chargé du baron de Franlo,
le conduisait donc partout; aux promenades,
aux spectacles, chez les marchands, on ne les

rencontrait jamais qu'ensemble. Il était essentiel d'établir ces détails, afin de légitimer l'intérêt que Belleval prenait à Franlo, et les raisons pour lesquelles le croyant un excellent parti, il le présentait chez les Faxelange.

Le jour pris pour la visite attendue, Mme de Faxelange, sans prévenir sa fille, la fait parer de ses plus beaux atours; elle lui recommande d'être la plus polie et la plus aimable possible, devant l'étranger qu'elle va voir, et de faire sans difficulté usage de ses talents, si on l'exige, parce que cet étranger est un homme qui leur est personnellement recommandé, et que M. de Faxelange et elle ont des raisons de bien recevoir.

Cinq heures sonnent; c'était l'instant annoncé, et M. de Franlo paraît sous l'escorte de M. de Belleval; il était impossible d'être mieux mis, d'avoir un ton plus décent, un maintien plus honnête, mais nous l'avons dit, il y avait un certain je ne sais quoi dans la physionomie de cet homme qui déprévenait sur-le-champ, et ce n'était que par beaucoup d'art dans ses manières, beaucoup de jeu dans les traits de son visage, qu'il réussissait à couvrir ce défaut.

La conversation s'engage; on y discute différents objets, et M. de Franlo les traite tous, comme l'homme du monde le mieux élevé..., le plus instruit. On raisonne sur les sciences; M. de Franlo les analyse toutes; les arts ont leur tour; Franlo prouve qu'il les connaît, et qu'il n'en est aucun dont il n'ait quelquefois fait ses délices... En politique, même profondeur; cet homme règle le monde entier, et tout cela, sans affectation, sans se prévaloir, mêlant à tout ce qu'il dit un air de modestie qui semble demander l'indulgence et prévenir qu'il peut se tromper, qu'il est bien loin d'être sûr de ce qu'il ose

avancer. On parle musique. M. de Belleval prie
Mlle de Faxelange de chanter; elle le fait en
rougissant, et Franlo, au second air, lui demande
la permission de l'accompagner d'une guitare
qu'il voit sur un fauteuil; il pince cet instrument
avec toutes les grâces et tout la justesse possibles,
laissant voir à ses doigts, sans affectation, des
bagues d'un prix prodigieux. Mlle de Faxelange
reprend un troisième air, absolument du jour;
M. de Franlo l'accompagne sur le piano avec
toute la précision des plus grands maîtres. On
invite Mlle de Faxelange à lire quelques traits
de Pope en anglais; Franlo lie sur-le-champ la
conversation dans cette langue, et prouve qu'il la
possède au mieux.

Cependant la visite se termina sans qu'il fût
rien échappé au baron, qui témoignât sa façon
de penser sur Mlle de Faxelange, et le père de
cette jeune personne, enthousiasmé de sa nouvelle connaissance, ne voulut jamais se séparer
sans une promesse intime de M. de Franlo de
venir dîner chez lui le dimanche d'ensuite.

Mme de Faxelange, moins engouée, en raison-
nant le soir sur ce personnage, ne se rencontra
pas tout à fait de l'avis de son époux; elle trouvait, disait-elle, à cet homme, quelque chose de
si révoltant au premier coup d'œil, qu'il lui semblait que s'il venait à désirer sa fille, elle ne la lui
donnerait jamais qu'avec beaucoup de peine.
Son mari combattit cette répugnance; Franlo
était, disait-il, un homme charmant; il était impossible d'être plus instruit, d'avoir un plus joli
maintien; que pouvait faire la figure? faut-il
s'arrêter à ces choses-là dans un homme? Que
Mme de Faxelange au reste n'eût pas de craintes,
elle ne serait pas assez heureuse pour que Franlo
voulût jamais s'allier à elle, mais si par hasard

il le voulait, ce serait assurément une folie que
de manquer un tel parti. Leur fille devait-elle
jamais s'attendre à en trouver un de cette importance? Tout cela ne convainquait pas une mère
prudente; elle prétendait que la physionomie
était le miroir de l'âme, et que si celle de Franlo
répondait à sa figure, assurément ce n'était point
là le mari qui devait rendre sa chère fille heureuse.

Le jour du dîner arriva : Franlo mieux paré
que l'autre fois, plus profond et plus aimable
encore, en fit l'ornement et les délices; on le mit
au jeu en sortant de table avec Mlle de Faxelange,
Belleval et un autre homme de la société; Franlo
fut très malheureux et le fut avec une noblesse
étonnante, il perdit tout ce qu'on peut perdre;
c'est souvent une manière d'être aimable dans le
monde, notre homme ne l'ignorait pas. Un peu
de musique suivit, et M. de Franlo joua de trois
ou quatre sortes d'instruments divers. La journée
se termina par *les Français,* où le baron donna
publiquement la main à Mlle de Faxelange, et
l'on se sépara.

Un mois se passa de la sorte, sans qu'on n'en-
tendît parler d'aucune proposition; chacun de
son côté se tenait sur la réserve; les Faxelange
ne voulaient pas se jeter à la tête, et Franlo, qui
de son côté désirait fort de réussir, craignait de
tout gâter par trop d'empressement.

Enfin M. de Belleval parut, et pour cette fois,
chargé d'une négociation en règle, il déclara for-
mellement à M. et Mme de Faxelange que
M. le baron de Franlo, originaire du Vivarais,
possédant de très grands biens en Amérique, et
désirant de se marier, avait jeté les yeux sur Mlle
de Faxelange, et faisait demander aux parents
de cette charmante personne s'il lui était permis
de former quelque espoir.

Les premières réponses, pour la forme, furent
que Mlle de Faxelange était encore bien jeune
pour s'occuper de l'établir, et quinze jours après
on fit prier le baron à dîner; là, M. de Franlo
fut engagé à s'expliquer. Il dit : qu'il possédait
trois terres en Vivarais, de la valeur de 12 à
15 000 livres de rente chacune; que son père
ayant passé en Amérique y avait épousé une
créole, dont il avait eu près d'un million de bien,
qu'il héritait de ces possessions n'ayant plus de
parents, et que ne les ayant jamais reconnues, il
était décidé à y aller avec sa femme aussitôt qu'il
serait marié.

Cette clause déplut à Mme de Faxelange, elle
avoua ses craintes; à cela Franlo répondit qu'on
allait maintenant en Amérique comme en Angleterre, que ce voyage était indispensable pour lui,
mais qu'il ne durerait que deux ans, et qu'à ce
terme, il s'engageait à ramener sa femme à Paris;
qu'il ne restait donc plus que l'article de la séparation de la chère fille avec sa mère, mais qu'il
fallait bien toujours qu'elle eût lieu, son projet
n'étant pas d'habiter constamment Paris, où ne
se trouvant qu'au ton de tout le monde, il ne
pouvait être avec le même agrément que dans
des terres où sa fortune lui faisait jouer un grand
rôle. On entra ensuite dans quelques autres
détails, et cette première entrevue cessa, en
priant Franlo de vouloir bien donner lui-même
le nom de quelqu'un de connu dans sa province
à qui l'on pût s'adresser pour les informations,
toujours d'usage en pareil cas. Franlo, nullement surpris du projet de ces sûretés, les
approuva, les conseilla, et dit que ce qui lui
paraissait le plus simple et le plus prompt était
de s'adresser dans les bureaux du ministre. Le
moyen fut approuvé; M. de Faxelange y fut le

lendemain, il parla au ministre même, qui lui
certifia que M. de Franlo, actuellement à Paris,
était très certainement un des hommes du Vivarais, et qui valût le mieux, et qui fût le plus
riche. M. de Faxelange, plus échauffé que jamais sur cette affaire, rapporta ces excellentes
nouvelles à sa femme, et n'ayant pas envie de
différer plus longtemps, on fit venir Mlle de
Faxelange dès le même soir, et l'on lui proposa
M. de Franlo pour époux.

Depuis quinze jours cette charmante fille
s'était bien aperçue qu'il y avait quelques projets
d'établissement pour elle, et par un caprice assez
ordinaire aux femmes, l'orgueil imposa silence à
l'amour; flattée du luxe et de la magnificence de
Franlo, elle lui donna insensiblement la préférence
sur M. de Goé, de manière qu'elle répondît affir-
mativement qu'elle était prête à faire ce qu'on
lui proposait et qu'elle obéirait à sa famille.

Goé n'avait pas été de son côté dans une telle
indifférence qu'il n'eût appris une partie de ce
qui se passait. Il accourut chez sa maîtresse et
fut consterné du froid qu'elle afficha; il s'exprime
avec toute la chaleur que lui inspire le feu dont
il brûle, il mêle à l'amour le plus tendre, les
reproches les plus amers, il dit à celle qu'il
aime, qu'il voit bien d'où naît un changement
qui lui donne la mort; aurait-il dû la soupçonner jamais d'une infidélité si cruelle! Des larmes
viennent ajouter de l'intérêt et de l'énergie aux
sanglantes plaintes de ce jeune homme; Mlle de
Faxelange s'émeut, elle avoue sa faiblesse, et tous
deux conviennent qu'il n'y a pas d'autre façon
de réparer le mal commis, que de faire agir les
parents de M. de Goé; cette résolution se suit;
le jeune homme tombe aux pieds de son père, il
le conjure de lui obtenir la main de sa cousine, il

proteste d'abandonner à jamais la France si on
lui refuse cette faveur, et fait tant, que M. de
Goé, attendri, va dès le lendemain trouver Faxelange et lui demande sa fille. Il est remercié de
l'honneur qu'il fait; mais on lui déclare qu'il
n'est plus temps et que les paroles sont données.
M. de Goé qui n'agit que par complaisance, qui,
dans le fond, n'est point fâché de voir mettre des
obstacles à un mariage qui ne lui convient pas trop,
revient annoncer froidement cette nouvelle à son
fils, le conjure en même temps de changer d'idée
et de ne point s'opposer au bonheur de sa cousine.

Le jeune Goé, furieux, ne promet rien; il
accourt chez Mlle de Faxelange, qui flottant sans
cesse entre son amour et sa vanité, est bien moins
délicate cette fois-ci que l'autre, et tâche d'engager son amant à se consoler du parti qu'elle est
à la veille de prendre; M. de Goé essaye de paraître calme, il se contient, il baise la main de sa
cousine et sort dans un état d'autant plus cruel,
qu'il est contraint à le déguiser, pas assez cependant pour ne pas jurer à sa maîtresse qu'il n'ado-
rera jamais qu'elle, mais qu'il ne veut pas troubler son bonheur.

Franlo, pendant ceci, prévenu par Belleval,
qu'il est temps d'attaquer sérieusement le cœur
de Mlle de Faxelange, attendu qu'il y a des
rivaux à craindre, met tout en usage pour se
rendre encore plus aimable; il envoie des présents superbes à sa future épouse, qui, d'accord
avec ses parents, ne fait aucune difficulté de recevoir les galanteries d'un homme qu'elle doit
regarder comme son mari; il loue une maison
charmante à deux lieues de Paris, et y donne
pendant huit jours de suite des fêtes délicieuses
à sa maîtresse; ne cessant de joindre ainsi la
séduction la plus adroite aux démarches sérieuses

qui doivent tout conclure, il a bientôt tourné la tête de notre chère fille, il en a bientôt effacé son rival.

Il restait pourtant à Mlle de Faxelange des moments de souvenirs, où ses larmes coulaient involontairement; elle éprouvait des remords affreux de trahir ainsi le premier objet de sa tendresse, celui qu'elle avait tant aimé depuis son enfance... « Qu'a-t-il donc fait pour mériter cet abandon de ma part? se demandait-elle avec douleur. A-t-il cessé de m'adorer?... hélas non, et je le trahis... et pour qui, grand dieu! pour qui donc?... pour un homme que je ne connais point... qui me séduit par son faste... et qui me fera peut-être payer bien cher cette gloire où je sacrifie mon amour... Ah! les vaines fleurettes qui me séduisent... valent-elles ces expressions délicieuses de Goé... ces serments si sacrés de m'adorer toujours... ces larmes du sentiment qui les accompagnent... O Dieu! que de regrets, si j'allais être trompée! »; mais pendant toutes ces réflexions, on parait la divinité pour une fête, on l'embellissait des présents de Franlo, et elle oubliait ses remords.

Une nuit, elle rêva que son prétendu, transformé en bête féroce, la précipitait dans un gouffre de sang où surnageait une foule de cadavres, elle élevait en vain sa voix pour obtenir des secours de son mari, il ne l'écoutait pas... Goé survient, il la retire, il l'abandonne... elle s'évanouit... Ce rêve affreux la rendit malade deux jours; une nouvelle fête dissipa ces farouches illusions et Mlle de Faxelange, séduite, fut au point de s'en vouloir à elle-même de l'impression qu'elle avait pu ressentir de ce chimérique rêve[1].

1. Les rêves sont des mouvements secrets qu'on ne met pas assez à leur vraie place; la moitié des hommes s'en moque, l'autre portion y ajoute foi; il n'y aurait aucun in-

Tout se préparait enfin, et Franlo, pressé de conclure, était au moment de prendre jour, quand notre héroïne reçut de lui, un matin, le billet suivant :

Un homme furieux et que je ne connais point, me prive du bonheur de donner ce soir à souper, comme je m'en flattais, à Monsieur et Madame de Faxelange et à leur adorable fille ; cet homme, qui dit que je lui enlève le bonheur de sa vie, a voulu se battre et m'a donné un coup d'épée, que je lui rendrai, j'espère, dans quatre jours ; mais on me met au régime vingt-quatre heures. Quelle privation pour moi de ne pouvoir, comme je l'espérais ce soir, renouveler à Mademoiselle de Faxelange les serments de l'amour.

Du baron de FRANLO.

convénient à les écouter, et à s'y rendre même dans le cas que je vais dire. Lorsque nous attendons le résultat d'un événements quelconque, et que la manière dont il doit succéder pour nous, nous occupe tout le long du jour, nous y rêvons très certainement ; or, notre esprit alors, uniquement occupé de son objet, nous fait presque toujours voir une des faces de cet événement où nous n'avons souvent pas pensé pendant la veille, et dans ce cas, quelle superstition, quel inconvénient, quelle faute enfin contre la philosophie y aurait-il, à classer dans le nombre des résultats de l'événement attendu, celui que le rêve nous a offert, et à se conduire en conséquence. Il me semble que ce ne serait qu'un surcroît de sagesse ; car enfin, ce rêve, est sur le résultat de l'événement en question, un des efforts de l'esprit, qui nous ouvre et indique une face nouvelle à l'événement ; que cet effort se fasse en dormant, ou en veillant, qu'importe : voilà toujours une des combinaisons trouvées, et tout ce que vous ferez en raison d'elle ne peut jamais être une folie et ne doit être jamais accusé de superstition. L'ignorance de nos pères les conduisait sans doute à de grandes absurdités ; mais croit-on que la philosophie n'ait pas aussi ses écueils ; à force d'analyser la nature, nous ressemblons au chimiste qui se ruine pour faire un peu d'or. Élaguons, mais n'anéantissons pas tout, parce qu'il y a dans la nature des choses très singulières et que nous ne devinerons jamais.

Cette lettre ne fut pas un mystère pour Mlle de Faxelange; elle se hâta d'en faire part à sa famille, et crut le devoir pour la sûreté même de son ancien amant, qu'elle était désolée de sentir ainsi se compromettre pour elle... pour elle qui l'outrageait si cruellement; cette démarche hardie et impétueuse d'un homme qu'elle aimait encore balançait furieusement les droits de Franlo; mais si l'un avait attaqué, l'autre avait perdu son sang, et Mlle de Faxelange était dans le malheureux cas de tout interpréter maintenant en faveur de Franlo; Goé eut donc tort, et Franlo fut plaint.

Pendant que M. de Faxelange vole chez le père de Goé pour le prévenir de ce qui se passe, Belleval, Mme et Mlle de Faxelange vont consoler Franlo qui les reçoit sur une chaise longue, dans le déshabillé le plus coquet, et avec cette sorte d'abattement dans la figure, qui semblait remplacer par de l'intérêt ce qu'on y trouvait parfois de choquant.

M. de Belleval et son protégé profitèrent de la circonstance pour engager Mme de Faxelange à presser : cette affaire pouvait avoir des suites... obliger peut-être Franlo à quitter Paris, le voudrait-il sans avoir terminé... et mille autres raisons que l'amitié de M. de Belleval et l'adresse de M. de Franlo trouvèrent promptement et firent valoir avec énergie.

Mme de Faxelange était tout à fait vaincue; séduite comme toute la famille par l'extérieur de l'ami de Belleval, tourmentée par son mari et ne voyant dans sa fille que d'excellentes dispositions pour cet hymen, elle s'y préparait maintenant sans la moindre répugnance; elle termina donc la visite en assurant Franlo que le premier jour,

où sa santé lui permettrait de sortir, serait celui
du mariage. Notre politique amant témoigna
quelques tendres inquiétudes à Mlle de Faxelange sur le rival que tout cela venait de lui faire
connaître; celle-ci le rassura le plus honnêtement
du monde, en exigeant néanmoins de lui sa parole, qu'il ne poursuivrait jamais Goé, de quelque manière que ce pût être; Franlo promit et
l'on se sépara.

Tout s'arrangeait chez le père de Goé, son fils
était convenu de ce que la violence de son
amour lui avait fait faire; mais sitôt que ce sentiment déplaisait à Mlle de Faxelange, dès qu'il
en était aussi cruellement délaissé, il ne cherche-
rait pas à la contraindre; M. de Faxelange, tranquille, ne songea donc plus qu'à conclure. Il
fallait de l'argent; M. de Franlo, passant tout
de suite en Amérique, était bien aise ou d'y
réparer, ou d'y augmenter ses possessions, et
c'était à cela qu'il comptait placer la dot de sa
femme. On était convenu de 400 000 francs;
c'était une furieuse brèche à la fortune de M. de
Faxelange; mais il n'avait qu'une fille, tout devait lui revenir un jour, c'était une affaire qui ne
se retrouverait plus, il fallait donc se sacrifier.
On vendit, on engagea, bref la somme se trouva
prête le sixième jour depuis l'aventure de Franlo,
et à environ trois mois de l'époque où il avait
vu Mlle de Faxelange pour la première fois. Il
parut enfin comme son époux; les amis, la famille, tout se rassembla; le contrat fut signé,
l'on convint de faire la cérémonie le lendemain
sans éclat et que deux jours après Franlo parti-
rait avec son argent et sa femme.

Le soir de ce fatal jour, M. de Goé fit supplier
sa cousine de lui accorder un rendez-vous dans
un endroit secret qu'il lui indiqua et où il savait

bien que Mlle de Faxelange avait la possibilité
de se rendre; sur le refus de celle-ci, il renvoya
un second message, en faisant assurer sa cousine
que ce qu'il avait à lui dire était d'une trop
grande conséquence, pour qu'elle pût refuser de
l'entendre : notre héroïne infidèle, séduite,
éblouie, mais ne pouvant haïr son ancien amant,
cède enfin et se rend à l'endroit convenu.

« Je ne viens point, dit M. de Goé à sa cousine, dès qu'il l'aperçut, je ne viens point, mademoiselle, troubler ce que votre famille et vous
appelez le bonheur de votre vie, mais la probité
dont je fais profession m'oblige à vous avertir
qu'on vous abuse; l'homme que vous épousez
est un escroc, qui, après vous avoir volée, vous
rendra peut-être la plus malheureuse des femmes;
c'est un fripon et vous êtes trompée. »

A ce discours, Mlle de Faxelange dit à son
cousin, qu'avant de se permettre de diffamer
aussi cruellement quelqu'un, il fallait des preuves
plus claires que le jour.

« Je ne les possède pas encore, dit M. de Goé,
j'en conviens, mais on s'informe, et je puis être
éclairé dans peu. Au nom de tout ce qui vous
est le plus cher, obtenez un délai de vos parents.

— Cher cousin, dit Mlle de Faxelange en souriant, votre feinte est découverte, vos avis ne
sont qu'un prétexte, et les délais que vous exigez, qu'un moyen pour essayer de me détourner
d'un arrangement qui ne peut plus se rompre;
avouez-moi donc votre ruse, je vous la pardonne,
mais ne cherchez pas à m'inquiéter sans raison,
dans un moment où il n'est plus possible de
rien déranger. »

M. de Goé, qui réellement n'avait que des
soupçons, sans aucune certitude réelle, et qui

dans le fait ne cherchait qu'à gagner du temps,
se précipite aux genoux de sa maîtresse : « O toi
que j'adore, s'écrie-t-il, toi que j'idolâtrerai jusqu'au tombeau, c'en est donc fait du bonheur de
mes jours, et tu vas me quitter pour jamais... Je
l'avoue, ce que j'ai dit n'est qu'un soupçon,
mais il ne peut sortir de mon esprit, il me tour-
mente encore plus que le désespoir où je suis
de me séparer de toi... Daigneras-tu au faîte de
ta gloire te souvenir de ces temps si doux de
notre enfance... de ces moments délicieux où
tu me jurais de n'être jamais qu'à moi... Ah!
comme ils ont passé ces instants du plaisir, et
que ceux de la douleur vont être longs! Qu'avais-
je fait pour mériter cet abandon de ta part? Dis,
cruelle, qu'avais-je fait? et pourquoi sacrifies-tu
celui qui t'adore? T'aime-t-il autant que moi,
ce monstre qui te ravit à ma tendresse? T'aime-
t-il depuis aussi longtemps?... »

Des larmes coulaient avec abondance des yeux
du malheureux Goé, et il serrait avec expression
la main de celle qu'il adorait, il la portait alter-
nativement et sur sa bouche et sur son cœur.

Il était difficile que la sensible Faxelange ne
se trouvât pas un peu émue de tant d'agitation.
Elle laissa échapper quelques pleurs. « Mon
cher Goé, dit-elle à son cousin, crois que tu me
seras toujours cher; je suis obligée d'obéir, tu
vois bien qu'il était impossible que nous fussions
jamais l'un à l'autre.

— Nous aurions attendu.

— Oh Dieu! fonder sa prospérité sur le
malheur de ses parents.

— Nous ne l'aurions pas désiré, mais nous
étions en âge d'attendre.

— Et qui m'eût répondu de ta fidélité?

— Ton caractère... tes charmes, tout ce qui

t'appartient... On ne cesse jamais d'aimer, quand c'est toi qu'on adore... Si tu voulais être encore à moi... fuyons au bout de l'univers, ose m'aimer assez pour me suivre.

— Rien au monde ne me déterminerait à cette démarche; va, console-toi, mon ami, oublie-moi, c'est ce qui te reste de plus sage à faire; mille beautés te dédommageront.

— N'ajoute pas l'outrage à l'infidélité; moi t'oublier, cruelle, moi me consoler jamais de ta perte! non, tu ne le crois pas, tu ne m'as jamais soupçonné assez lâche pour oser le croire un instant.

— Ami, trop malheureux, il faut nous séparer; tout ceci ne fait que m'affliger sans remède, il n'en reste plus aux maux dont tu te plains... séparons-nous, c'est le plus sage.

— Eh bien! je vais t'obéir, je vois que c'est la dernière fois de ma vie que je te parle; n'importe, je vais t'obéir, perfide; mais j'exige de toi deux choses, porteras-tu la barbarie jusqu'à me les refuser?

— Eh quoi?

— Une boucle de tes cheveux, et ta parole de m'écrire une fois tous les mois, pour m'apprendre au moins si tu es heureuse... je me consolerai si tu l'es... mais si jamais ce monstre... crois-moi, chère amie, oui, crois-moi... j'irais te chercher au fond des enfers pour t'arracher à lui.

— Que jamais cette crainte ne te trouble, cher cousin, Franlo est le plus honnête des hommes, je ne vois que sincérité... que délicatesse dans lui... je ne lui vois que des projets pour mon bonheur.

— Ah! juste ciel, où est le temps où tu disais que ce bonheur ne serait jamais possible qu'avec moi... Eh bien! m'accordes-tu ce que je te demande?

— Oui, répondit Mlle de Faxelange, tiens, voilà les cheveux que tu désires, et sois bien sûr que je t'écrirai; séparons-nous, il le faut. »

En prononçant ces mots, elle tend une main à son amant, mais la malheureuse se croyait mieux guérie qu'elle ne l'était. Quand elle sentit cette main inondée des pleurs de celui qu'elle avait tant chéri, ses sanglots la suffoquèrent, et elle tomba sur un fauteuil, sans connaissance. Cette scène se passait chez une femme attachée à Mlle de Faxelange, qui se hâta de la secourir, et ses yeux ne se rouvrirent que pour voir son amant arrosant ses genoux des larmes du désespoir; elle rappelle son courage, toutes ses forces, elle le relève. « Adieu, lui dit-elle, adieu, aime toujours celle à qui tu seras cher jusqu'au dernier jour de sa vie; ne me reproche plus ma faute, il n'est plus temps; j'ai été séduite... entraînée... mon cœur ne peut plus écouter que son devoir; mais tous les sentiments qu'il n'exigera pas seront à jamais à toi. Ne me suis point. Adieu! »

Goé se retira dans un état terrible, et Mlle de Faxelange fut chercher dans le sein d'un repos qu'en vain elle implora, quelque calme aux remords dont elle était déchirée, et desquels naissait une sorte de pressentiment dont elle n'était pas la maîtresse. Cependant la cérémonie du jour, les fêtes qui devaient l'embellir, tout calma cette fille trop faible; elle prononça le mot fatal qui la liait à jamais, tout l'étourdit, tout l'entraîna le reste du jour, et dès la même nuit, elle consomma le sacrifice affreux qui la séparait éternellement du seul homme qui fût digne d'elle.

Le lendemain, les apprêts du départ l'occupèrent; le jour d'après, accablée des caresses de

ses parents, Mme de Franlo monta dans la chaise
de poste de son mari munie des 400 000 francs
de sa dot, et l'on partit pour le Vivarais. Franlo
y allait, disait-il, pour six semaines, avant de
s'embarquer pour l'Amérique, où il passerait
sur un vaisseau de La Rochelle, dont il s'était
assuré d'avance.

L'équipage de nos nouveaux époux consistait
en deux valets à cheval appartenant à M. de
Franlo, et une femme de chambre à madame,
attachée à elle depuis l'enfance, que la famille
avait demandé qu'on lui laissât toute la vie. On
devait prendre de nouveaux domestiques quand
on serait au lieu de la destination.

On fut à Lyon sans s'arrêter, et jusque-là, les
plaisirs, la joie, la délicatesse, accompagnèrent
nos deux voyageurs; à Lyon tout change de face.
Au lieu de descendre dans un hôtel garni, comme
le pratiquent d'honnêtes gens, Franlo fut se loger
dans une auberge obscure au-delà du pont de la
Guillotière. Il y soupa, et au bout de deux
heures, il congédia un de ses valets, prit un
fiacre avec l'autre, son épouse et la femme de
chambre, se fit suivre par une charrette où était
tout le bagage, et fut coucher à plus d'une lieue
de la ville, dans un cabaret entièrement isolé
sur les bords du Rhône.

Cette conduite alarma Mme de Franlo.

« Où me conduisez-vous donc, monsieur?
dit-elle à son mari.

— Eh parbleu! madame, dit celui-ci d'un air
brusque... avez-vous peur que je vous perde? Il
semblerait, à vous entendre, que vous fussiez
dans les mains d'un fripon. Nous devons nous
embarquer demain matin; j'ai pour usage, afin
d'être plus à portée, de me loger la veille sur le
bord de l'eau; des bateliers m'attendent là, et

nous perdons ainsi beaucoup moins de temps. »

Mme de Franlo se tut. On arriva dans une tanière dont les abords faisaient frémir; mais quel fut l'étonnement de la malheureuse Faxelange, quand elle entendit la maîtresse de cette effrayante taverne, plus affreuse encore que son logis, quand elle l'entendit dire au prétendu baron :

« Ah! te voilà, Tranche-Montagne, tu t'es fait diablement attendre; fallait-il donc tant de temps pour aller chercher cette fille? Va, il y a bien des nouvelles depuis ton départ; la Roche a été branché hier aux Terreaux... Casse-Bras est encore en prison; on lui fera peut-être son affaire aujourd'hui; mais n'aie point d'inquiétude, aucun n'a parlé de toi, et tout va toujours bien là-bas; ils ont fait une capture du diable ces jours-ci, il y a eu six personnes de tuées, sans que tu y aies perdu un seul homme. »

Un frémissement universel s'empara de la malheureuse Faxelange... Qu'on se mette un instant à sa place, et qu'on juge de l'effet affreux que devait produire sur son âme délicate et douce la chute aussi subite de l'illusion qui la séduisait. Son mari s'apercevant de son trouble s'approcha d'elle.

« Madame, lui dit-il avec fermeté, il n'est plus temps de feindre; je vous ai trompée, vous le voyez, et comme je ne veux pas que cette coquine-là, continua-t-il en regardant la femme de chambre, puisse en donner des nouvelles, trouvez bon, dit-il, en tirant un pistolet de sa poche, et brûlant la cervelle à cette infortunée, trouvez bon, madame, que ce soit comme cela que je l'empêche d'ouvrir jamais la bouche... »

Puis reprenant aussitôt dans ses bras son épouse presque évanouie :

« Quant à vous, madame, soyez parfaitement tranquille; je n'aurai pour vous que d'excellents procédés; sans cesse en possession des droits de mon épouse, vous jouirez partout de ces prérogatives, et mes camarades, soyez-en bien sûre, respecteront toujours en vous la femme de leur chef. »

Comme l'intéressante créature dont nous écrivons l'histoire se trouvait dans une situation des plus déplorables, son mari lui donna tous ses soins, et quand elle fut un peu revenue, ne voyant plus la chère compagne dont Franlo venait de faire jeter le cadavre dans la rivière, elle se remit à fondre en larmes.

« Que la perte de cette femme ne vous inquiète point, dit Franlo, il était impossible que je vous la laissasse; mais mes soins pourvoiront à ce que rien ne vous manque, quoique vous ne l'ayez plus auprès de vous. »

Et voyant sa malheureuse épouse un peu moins alarmée :

« Madame, continua-t-il, je n'étais point né pour le métier que je fais, c'est le jeu qui m'a précipité dans cette carrière d'infortune et de crimes; je ne vous en ai point imposé en me donnant à vous pour le baron de Franlo; ce nom et ce titre m'ont appartenu; j'ai passé ma jeunesse au service, j'y avais dissipé à vingt-huit ans le patrimoine dont j'avais hérité depuis trois, il n'a fallu que ce court intervalle pour me ruiner; celui entre les mains duquel ont passé ma fortune et mon nom, étant maintenant en Amérique, j'ai cru pouvoir pendant quelques mois à Paris tromper le public en reprenant ce que j'avais perdu; la feinte a réussi au-delà de mes désirs; votre dot me coûte 100 000 francs de frais, j'y gagne donc, comme vous voyez,

100 000 écus, et une femme charmante, une femme que j'aime, et de laquelle je jure d'avoir toute ma vie le plus grand soin. Qu'elle daigne donc, avec un peu de calme, entendre la suite de mon histoire; mes malheurs essuyés, je pris parti dans une troupe de bandits qui désolait les provinces centrales de la France (funeste leçon aux jeunes gens qui se laisseront emporter à la folle passion du jeu), je fis des coups hardis dans cette troupe, et deux ans après y être entré, j'en fus reconnu pour le chef; j'en changeai la résidence, je vins habiter une vallée déserte, resserrée, dans les montagnes du Vivarais, qu'il est presque impossible de pouvoir découvrir, et où la justice n'a jamais pénétré. Tel est le lieu de mon habitation, madame, tels sont les états dont je vais vous mettre en possession; c'est le quartier-général de ma troupe, et c'est de là d'où partent mes détachements; je les pousse au nord jusqu'en Bourgogne, au midi jusqu'aux bords de la mer; ils vont à l'orient jusqu'aux frontières du Piémont, au couchant jusqu'au delà des montagnes d'Auvergne; je commande 400 hommes, tous déterminés comme moi, et tous prêts à braver mille morts, et pour vivre et pour s'enrichir. Nous tuons peu en faisant nos coups, de peur que les cadavres ne nous trahissent; nous laissons la vie à ceux que nous ne craignons pas, nous forçons les autres à nous suivre dans notre retraite, et nous ne les égorgeons que là, après avoir tiré d'eux et tout ce qu'ils peuvent posséder et tous les renseignements qui nous sont utiles. Notre façon de faire la guerre est un peu cruelle, mais notre sûreté en dépend. Un gouvernement juste devrait-il souffrir que la faute qu'un jeune homme fait en dissipant son bien si jeune, soit punie du supplice affreux de végé-

ter quarante ou cinquante ans dans la misère? Une imprudence le dégrade-t-elle? le déshonore-t-elle? Faut-il, parce qu'il a été malheureux, ne lui laisser d'autres ressources que l'avilissement ou les chaînes? On fait des scélérats avec de tels principes, vous le voyez, madame, j'en suis la preuve. Si les lois sont sans vigueur contre le jeu, si elles l'autorisent au contraire, qu'on ne permette pas au moins qu'un homme ait au jeu le droit d'en dépouiller totalement un autre, ou si l'état dans lequel le premier réduit le second au coin d'un tapis vert, si ce crime, dis-je, n'est réprimé par aucune loi, qu'on ne punisse pas aussi cruellement qu'on le fait le délit à peu près égal que nous commettons en dépouillant de même le voyageur dans un bois; et que peut donc importer la manière, dès que les suites sont égales? Croyez-vous qu'il y ait une grande différence entre un banquier de jeu vous volant au *Palais Royal,* ou Tranche-Montagne vous demandant la bourse au *bois de Boulogne?* C'est la même chose, madame, et la seule distance réelle qui puisse s'établir entre l'un et l'autre, c'est que le banquier vous vole en poltron, et l'autre en homme de courage.

« Revenons à vous, madame; je vous destine donc à vivre chez moi dans la plus grande tranquillité; vous trouverez quelques autres femmes de mes camarades qui pourront vous former un petit cercle... peu amusant, sans doute; ces femmes-là sont bien loin de votre état et de vos vertus, mais elles vous seront soumises; elles s'occuperont de vos plaisirs, et ce sera toujours une distraction. Quant à votre emploi dans mes petits domaines, je vous l'expliquerai quand nous y serons; ne pensons ce soir qu'à votre repos, il est bon que vous en preniez un peu, pour être en état de partir demain de très bonne heure. »

Franlo ordonna à la maîtresse du logis d'avoir tous les soins possibles de son épouse, et il la laissa avec cette vieille; celle-ci ayant bien changé de ton avec Mme de Franlo, depuis qu'elle voyait à qui elle avait affaire, la contraignit de prendre un bouillon coupé avec du vin de l'hermitage, dont la malheureuse femme avala quelques gouttes pour ne pas déplaire à son hôtesse, et l'ayant ensuite suppliée de la laisser seule le reste de la nuit, cette pauvre créature se livra dès qu'elle fut en paix à toute l'amertume de sa douleur.

« Ô mon cher Goé, s'écriait-elle au milieu de ses sanglots, comme la main de Dieu me punit de la trahison que je t'ai faite! Je suis à jamais perdue, une retraite impénétrable va m'ensevelir aux yeux de l'univers, il me deviendra même impossible de t'instruire des malheurs qui m'accableront, et quand on ne m'en empêcherait pas, l'oserais-je après ce que je t'ai fait? Serais-je encore digne de ta pitié... et vous, mon père... et vous, ma respectable mère, vous dont les pleurs ont mouillé mon sein, pendant qu'enivrée d'orgueil, j'étais presque froide à vos larmes, comment apprendrez-vous mon effroyable sort?... A quel âge, grand Dieu, me vois-je enterrée vive avec de tels monstres? Combien d'années puis-je encore souffrir dans cette punition terrible? O scélérat comme tu m'as séduite et comme tu m'as trompée! »

Mlle de Faxelange (car son nom de femme nous répugne maintenant) était dans ce chaos d'idées sombres, de remords et d'appréhensions terribles, sans que les douceurs du sommeil eussent pu calmer son état, lorsque Franlo vint

la prier de se lever afin d'être embarquée avant
le jour; elle obéit, et se jette dans le bateau la
tête enveloppée dans des coiffes qui déguisaient
les traits de sa douleur, et qui cachaient ses
larmes au cruel qui les faisait couler. On avait
préparé dans la barque un petit réduit de feuil-
lages où elle pouvait aller se reposer en paix; et
Franlo, on doit le dire à sa justification, Franlo
qui voyait le besoin que sa triste épouse avait
d'un peu de calme, l'en laissa jouir sans la troubler. Il est quelques traces d'honnêteté dans
l'âme des scélérats, et la vertu est d'un tel prix
aux yeux des hommes, que les plus corrompus
mêmes sont forcés de lui rendre hommage dans
mille occasions de leur vie.

Les attentions que cette jeune femme voyait
qu'on avait pour elle la calmaient néanmoins
un peu; elle sentit que dans sa situation, elle
n'avait d'autre parti à prendre que de ménager
son mari, et lui laissa voir de la reconnaissance.

La barque était conduite par des gens de la
troupe de Franlo, et Dieu sait tout ce qu'on y
dit! Notre héroïne abîmée dans sa douleur n'en
écouta rien, et l'on arriva le même soir aux environs de la ville de Tournon, située sur la côte
occidentale du Rhône, au pied des montagnes du
Vivarais. Notre chef et ses compagnons passèrent
la nuit comme la précédente dans une taverne
obscure, connue d'eux seuls dans ces environs.
Le lendemain, on amena un cheval à Franlo, il
y monta avec sa femme, deux mulets portèrent
les bagages, quatre hommes armés les escor-
tèrent; on traversa les montagnes, on pénétra
dans l'intérieur du pays, par d'inabordables sen-
tiers.

Nos voyageurs arrivèrent le second jour fort
tard, dans une petite plaine, d'environ une demi-

lieue d'étendue, resserrée de toutes parts par des montagnes inaccessibles et dans laquelle on ne pouvait pénétrer que par le seul sentier que pratiquait Franlo; à la gorge de ce sentier était un poste de dix de ces scélérats, relevé trois fois la semaine, et qui ·veillait constamment jour et nuit. Une fois dans la plaine on trouvait une mauvaise bourgade, formée d'une centaine de huttes, à la manière des sauvages, à la tête desquelles était une maison assez propre, composée de deux étages, partout environnée de hauts murs et appartenant au chef. C'était là son séjour et en même temps la citadelle de la place, l'endroit où se tenaient les magasins, les armes et les prisonniers; deux souterrains profonds et bien voûtés servaient à ces usages; sur eux, étaient bâtis trois petites pièces au rez-de-chaussée, une cuisine, une chambre; une petite salle, et au-dessus un appartement assez commode pour la femme du capitaine, terminé par un cabinet de sûreté pour les trésors. Un domestique fort rustre, et une fille servant de cuisinière étaient tout le train de la maison; il n'y en avait pas autant chez les autres.

Mlle de Faxelange, accablée de lassitude et de chagrins, ne vit rien de tout cela le premier soir; elle gagna à peine le lit qu'on lui indiqua, et s'y étant assoupie d'accablement, elle y fut au moins tranquille jusqu'au lendemain matin.

Alors le chef entra dans son appartement :

« Vous voilà chez vous, madame, lui dit-il; ceci est un peu différent des trois belles terres que je vous avais promises, et des magnifiques possessions d'Amérique sur lesquelles vous aviez compté; mais consolez-vous, ma chère, nous ne ferons pas toujours ce métier-là, il n'y a pas longtemps que je l'exerce, et le cabinet que vous

voyez recèle déjà, votre dot comprise, près de
deux millions de numéraire; quand j'en aurai
quatre, je passe en Irlande, et m'y établis magni-
fiquement avec vous.

— Ah! monsieur, dit Mlle de Faxelange en
répandant un torrent de larmes, croyez-vous que
le ciel vous laissera vivre en paix jusqu'alors?

— Oh! ces sortes de choses-là, madame, dit
Franlo, nous ne les calculons jamais; notre pro-
verbe est que *celui qui craint la feuille, ne doit point
aller aux bois;* on meurt partout; si je risque ici
l'échafaud, je risque un coup d'épée dans le
monde; il n'y a aucune situation qui n'ait ses
dangers, c'est à l'homme sage à les comparer
aux profits et à se décider en conséquence. La
mort qui nous menace est la chose du monde
dont nous nous occupons le moins; l'honneur,
m'objecterez-vous; mais les préjugés des hommes
me l'avaient enlevé d'avance; j'étais ruiné, je ne
devais plus avoir d'honneur. On m'eût enfermé,
j'eusse passé pour un scélérat, ne vaut-il pas
mieux l'être effectivement en jouissant de tous
les droits des hommes... en étant libre enfin, que
d'en être soupçonné dans les fers? Ne vous étonnez pas que l'homme devienne criminel quand
on le dégradera, quoique innocent; ne vous
étonnez pas qu'il préfère le crime à des chaînes,
dès que dans l'une ou l'autre situation il est
attendu par l'opprobre. Législateurs, rendez vos
flétrissures moins fréquentes, si vous voulez diminuer la masse des crimes, une nation qui sut
faire un dieu de l'honneur peut culbuter ses
échafauds, quand il lui reste pour mener les
hommes le frein sacré d'une aussi belle chimère...

— Mais, monsieur, interrompit ici Mlle de
Faxelange, vous aviez pourtant à Paris toute
l'apparence d'un honnête homme?

— Il le fallait bien pour vous obtenir; j'ai réussi, le masque tombe. »

De tels discours et de semblables actions faisaient horreur à cette malheureuse femme, mais décidée à ne point s'écarter des résolutions qu'elle avait prises, elle ne contraria point son mari, elle eut même l'air de l'approuver; et celui-ci la voyant plus tranquille, lui proposa de venir visiter l'habitation; elle y consentit, elle parcourut la bourgade; il n'y avait guère pour lors qu'une quarantaine d'hommes, le reste était en course, et c'était ce fond-là qui fournissait au poste défendant le défilé.

Mme de Franlo fut reçue partout avec les plus grandes marques de respect et de distinction; elle vit sept ou huit femmes assez jeunes et jolies, mais dont l'air et le ton ne lui annonçaient que trop la distance énorme de ces créatures à elle, cependant elle leur rendit l'accueil qu'elle en recevait, et cette tournée faite, on servit; le chef se mit à table avec sa femme, qui ne put pourtant pas se contraindre au point de prendre part à ce dîner; elle s'excusa sur la fatigue de la route et on ne la pressa point. Après le repas, Franlo dit à sa femme qu'il était temps d'achever de l'instruire, parce qu'il serait peut-être obligé d'aller le lendemain en course.

« Je n'ai pas besoin de vous prévenir, madame, dit-il à son épouse, qu'il vous devient impossible ici d'écrire à qui que ce puisse être. Premièrement, les moyens vous en seront sévèrement interdits, vous ne verrez jamais ni plume ni papier; parvinssiez-vous même à tromper ma vigilance, aucun de mes gens ne se chargerait assurément de vos lettres, et l'essai pourrait vous coûter cher. Je vous aime beaucoup sans doute, madame, mais les sentiments des gens de notre

métier sont toujours subordonnés au devoir;
et voilà peut-être ce que notre état a de supé-
rieur aux autres; il n'en est point dans le monde
que l'amour ne fasse oublier; c'est tout le
contraire avec nous, il n'est aucune femme sur la
terre qui puisse nous faire négliger notre état,
parce que notre vie dépend de la manière sûre
dont nous l'exerçons. Vous êtes ma seconde
femme, madame.

— Quoi, monsieur?

— Oui, madame, vous êtes ma seconde
épouse; celle qui vous précéda voulut écrire, et
les caractères qu'elle traçait furent effacés de son
sang, elle expira sur la lettre même... »

Qu'on juge de la situation de cette malheureuse à ces récits affreux, à ces menaces terribles;
mais elle se contint encore et protesta à son
mari qu'elle n'avait aucun désir d'enfreindre
ses ordres.

« Ce n'est pas tout, madame, continua ce
monstre, quand je ne serai pas ici, vous seule y
commanderez en mon absence; quelque bonne
foi qu'il y ait entre nous, vous imaginez bien
pourtant que dès qu'il s'agira de nos intérêts, je
me fierai toujours plutôt à vous qu'à mes camarades. Or, quand je vous enverrai des prisonniers, il faudra les faire dépouiller vous-même et
les faire égorger devant vous.

— Moi, monsieur, s'écria Mlle de Faxelange,
en reculant d'horreur, moi plonger mes mains
dans le sang innocent; ah! faites plutôt couler le
mien mille fois, que de m'obliger à une telle horreur!

— Je pardonne ce premier mouvement à votre
faiblesse, madame, répondit Franlo, mais il n'est
pourtant pas possible que je puisse vous éviter
ce soin; aimez-vous mieux nous perdre tous,
que de ne le pas prendre?

— Vos camarades peuvent le remplir.

— Ils le rempliront aussi, madame; mais vous seule recevant mes lettres, il faut bien que ce soit d'après vos ordres émanés des miens qu'on enferme ou qu'on fasse périr les prisonniers : mes gens exécuteront sans doute, mais il faut que vous fassiez passer mes ordres.

— Oh! monsieur, ne pourriez-vous donc pas me dispenser...

— Cela est impossible, madame.

— Mais je ne serai pas du moins obligée d'assister à ces infamies?

— Non... cependant il faudra bien absolument que vous vous chargiez des dépouilles... que vous les enfermiez dans nos magasins; je vous ferai grâce pour la première fois, si vous l'exigez absolument; j'aurai soin d'envoyer dans cette première occasion un homme sûr, avec mes prisonniers; mais cette attention ne pourra durer, il faudra tâcher de prendre sur vous ensuite. Tout n'est qu'habitude, madame, il n'est rien à quoi l'on ne se fasse; les dames romaines n'aimaient-elles pas à voir tomber les gladiateurs à leurs pieds, ne portaient-elles pas la férocité jusqu'à vouloir qu'ils n'y mourussent que dans d'élégantes attitudes? Pour vous accoutumer à votre devoir, madame, poursuivit Franlo, j'ai là-bas six hommes qui n'attendent que l'instant de la mort, je m'en vais les faire assommer; ce spectacle vous familiarisera avec ces horreurs, et avant quinze jours la partie du devoir que je vous impose ne vous coûtera plus. »

Il n'y eut rien que Mlle de Faxelange ne fît pour s'éviter cette scène affreuse; elle conjura son mari de ne pas la lui donner. Mais Franlo y voyait, disait-il, trop de nécessité; il lui paraissait trop important d'apprivoiser les yeux de sa femme à ce qui allait composer une partie de ses fonctions pour n'y pas travailler tout de suite. Les six malheureux furent amenés, et impitoyablement égorgés de la main même de Franlo sous les yeux de sa malheureuse épouse, qui s'évanouit pendant l'exécution. On la rapporta dans son lit, où rappelant bientôt son courage au secours de sa sûreté, elle finit par comprendre qu'au fait, n'étant que l'organe des ordres de son mari, sa conscience ne devenait plus chargée du crime, et qu'avec cette facilité de voir beaucoup d'étrangers, quelque enchaînés qu'ils fussent, peut-être lui resterait-il des moyens de les sauver et de s'échapper avec eux ; elle promit donc le lendemain à son barbare époux qu'il aurait lieu d'être content de sa conduite, et celui-ci ayant enfin passé la nuit suivante avec elle, ce qu'il n'avait pas fait depuis Paris à cause de l'état où elle était, il la laissa le lendemain pour aller en course, en lui protestant que si elle se comportait bien, il quitterait le métier plus tôt qu'il ne l'avait dit, pour lui faire passer au moins les trente dernières années de sa vie dans le bonheur et dans le repos.

Mlle de Faxelange ne se vit pas plus tôt seule au milieu de tous ces voleurs, que l'inquiétude la reprit.

« Hélas ! se disait-elle, si j'allais malheureusement inspirer quelques sentiments à ces scélérats, qui les empêcherait de se satisfaire ? S'ils voulaient piller la maison de leur chef, me tuer et fuir, n'en sont-ils pas les maîtres ?... Ah ! plût au Ciel, continuait-elle, en versant un torrent de larmes, ce qui peut m'arriver de plus heureux, n'est-il pas qu'on m'arrache au plus tôt une vie qui ne doit plus être souillée que d'horreurs ? »

Peu à peu, néanmoins, l'espoir renaissant

dans cette âme jeune et devenue forte par l'excès
du malheur, Mme de Franlo résolut de montrer
beaucoup de courage; elle crut que ce parti
devait être nécessairement le meilleur; elle s'y
résigna. En conséquence, elle fut visiter les postes, elle retourna seule dans toutes les huttes,
elle essaya de donner quelques ordres, et trouva
partout du respect et de l'obéissance. Les femmes vinrent la voir et elle les reçut honnêtement;
elle écouta avec intérêt l'histoire de quelques-
unes, séduites et enlevées comme elle, d'abord
honnêtes, sans doute, puis dégradées par la
solitude et le crime, et devenues des monstres
comme les hommes qu'elles avaient épousés.

« O Ciel! se disait quelquefois cette infortunée,
comment peut-on s'abrutir à ce point; serait-il
donc possible que je devinsse un jour comme ces
malheureuses!... »

Puis elle s'enfermait, elle pleurait, elle réflé-
chissait à son triste sort, elle ne se pardonnait
pas de s'être elle-même précipitée dans l'abîme
par trop de confiance et d'aveuglement; tout cela
la ramenait à son cher Goé, et des larmes de
sang coulaient de ses yeux.

Huit jours se passèrent ainsi, lorsqu'elle reçut
une lettre de son époux, avec un détachement de
douze hommes, amenant quatre prisonniers; elle
frémit en ouvrant cette lettre, et se doutant de
ce qu'elle contenait, elle fut au point de balancer
un instant entre l'idée de se donner la mort
elle-même, plutôt que de faire périr ces malheureux. C'étaient quatre jeunes gens sur le front
desquels on distinguait de l'éducation et des
qualités.

« *Vous ferez mettre le plus âgé des quatre au cachot,*
lui mandait son mari; *c'est un coquin qui s'est défendu
et qui m'a tué deux hommes; mais il faut lui laisser*

la vie, j'ai des éclaircissements à tirer de lui. Vous ferez sur-le-champ assommer les trois autres. »

« Vous voyez les ordres de mon mari, dit-elle au chef du détachement, qu'elle savait être l'homme sûr dont Franlo lui avait parlé, faites donc ce qu'il vous ordonne... »

Et en prononçant ces mots d'une voix basse, elle courut cacher dans sa chambre et son désespoir et ses larmes; mais elle entendit malheureusement le cri des victimes immolées au pied de sa maison; sa sensibilité n'y tint pas, elle s'évanouit, revenue à elle, le parti qu'elle s'était résolue de prendre ranima ses forces; elle vit qu'elle ne devait rien attendre que de sa fermeté, et elle se remontra; elle fit placer les effets volés dans les magasins, elle parut au village, elle visita les postes, en un mot, elle prit tellement sur elle, que le lieutenant de Franlo, qui partait le lendemain pour aller retrouver son chef, rendit à cet époux les comptes les plus avantageux de sa femme... Qu'on ne la blâme point; quel parti lui restait-il entre la mort et cette conduite?... et l'on ne se tue point tant qu'on a de l'espoir.

Franlo fut dehors plus longtemps qu'il ne l'avait cru, il ne revint qu'au bout d'un mois, pendant lequel il envoya deux fois des prisonniers à sa femme, qui se conduisit toujours de même. Enfin le chef reparut; il rapportait des sommes immenses de cette expédition, qu'il légitimait par mille sophismes, réfutés par son honnête épouse.

« Madame, lui dit-il enfin, mes arguments sont ceux d'Alexandre, de Gengis khan et de tous les fameux conquérants de la terre; leur logique était la mienne; mais ils avaient 300 000 hommes à leurs ordres, je n'en ai que 400, voilà mon tort.

— Tout cela est bon, monsieur, dit Mme de

Franlo, qui crut devoir préférer ici le sentiment à la raison; mais s'il est vrai que vous m'aimiez comme vous avez daigné me le dire souvent, ne seriez-vous pas désolé de me voir périr sur un échafaud près de vous?

— N'appréhendez jamais cette catastrophe, dit Franlo, notre retraite est introuvable, et dans mes courses je ne crains personne... mais si jamais nous étions découverts ici, souvenez-vous que j'aurais le temps de vous casser la tête avant qu'on ne mît la main sur vous. »

Le chef examina tout, et ne trouvant que des sujets de se louer de sa femme, il la combla d'éloges et d'amitié, il la recommanda plus que jamais à ses gens et repartit; mêmes soins de sa misérable épouse, même conduite, mêmes événements tragiques pendant cette seconde absence, qui dura plus de deux mois, au bout desquels Franlo rentra au quartier, toujours plus enchanté de son épouse.

Il y avait environ cinq mois que cette pauvre créature vivait dans la contrainte et dans l'horreur, abreuvée de ses larmes et nourrie de son désespoir, lorsque le Ciel, qui n'abandonne jamais l'innocence, daigna enfin la délivrer de ses maux par l'événement le moins attendu.

On était au mois d'octobre, Franlo et sa femme dînaient ensemble sous une treille à la porte de leur maison, lorsque dans l'instant dix ou douze coups de fusil se font entendre au poste.

« Nous sommes trahis, dit le chef, en sortant aussitôt de table et s'armant avec rapidité... Voilà un pistolet, madame, restez là; si vous ne pouvez pas tuer celui qui vous abordera, brûlez-vous la cervelle pour ne pas tomber dans ses mains. »

Il dit, et rassemblant à la hâte ce qui reste de ses gens dans le village, il vole lui-même à la défense du défilé. Il n'était plus temps, 200 dragons à cheval venant d'en forcer le poste, tombent dans la plaine, le sabre à la main; Franlo fait feu avec sa troupe, mais n'ayant pu la mettre en ordre, il est repoussé dans la minute, et la plupart de ses gens sabrés et foulés aux pieds des chevaux; on le saisit lui-même, on l'entoure, on le garde; 20 dragons en répondent, et le reste du détachement, le chef à la tête, vole à Mme de Franlo. Dans quel état cruel on trouve cette malheureuse! Les cheveux épars, les traits renversés par le désespoir et la crainte, elle était appuyée contre un arbre, le bout du pistolet sur son cœur, prête à s'arracher la vie plutôt que de tomber dans les mains de ceux qu'elle prenait pour des suppôts de la justice...

« Arrêtez, madame, arrêtez, lui crie l'officier qui commande, en descendant de cheval et se précipitant à ses pieds pour la désarmer par cette action, arrêtez, vous dis-je, *reconnaissez votre malheureux amant, c'est lui qui tombe à vos genoux, c'est lui que le Ciel favorise assez pour l'avoir chargé de votre délivrance, abandonnez cette arme, et permettez à Goé d'aller se jeter dans votre sein.* »

Mlle de Faxelange croit rêver; peu à peu elle reconnaît celui qui lui parle et tombe sans mouvement dans les bras qui lui sont ouverts. Ce spectacle arrache des larmes de tout ce qui l'aperçoit.

« Ne perdons pas de temps, madame, dit Goé en rappelant sa belle cousine à la vie; pressons-nous de sortir d'un local qui doit être horrible à vos yeux; mais reprenons avant ce qui vous appartient. »

Il enfonce le cabinet des richesses de Franlo,

il retire les 400 000 francs de la dot de sa cousine, 10 000 écus qu'il fait distribuer à ses dragons, met le scellé sur le reste, délivre les prisonniers retenus par ce scélérat, laisse 80 hommes
en garnison dans le hameau, revient trouver sa
cousine avec les autres, et l'engage à partir sur-
le-champ.

Comme elle gagnait la route du défilé, elle
aperçoit Franlo dans les fers :

« Monsieur, dit-elle à Goé, je vous demande à
genoux la grâce de cet infortuné... je suis sa
femme... que dis-je, je suis assez malheureuse
pour porter dans mon sein des gages de son
amour, et ses procédés n'ont jamais été qu'honnêtes envers moi.

— Madame, répondit M. de Goé, je ne suis
maître de rien dans cette aventure; j'ai obtenu
seulement la conduite des troupes, mais je me
suis enchaîné moi-même en recevant mes ordres;
cet homme-ci ne m'appartient plus, je ne le sau-
verais qu'en risquant tout; au sortir du défilé,
le grand prévôt de la province m'attend; il en
viendra disposer; je ne lui ferai pas faire un pas
vers l'échafaud, c'est tout ce que je puis.

— Oh! monsieur, laissez-le se sauver, s'écria
cette intéressante femme, c'est votre malheureuse
cousine en larmes qui vous le demande.

— Une injuste pitié vous aveugle, madame,
reprit Goé; ce malheureux ne se corrigera point,
et pour sauver un homme, il en coûtera la vie à
plus de cinquante.

— Il a raison, s'écria Franlo; il a raison,
madame; il me connaît aussi bien que moi-
même; le crime est mon élément, je ne vivrais
que pour m'y replonger; ce n'est point la vie
que je veux, ce n'est qu'une mort qui ne soit
point ignominieuse; que l'âme sensible qui

s'intéresse à moi daigne m'obtenir pour seule
grâce la permission de me faire brûler la cervelle
par les dragons.

— Qui de vous veut s'en charger, enfants? »
dit Goé.

Mais personne ne bougea; Goé commandait à
des *Français,* il ne devait pas s'y trouver de *bour-
reaux.*

« Qu'on me donne donc un pistolet », dit ce
scélérat.

Goé, très ému des supplications de sa cousine,
s'approche de Franlo, et lui remet lui-même
l'arme qu'il demande. O comble de perfidie!
l'époux de Mlle de Faxelange n'a pas plus tôt ce
qu'il désire, qu'il lâche le coup sur Goé... mais
sans l'atteindre heureusement; ce trait irrite les
dragons, ceci devient une affaire de vengeance,
ils n'écoutent plus que leur ressentiment, ils
tombent sur Franlo et le massacrent en une
minute. Goé enlève sa cousine, à peine voit-elle
l'horreur de ce spectacle. On repasse le défilé au
galop. Un cheval doux attend Mlle de Faxelange
au-delà de la gorge. M. de Goé rend prompt-
tement compte au prévôt de son opération; la
maréchaussée s'empare du poste; les dragons se
retirent; et Mlle de Faxelange protégée par son
libérateur est en six jours au sein de ses parents.

« Voilà votre fille, dit ce brave homme à M. et
Mme de Faxelange, et voilà l'argent qui vous a
été pris. Écoutez-moi, mademoiselle, et vous
allez voir pourquoi j'ai remis à cet instant les
éclaircissements que je dois sur tout ce qui vous
concerne. Vous ne fûtes pas plus tôt partie, que
les soupçons que je ne vous avais d'abord offerts
que pour vous retenir, vinrent me tourmenter
avec force; il n'est rien que je n'aie fait pour
suivre la trace de votre ravisseur, et pour connaî-

tre à fond sa personne, j'ai été assez heureux
pour réussir à tout et pour ne me tromper sur
rien. Je n'ai prévenu vos parents que quand j'ai
cru être sûr de vous ravoir; on ne m'a pas refusé
le commandement des troupes que j'ai sollicité
pour rompre vos chaînes, et débarrasser en
même temps la France du monstre qui vous
trompait. J'en suis venu à bout; je l'ai fait sans
nul intérêt, mademoiselle; vos fautes et vos malheurs élèvent d'éternelles barrières entre nous...,
vous me plaindrez au moins... vous me regret-
terez; votre cœur sera contraint au sentiment
que vous me refusiez, et je serai vengé... adieu,
mademoiselle, je me suis acquitté envers les
liens du sang, envers ceux de l'amour; il ne me
reste plus qu'à me séparer de vous éternellement. Oui, mademoiselle, je pars, la guerre qui
se fait en Allemagne m'offre ou la gloire, ou le
trépas; je n'aurais désiré que les lauriers, quand
il m'eût été permis de vous les offrir, et maintenant je ne chercherai plus que la mort. »

A ces mots, Goé se retire; quelques instances
qu'on lui fasse, il s'échappe pour ne reparaître
jamais. On apprit au bout de dix mois qu'atta-
quant un poste en désespéré, il s'était fait tuer
en Hongrie au service des Turcs.

Pour Mlle de Faxelange, peu de temps après
son retour à Paris, elle mit au monde le malheureux fruit de son hymen, que ses parents placè-
rent avec une forte pension dans une maison de
charité; ses couches faites, elle sollicita avec instance son père et sa mère pour prendre le voile
aux Carmélites; ses parents lui demandèrent en
grâce de ne pas priver leur vieillesse de la consolation de l'avoir auprès d'eux; elle céda, mais sa
santé s'affaiblissant de jour en jour, usée par ses
chagrins, flétrie de ses larmes et de sa douleur,

anéantie par ses remords, elle mourut de consomption au bout de quatre ans, triste et malheureux exemple de l'avarice des pères et de l'ambition des filles.

Puisse le récit de cette histoire rendre les uns plus justes et les autres plus sages, nous ne regretterons pas alors la peine que nous aurons pris de transmettre à la postérité un événement, qui tout affreux qu'il est, pourrait alors servir au bien des hommes.

FLORVILLE ET COURVAL
OU
LE FATALISME

M. DE COURVAL venait d'atteindre sa cinquante-cinquième année; frais, bien portant, il pouvait parier encore pour vingt ans de vie; n'ayant eu que des désagréments avec une première femme qui depuis longtemps l'avait abandonné, pour se livrer au libertinage, et devant supposer cette créature au tombeau, d'après les attestations les moins équivoques, il imagina de se lier une seconde fois avec une personne raisonnable qui, par la bonté de son caractère, par l'excellence de ses mœurs parvînt à lui faire oublier ses premières disgrâces.

Malheureux dans ses enfants comme dans son épouse, M. de Courval qui n'en avait eu que deux, une fille qu'il avait perdue très jeune, et un garçon qui dès l'âge de quinze ans l'avait abandonné comme sa femme, et malheureusement dans les mêmes principes de débauches, ne croyant pas qu'aucun procédé dût jamais l'enchaîner à ce monstre, M. de Courval, dis-je, projetait en conséquence de le déshériter, et de donner son bien aux enfants qu'il espérait d'obtenir de la nouvelle épouse qu'il avait envie de prendre; il possédait quinze mille livres de rente; employé jadis dans les affaires, c'était le fruit de ses travaux, et il le mangeait en honnête homme avec quelques amis qui le chérissaient, l'estimaient tous, et le voyaient tantôt à Paris où il occupait un joli appartement rue Saint-Marc, et plus souvent encore dans une petite terre charmante, auprès de Nemours où M. de Courval passait les deux tiers de l'année.

Cet honnête homme confia son projet à ses amis, et le voyant approuvé d'eux, il les prie très instamment de s'informer parmi leurs connaissances, d'une personne de trente à trente-cinq ans, veuve ou fille, et qui pût remplir son objet.

Dès le surlendemain un de ses anciens confrères vint lui dire qu'il imaginait avoir trouvé positivement ce qui lui convenait. La demoiselle que je vous offre, lui dit cet ami, a deux choses contre elle, je dois commencer par vous les dire afin de vous consoler après, en vous faisant le récit de ses bonnes qualités; on est bien sûr qu'elle n'a ni père ni mère, mais on ignore absolument qui ils furent, et où elle les a perdus; ce que l'on sait, continua le médiateur, c'est qu'elle est cousine de M. de Saint-Prât, homme connu, qui l'avoue, qui l'estime et que vous en fera l'éloge le moins suspect, et le mieux mérité. Elle n'a aucun bien de ses parents, mais elle a quatre mille francs de pension de ce M. de Saint-Prât, dans la maison duquel elle a été élevée, et où elle a passé toute sa jeunesse : voilà un premier tort; passons au second, dit l'ami de M. de Courval : une intrigue à seize ans, un enfant qui n'existe plus et dont jamais elle n'a revu le père : voilà tout le mal; un mot du bien maintenant.

Mlle de Florville a trente-six ans, à peine en paraît-elle vingt-huit; il est difficile d'avoir une physionomie plus agréable et plus intéressante : ses traits sont doux et délicats, sa peau est de la

blancheur du lys, et ses cheveux châtains traînent
à terre; sa bouche fraîche, très agréablement
ornée, est l'image de la rose au printemps. Elle
est fort grande, mais si joliment faite, il y a tant
de grâce dans ses mouvements, qu'on ne trouve
rien à dire à la hauteur de sa taille, qui sans cela
peut-être lui donnerait un air un peu dur; ses
bras, son cou, ses jambes, tout est moulé; et elle
a une de ces sortes de beautés qui ne vieillira
pas de longtemps. A l'égard de sa conduite, son
extrême régularité pourra peut-être ne pas vous
plaire; elle n'aime pas le monde, elle vit fort
retirée; elle est très pieuse, très assidue aux
devoirs du couvent qu'elle habite, et si elle édifie
tout ce qui l'entoure par ses qualités religieuses,
elle enchante tout ce qui la voit par les charmes
de son esprit et par les agréments de son caractère... c'est en un mot un ange de ce monde,
que le Ciel réservait à la félicité de votre vieillesse.

M. de Courval enchanté d'une telle rencontre,
n'eut rien de plus pressé que de prier son ami
de lui faire voir la personne dont il s'agissait.

« Sa naissance ne m'inquiète point, dit-il, dès
que son sang est pur, que m'importe qui le lui
a transmis; son aventure à l'âge de seize ans
m'effraye tout aussi peu, elle a réparé cette faute
par un grand nombre d'années de sagesse; je
l'épouserai sur le pied de veuve, me décidant
à ne prendre une personne que de trente à trente-
cinq ans, il était bien difficile de joindre à cette
clause la folle prétention des prémices, ainsi
rien ne me déplaît dans vos propositions, il ne
me reste qu'à vous presser de m'en faire voir
l'objet. »

L'ami de M. de Courval le satisfit bientôt;
trois jours après il lui donna à dîner chez lui
avec la demoiselle dont il s'agissait. Il était diffi-

cile de ne pas être séduit au premier abord de
cette fille charmante; c'étaient les traits de
Minerve elle-même, déguisés sous ceux de l'a-
mour. Comme elle savait de quoi il était question, elle fut encore plus réservée, et sa décence,
sa retenue, la noblesse de son maintien, jointes à
tant de charmes physiques, à un caractère aussi
doux, à un esprit aussi juste et aussi orné, tour-
nèrent si bien la tête au pauvre Courval, qu'il
supplia son ami de vouloir bien hâter la conclusion.

On se revit encore deux ou trois fois, tantôt
dans la même maison, tantôt chez M. de Courval,
ou chez M. de Saint-Prât, et enfin, Mlle de Florville instamment pressée, déclara à M. de Courval
que rien ne la flattait autant que l'honneur qu'il
voulait bien lui faire, mais que sa délicatesse
ne lui permettait pas de rien accepter avant
qu'il ne fût instruit par elle-même des aventures
de sa vie.

« On ne vous a pas tout appris, monsieur,
dit cette charmante fille, et je ne puis consentir
d'être à vous, sans que vous en sachiez davantage.
Votre estime m'est trop importante pour me
mettre dans le cas de la perdre, et je ne la méri-
terais assurément pas si, profitant de votre illusion, j'allais consentir à devenir votre femme,
sans que vous jugiez si je suis digne de l'être. »

M. de Courval assura qu'il savait tout, que ce
n'était qu'à lui qu'il appartenait de former les
inquiétudes qu'elle témoignait, et que s'il était
assez heureux pour lui plaire, elle ne devait plus
s'embarrasser de rien. Mlle de Florville tint
bon; elle déclara positivement qu'elle ne consen-
tirait à rien que M. de Courval ne fût instruit
à fond de ce qui la regardait; il en fallut donc
passer par là; tout ce que M. de Courval pût

obtenir, ce fut que Mlle de Florville viendrait à
sa terre auprès de Nemours, que tout se dispo-
serait pour la célébration de l'hymen qu'il
désirait, et que l'histoire de Mlle de Florville
entendue, elle deviendrait sa femme le lendemain...

« Mais, monsieur, dit cette aimable fille, si
tous ces préparatifs peuvent être inutiles, pourquoi les faire?... Si je vous persuade que je ne
suis pas née pour vous appartenir?...

— Voilà ce que vous ne me prouverez jamais,
mademoiselle, répondit l'honnête Courval, voilà
ce dont je vous défie de me convaincre; ainsi
partons, je vous en conjure, et ne vous opposez
point à mes desseins. »

Il n'y eut pas moyen de rien gagner sur ce
dernier objet, tout fut disposé, on partit pour
Courval; cependant on y fut seul, Mlle de Florville l'avait exigé; les choses qu'elle avait à
dire ne devaient être révélées qu'à l'homme qui
voulait bien se lier à elle, ainsi personne ne fut
admis; et le lendemain de son arrivée, cette
belle et intéressante personne ayant prié M. de
Courval de l'entendre, elle lui raconta les
événements de sa vie dans les termes suivants :

Histoire de Mlle de Florville.

— Les intentions que vous avez sur moi,
monsieur, ne permettent plus que l'on vous en
impose; vous avez vu M. de Saint-Prât, auquel
on vous a dit que j'appartenais, lui-même a
daigné vous le certifier, et cependant sur cet
objet vous avez été trompé de toutes parts. Ma
naissance m'est inconnue, je n'ai jamais eu la
satisfaction de savoir à qui je la devais; je fus

trouvée, peu de jours après avoir reçu la vie, dans une barcelonnette de taffetas vert, à la porte de l'hôtel de M. de Saint-Prât, avec une lettre anonyme attachée au pavillon de mon berceau, où était simplement écrit :

« Vous n'avez point d'enfants depuis dix ans
« que vous êtes marié, vous en désirez tous les
« jours, adoptez celle-là, son sang est pur, elle
« est le fruit du plus chaste hymen et non du
« libertinage, sa naissance est honnête. Si la
« petite fille ne vous plaît pas, vous la ferez porter
« aux Enfants-Trouvés. Ne faites point de perqui-
« sitions, aucune ne vous réussirait, il est impos-
« sible de vous en apprendre davantage. »

Les honnêtes personnes chez lesquelles j'avais été déposée m'accueillirent aussitôt, m'élevèrent, prirent de moi tous les soins possibles, et je puis dire que je leur dois tout. Comme rien n'indiquait mon nom, il plut à Mme de Saint-Prât de me donner celui de *Florville*.

Je venais d'atteindre ma quinzième année, quand j'eus le malheur de voir mourir ma protectrice; rien ne peut exprimer la douleur que je ressentis de cette perte; je lui étais devenue si chère, qu'elle conjura son mari, en expirant, de m'assurer quatre mille livres de pension et de ne me jamais abandonner; les deux clauses furent exécutées ponctuellement, et M. de Saint-Prât joignit à ces bontés celle de me reconnaître pour une cousine de sa femme et de me passer, sous ce titre, le contrat que vous avez vu. Je ne pouvais cependant plus rester dans cette maison; M. de Saint-Prât me le fit sentir.

« Je suis veuf, et jeune encore, me dit cet homme vertueux; habiter sous le même toit

serait faire naître des doutes que nous ne méri-
tons point; votre bonheur et votre réputation
me sont chers, je ne veux compromettre ni l'un
ni l'autre. Il faut nous séparer, Florville; mais
je ne vous abandonnerai de ma vie, je ne veux
pas même que vous sortiez de ma famille; j'ai
une sœur veuve à Nancy, je vais vous y adresser,
je vous réponds de son amitié comme de la
mienne, et là, pour ainsi dire, toujours sous mes
yeux, je pourrai continuer de veiller encore à
tout ce qu'exigera votre éducation et votre établissement. »

Je n'appris point cette nouvelle sans verser
des larmes; ce nouveau surcroît de chagrin
renouvela bien amèrement celui que je venais
de ressentir à la mort de ma bienfaitrice; convaincue néanmoins des excellentes raisons de
M. de Saint-Prât, je me décidai à suivre ses
conseils, et je partis pour la Lorraine, sous la
conduite d'une dame de ce pays, à laquelle je fus
recommandée, et qui me remit entre les mains
de Mme de Verquin, sœur de M. de Saint-Prât
avec laquelle je devais habiter.

La maison de Mme de Verquin était sur un
ton bien différent que celle de M. de Saint-Prât;
si j'avais vu régner dans celle-ci la décence, la
religion et les mœurs, la frivolité, le goût des
plaisirs et l'indépendance étaient dans l'autre
comme dans leur asile.

Mme de Verquin m'avertit dès les premiers
jours que mon petit air prude lui déplaisait,
qu'il était inouï d'arriver de Paris avec un maintien si gauche..., un fond de sagesse aussi ridicule, et que si j'avais envie d'être bien avec elle,
il fallait adopter un autre ton. Ce début m'a-
larma; je ne chercherai point à paraître à vos
yeux meilleure que je ne suis, monsieur; mais

tout ce qui s'écarte des mœurs et de la religion, m'a toute la vie déplu si souverainement, j'ai toujours été si ennemie de ce qui choquait la vertu, et les travers où j'ai été emportée malgré moi, m'ont causé tant de remords, que ce n'est pas, je vous l'avoue, me rendre un service que de me replacer dans le monde, je ne suis point faite pour l'habiter, je m'y trouve sauvage et farouche; la retraite la plus obscure est ce qui convient le mieux à l'état de mon âme et aux dispositions de mon esprit.

Ces réflexions mal faites encore, pas assez mûres à l'âge que j'avais, ne me préservèrent ni des mauvais conseils de Mme de Verquin, ni des maux où ses séductions devaient me plonger; le monde perpétuel que je voyais, les plaisirs bruyants dont j'étais entourée, l'exemple, les discours, tout m'entraîna; on m'assura que j'étais jolie, et j'osai le croire pour mon malheur.

Le régiment de Normandie était pour lors en garnison dans cette capitale; la maison de Mme de Verquin était le rendez-vous des officiers; toutes les jeunes femmes s'y trouvaient aussi, et là se nouaient, se rompaient et se recomposaient toutes les intrigues de la ville.

Il est vraisemblable que M. de Saint-Prât ignorait une partie de la conduite de cette femme; comment avec l'austérité de ses mœurs, eût-il pu consentir à m'envoyer chez elle, s'il l'eut bien connue? Cette considération me retint, et m'empêcha de me plaindre à lui; faut-il tout dire? peut-être même ne m'en souciai-je pas; l'air impur que je respirais commençait à souiller mon cœur, et comme Télémaque dans l'île de Calypso, peut-être n'eussé-je plus écouté les avis de Mentor.

L'impudente Verquin qui depuis longtemps cherchait à me séduire, me demanda un jour

s'il était certain que j'eusse apporté un cœur
bien pur, en Lorraine, et si je ne regrettais pas
quelque amant à Paris?

« Hélas! madame, lui dis-je, je n'ai même
jamais conçu l'idée des torts dont vous me
soupçonnez, et monsieur votre frère peut vous
répondre de ma conduite...

— Des torts, interrompit Mme de Verquin,
si vous en avez un, c'est d'être encore trop neuve
à votre âge, vous vous en corrigerez, je l'espère.

— Oh! madame! est-ce là le langage que je
devais entendre d'une personne aussi respectable?

— Respectable?... ah! pas un mot, je vous
assure ma chère que le respect est de tous les
sentiments celui que je me soucie le moins de
faire naître, c'est l'amour que je veux inspirer...,
mais du respect, ce sentiment n'est pas encore
de mon âge. Imite-moi ma chère, et tu seras
heureuse... A propos, as-tu remarqué Senneval?
ajouta cette sirène, en me parlant d'un jeune
officier de dix-sept ans qui venait très souvent
chez elle.

— Pas autrement, madame, répondis-je, je
puis vous assurer que je les vois tous avec la
même indifférence.

— Mais voilà ce qu'il ne faut pas, ma petite
amie, je veux que nous partagions dorénavant
nos conquêtes..., il faut que tu aies Senneval,
c'est mon ouvrage, j'ai pris la peine de le
former, il t'aime, il faut *l'avoir*...

— Oh! madame, si vous vouliez m'en dispenser, en vérité je ne me soucie de personne.

— Il le faut, ce sont des arrangements pris
avec son colonel, mon amant *du jour,* comme tu
vois.

— Je vous conjure de me laisser libre sur cet

objet, aucun de mes penchants ne me porte aux plaisirs que vous chérissez.

— Oh! cela changera, tu les aimeras un jour comme moi, il est tout simple de ne pas chérir ce qu'on ne connaît pas encore; mais il n'est pas permis de ne vouloir pas connaître ce qui est fait pour être adoré. En un mot, c'est un dessein formé; Senneval, mademoiselle, vous déclarera sa passion ce soir, et vous voudrez bien ne le pas faire languir, ou je me fâcherai contre vous... mais sérieusement. »

A cinq heures, l'assemblée se forma; comme il faisait fort chaud, des parties s'arrangèrent dans les bosquets, et tout fut si bien concerté que M. de Senneval et moi, nous trouvant les seuls qui ne jouassent point, nous fûmes forcés de nous entretenir.

Il est inutile de vous le déguiser, monsieur, ce jeune homme aimable et rempli d'esprit, ne m'eut pas plus tôt fait l'aveu de sa flamme, que je me sentis entraînée vers lui par un mouvement indomptable, et quand je voulus ensuite me rendre compte de cette sympathie, je n'y trouvai rien que d'obscur, il me semblait que ce penchant n'était point l'effet d'un sentiment ordinaire, un voile déguisait à mes yeux ce qui le caractérisait; d'une autre part, au même instant où mon cœur volait à lui, une force invincible semblait le retenir, et dans ce tumulte... dans ce flux et reflux d'idées incompréhensibles, je ne pouvais démêler si je faisais bien d'aimer Senneval, ou si je devais le fuir à jamais.

On lui donna tout le temps de m'avouer son amour... hélas! on ne lui donna que trop. J'eus tout celui de paraître sensible à ses yeux, il profita de mon trouble, il exigea un aveu de mes sentiments, je fus assez faible pour lui dire qu'il était

loin de me déplaire, et trois jours après, assez
coupable pour le laisser jouir de sa victoire.

C'est une chose vraiment singulière que la
joie maligne du vice dans ces triomphes sur la
vertu; rien n'égala les transports de Mme de
Verquin dès qu'elle me sut dans le piège qu'elle
m'avait préparé, elle me railla, elle se divertit,
et finit par m'assurer que ce que j'avais fait était
la chose du monde la plus simple, la plus raisonnable, et que je pouvais sans crainte recevoir
mon amant toutes les nuits chez elle..., qu'elle
n'en verrait rien; que trop occupée de son côté
pour prendre garde à ces misères, elle n'en admi-
rait pas moins ma vertu, puisqu'il était vraisemblable que je m'en tiendrais à celui-là seul,
tandis qu'obligée de faire tête à trois, elle se
trouverait assurément bien loin de ma réserve
et de ma modestie; quand je voulus prendre la
liberté de lui dire que ce dérèglement était odieux,
qu'il ne supposait ni délicatesse ni sentiment,
et qu'il ravalait notre sexe à la plus vile espèce
des animaux, Mme de Verquin éclata de rire.

« *Héroïne gauloise,* me dit-elle, je t'admire et
ne te blâme point; je sais très bien qu'à ton
âge la délicatesse et le sentiment sont des dieux
auxquels on immole le plaisir; ce n'est pas la
même chose au mien, parfaitement détrompée
sur ces fantômes, on leur accorde un peu moins
d'empire; des voluptés plus réelles se préfèrent
aux sottises qui t'enthousiasment; et pourquoi
donc de la fidélité avec des gens qui jamais n'en
ont eu avec nous? N'est-ce pas assez d'être les
plus faibles sans devenir encore les plus dupes?
Elle est bien folle la femme qui met de la délicatesse dans de telles actions... Crois-moi, ma
chère, varie tes plaisirs pendant que ton âge et
tes charmes te le permettent, et laisse là ta chimé-

rique constance, vertu triste et farouche, bien peu
satisfaisante à soi-même, et qui n'en impose
jamais aux autres. »

Ces propos me faisaient frémir, mais je vis
bien que je n'avais plus le droit de les combattre; les soins criminels de cette femme immorale
me devenaient nécessaires, et je devais la ménager;
fatal inconvénient du vice, puisqu'il nous met,
dès que nous nous y livrons, sous les liens de ceux
que nous eussions méprisés sans cela. J'acceptai
donc toutes les complaisances de Mme de Verquin;
chaque nuit Senneval me donnait des nouvelles
preuves de son amour, et six mois se passèrent
ainsi dans une telle ivresse, qu'à peine eus-je le
temps de réfléchir.

De funestes suites m'ouvrirent bientôt les yeux;
je devins enceinte et pensai mourir de désespoir
en me voyant dans un état dont Mme de Verquin
se divertit.

« Cependant, me dit-elle, il faut sauver les
apparences, et comme il n'est pas trop décent
que tu accouches dans ma maison, le colonel
de Senneval et moi, nous avons pris des arrangements; il va donner un congé au jeune homme,
tu partiras quelques jours avant lui pour Metz,
il t'y suivra de près, et là, secourue par lui, tu
donneras la vie à ce fruit illicite de ta tendresse;
ensuite vous reviendrez ici l'un après l'autre
comme vous en serez partis. »

Il fallut obéir, je vous l'ai dit, monsieur, on
se met à la merci de tous les hommes et au hasard
de toutes les situations, quand on a eu le malheur
de faire une faute; on laisse sur sa personne des
droits à tout l'univers, on devient l'esclave de
tout ce qui respire, dès qu'on s'est oublié au point
de le devenir de ses passions.

Tout s'arrangea comme l'avait dit Mme de

Verquin; le troisième jour nous nous trouvâmes réunis Senneval et moi, à Metz, chez une sage-femme, dont j'avais pris l'adresse en sortant de Nancy, et j'y mis au monde un garçon; Senneval, qui n'avait cessé de montrer les sentiments les plus tendres et les plus délicats, sembla m'aimer encore davantage dès que j'eus, disait-il, doublé son existence; il eut pour moi tous les égards possibles, me supplia de lui laisser son fils, me jura qu'il en aurait toute sa vie les plus grands soins, et ne songea à reparaître à Nancy que quand ce qu'il me devait fut rempli.

Ce fut à l'instant de son départ où j'osai lui faire sentir à quel point la faute qu'il m'avait fait commettre allait me rendre malheureuse, et où je lui proposai de la réparer en nous liant aux pieds des autels. Senneval qui ne s'était pas attendu à cette proposition, se troubla...

« Hélas! me dit-il, en suis-je le maître? encore dans l'âge de la dépendance, ne me faudrait-il pas l'agrément de mon père? que deviendrait notre hymen, s'il n'était revêtu de cette formalité? et d'ailleurs, il s'en faut bien que je sois un parti sortable pour vous; nièce de Mme de Verquin (on le croyait à Nancy), vous pouvez prétendre à beaucoup mieux; croyez-moi, Florville, oublions nos égarements, et soyez sûre de ma discrétion. »

Ce discours, que j'étais loin d'attendre, me fit cruellement sentir toute l'énormité de ma faute; ma fierté m'empêcha de répondre, mais ma douleur n'en fut que plus amère; si quelque chose avait dérobé l'horreur de ma conduite à mes propres regards, c'était, je vous l'avoue, l'espoir de la réparer en épousant un jour mon amant. Fille crédule! je n'imaginais pas, malgré la perversité de Mme de Verquin qui sans doute eut dû m'éclairer, je ne croyais pas que l'on pût se faire un jeu de séduire une malheureuse fille et de l'abandonner après, et cet honneur, ce sentiment si respectable aux yeux des hommes, je ne supposais pas que son action fût sans énergie vis-à-vis de nous, et que notre faiblesse pût légitimer une insulte qu'ils ne hasarderaient entre eux qu'au prix de leur sang. Je me voyais donc à la fois la victime, et la dupe de celui pour lequel j'aurais donné mille fois ma vie; puis s'en fallut que cette affreuse révolution ne me conduisît au tombeau. Senneval ne me quitta point, ses soins furent les mêmes, mais il ne me reparla plus de ma proposition, et j'avais trop d'orgueil pour lui offrir une seconde fois le sujet de mon désespoir; il disparut enfin dès qu'il me vit remise.

Décidée à ne plus retourner à Nancy, et sentant bien que c'était pour la dernière fois de ma vie que je voyais mon amant, toutes mes plaies se rouvrirent à l'instant du départ; j'eus néanmoins la force de supporter ce dernier coup..., le cruel! il partit, il s'arracha de mon sein inondé de mes larmes, sans que je lui en visse répandre une seule!

Et voilà donc ce qui résulte de ces serments d'amour auxquels nous avons la folie de croire! plus nous sommes sensibles, plus nos séducteurs nous délaissent..., les perfides!... ils s'éloignent de nous, en raison du plus de moyens que nous avons employés pour les retenir.

Senneval avait pris son enfant, il l'avait placé dans une campagne où il me fut impossible de le découvrir..., il avait voulu me priver de la douceur de chérir et d'élever moi-même ce tendre fruit de notre liaison; on eût dit qu'il désirait que j'oubliasse tout ce qui pouvait encore nous enchaîner l'un à l'autre, et je le fis, ou plutôt je crus le faire.

Je me déterminai à quitter Metz dès l'instant et à ne point retourner à Nancy; je ne voulais pourtant pas me brouiller avec Mme de Verquin; il suffisait malgré ses torts qu'elle appartînt d'aussi près à mon bienfaiteur, pour que je la ménageasse toute ma vie; je lui écrivis la lettre du monde la plus honnête, je prétextai, pour ne plus reparaître dans sa ville, la honte de l'action que j'y avais commise, et je lui demandai la permission de retourner à Paris auprès de son frère. Elle me répondit sur-le-champ que j'étais la maîtresse de faire tout ce que je voudrais, qu'elle me conserverait son amitié dans tous les temps; elle ajoutait que Senneval n'était point encore de retour, qu'on ignorait sa retraite, et que j'étais une folle de m'affliger de toutes ces misères.

Cette lettre reçue, je revins à Paris, et courus me jeter aux genoux de M. de Saint-Prât; mon silence et mes larmes lui apprirent bientôt mon infortune; mais j'eus l'attention de m'accuser seule, je ne lui parlai jamais des séductions de sa sœur. M. de Saint-Prât, à l'exemple de tous les bons caractères, ne soupçonnait nullement les désordres de sa parente, il la croyait la plus honnête des femmes; je lui laissai toute son illusion, et cette conduite que Mme de Verquin n'ignora point me conserva son amitié.

M. de Saint-Prât me plaignit..., me fit vraiment sentir mes torts, et finit par les pardonner.

« Oh! mon enfant, me dit-il avec cette douce componction d'une âme honnête, si différente de l'ivresse odieuse du crime, ô! ma chère fille, tu vois ce qu'il en côute pour quitter la vertu... son adoption est si nécessaire, elle est si intimement liée à notre existence, qu'il n'y a plus qu'infor-

tunes pour nous, sitôt que nous l'abandonnons;
compare la tranquillité de l'état d'innocence où
tu étais en partant de chez moi, au trouble
affreux où tu y rentres. Les faibles plaisirs que tu
as pu goûter dans ta chute, te dédommagent-ils
des tourments dont voilà ton cœur déchiré? Le
bonheur n'est donc que dans la vertu, mon
enfant, et tous les sophismes de ses détracteurs ne
procureront jamais une seule de ses jouissances.
Ah! Florville, ceux qui les nient ou qui les com-
battent, ces jouissances si douces, ne le font que
par jalousie, sois-en sûre, que par le plaisir barbare de rendre les autres aussi coupables et aussi
malheureux qu'ils le sont. Ils s'aveuglent et voudraient aveugler tout le monde, ils se trompent,
et voudraient que tout le monde se trompât;
mais si l'on pouvait lire au fond de leur âme,
on n'y verrait que douleurs et que repentirs;
tous ces apôtres du crime ne sont que des méchants, que des désespérés; on n'en trouverait
pas un de sincère, pas un qui n'avouât, s'il pouvait être vrai, que ses discours empestés ou ses
écrits dangereux, n'ont eu que ses passions pour
guide. Et quel homme en effet pourra dire de
sang-froid que les bases de la morale peuvent
être ébranlées sans risque? quel être osera
soutenir que de faire le bien, de désirer le bien,
ne doit pas être nécessairement la véritable fin
de l'homme? et comment celui qui ne fera que
le mal, peut-il s'attendre à être heureux au milieu d'une société, dont le plus puissant intérêt
est que le bien se multiplie sans cesse? Mais ne
frémira-t-il pas lui-même à tout instant cet apologiste du crime, quand il aura déraciné dans
tous les cœurs la seule chose dont il doive attendre sa conversation? Qui s'opposera à ce que ses
valets le ruinent, s'ils ont cessé d'être vertueux?

qui empêchera sa femme de le déshonorer, s'il
l'a persuadée que la vertu n'est utile à rien? qui
retiendra la main de ses enfants, s'il a osé flétrir
les semences du bien dans leur cœur? comment
sa liberté, ses possessions seront-elles respectées,
s'il a dit aux grands, *l'impunité vous accompagne,
et la vertu n'est qu'une chimère?* Quel que soit donc
l'état de ce malheureux, qu'il soit époux ou père,
riche ou pauvre, maître ou esclave, de toutes parts
naîtront des dangers pour lui, de tous côtés s'élè-
veront des poignards sur son sein : s'il a osé
détruire dans l'homme les seuls devoirs qui
balancent sa perversité, n'en doutons point, l'infortuné périra tôt ou tard, victime de ses affreux
systèmes[1].

Laissons un instant la religion, si l'on veut,
ne considérons que l'homme seul; quel sera
l'être assez imbécile pour croire qu'en enfreignant toutes les lois de la société, cette société
qu'il outrage, pourra le laisser en repos? N'est-il
pas de l'intérêt de l'homme, et des lois qu'il fait
pour sa sûreté, de toujours tendre à détruire ou
ce qui gêne, ou ce qui nuit? Quelque crédit, ou
des richesses, assureront peut-être au méchant
une lueur éphémère de prospérité; mais combien son règne sera court! reconnu, démasqué,
devenu bientôt l'objet de la haine et du mépris
public, trouvera-t-il alors, ou les apologistes de
sa conduite ou ses partisans pour consolateurs?
aucun ne voudra l'avouer; n'ayant plus rien à

---

1. *Oh! mon ami, ne cherche jamais à corrompre la personne que
tu aimes, cela peut aller plus loin qu'on ne pense,* disait un
jour une femme sensible à l'ami qui voulait la séduire.
Femme adorable, laisse-moi citer tes propres paroles, elles
peignent si bien l'âme de celle qui, peu après sauva la vie à
ce même homme, que je voudrais graver ces mots touchants,
au temple de mémoire, où tes vertus t'assurent une place.

leur offrir, tous le rejetteront comme un fardeau;
le malheur l'environnant de toutes parts, il lan-
guira dans l'opprobre et dans l'infortune, et
n'ayant même plus son cœur pour asile, il expi-
rera bientôt dans le désespoir. Quel est donc ce
raisonnement absurde de nos adversaires? quel
est cet effort impuissant pour atténuer la vertu,
d'oser dire, que tout ce qui n'est pas universel
est chimère, et que les vertus n'étant que locales,
aucune d'elles ne saurait avoir de réalité? Eh
quoi! il n'y a point de vertu, parce que chaque
peuple a dû se faire les siennes? parce que les
différents climats, les différentes sortes de tem-
péraments ont nécessité différentes espèces de
freins, parce qu'en un mot la vertu s'est multipliée
sous mille formes, il n'y a point de vertu sur la
terre? Il vaudrait autant douter de la réalité d'un
fleuve, parce qu'il se séparerait en mille branches
diverses. Eh! qui prouve mieux et l'existence de la
vertu et sa nécessité, que le besoin que l'homme a,
de l'adapter à toutes ses différentes mœurs et d'en
faire la base de toutes? Qu'on me trouve un seul
peuple qui vive sans vertu, un seul dont la bienfaisance et l'humanité ne soient pas les liens
fondamentaux, je vais plus loin, qu'on me trouve
même une association de scélérats qui ne soit
cimentée par quelques principes de vertu, et
j'abandonne sa cause; mais si elle est au contraire
démontrée utile partout, s'il n'est aucune nation,
aucun état, aucune société, aucun individu qui
puissent s'en passer, si l'homme, en un mot, ne
peut vivre ni heureux ni en sûreté sans elle, au-
rais-je tort, ô, mon enfant, de t'exhorter à ne
t'en écarter jamais? Vois, Florville, continua mon
bienfaiteur en me pressant dans ses bras, vois
où t'ont fait tomber tes premiers égarements;
et si l'erreur te sollicite encore, si la séduction

ou ta faiblesse te préparent de nouveaux pièges, songe aux malheurs de tes premiers écarts, songe à un homme qui t'aime comme sa propre fille... dont tes fautes déchireraient le cœur, et tu trouveras dans ces réflexions toute la force qu'exige le culte des vertus, où je veux te rendre à jamais.

M. de Saint-Prât toujours dans ces mêmes principes, ne m'offrit point sa maison; mais il me proposa d'aller vivre avec une de ses parentes, femme aussi célèbre par la haute piété dans laquelle elle vivait, que Mme de Verquin l'était par ses travers. Cet arrangement me plut fort. Mme de Lérince m'accepta le plus volontiers du monde, et je fus installée chez elle dès la même semaine de mon retour à Paris.

Oh! monsieur, quelle différence de cette respectable femme à celle que je quittais! Si le vice et la dépravation avaient chez l'une établi leur empire, on eût dit que le cœur de l'autre était l'asile de toutes les vertus. Autant la première m'avait effrayée de ses dépravations, autant, je me trouvais consolée des édifiants principes de la seconde; je n'avais trouvé que de l'amertume et des remords en écoutant Mme de Verquin, je ne rencontrais que des douceurs et des consolations en me livrant à Mme de Lérince... Ah! monsieur, permettez-moi de vous la peindre cette femme adorable que j'aimerai toujours; c'est un hommage que mon cœur doit à ses vertus, il m'est impossible d'y résister.

Mme de Lérince, âgée d'environ quarante ans, était encore très fraîche, un air de candeur et de modestie embellissait bien plus ses traits que les divines proportions qu'y faisait régner la nature; un peu trop de noblesse et de majesté la rendait, disait-on, imposante au premier aspect, mais ce qu'on eût pu prendre pour de la fierté s'adou-

cissait dès qu'elle ouvrait la bouche; c'était une
âme si belle et si pure, une aménité si parfaite,
une franchise si entière, qu'on sentait insensiblement malgré soi, joindre à la vénération
qu'elle inspirait d'abord, tous les sentiments les
plus tendres. Rien d'outré, rien de superstitieux
dans la religion de Mme de Lérince; c'était dans
la plus extrême sensibilité que l'on trouvait en
elle les principes de sa foi. L'idée de l'existence
de Dieu, le culte dû à cet être suprême, telles
étaient les jouissances les plus vives de cette âme
aimante; elle avouait hautement qu'elle serait la
plus malheureuse des créatures, si de perfides
lumières contraignaient jamais son esprit à détruire en elle le respect et l'amour qu'elle avait
pour son culte; encore plus attachée, s'il est possible, à la morale sublime de cette religion, qu'à
ses pratiques ou à ses cérémonies, elle faisait de
cette excellente morale, la règle de toutes ses
actions; jamais la calomnie n'avait souillé ses
lèvres, elle ne se permettait même pas une plaisanterie qui pût affliger son prochain; pleine de
tendresse et de sensibilité pour ses semblables,
trouvant les hommes intéressants, même dans
leurs défauts, son unique occupation était, ou de
cacher ces défauts avec soin, ou de les en reprendre
avec douceur; étaient-ils malheureux, aucuns
charmes n'égalaient pour elle ceux de les soulager; elle n'attendait pas que les indigents vins-
sent implorer son secours, elle les cherchait... elle
les devinait, et l'on voyait la joie éclater sur ses
traits, quand elle avait consolé la veuve ou pourvu
l'orphelin, quand elle avait répandu l'aisance
dans une pauvre famille, ou lorsque ses mains
avaient brisé les fers de l'infortune. Rien d'âpre,
rien d'austère auprès de tout cela; les plaisirs
qu'on lui proposait étaient-ils chastes, elle s'y

livrait avec délices, elle en imaginait même, dans la crainte qu'on ne s'ennuyât près d'elle. Sage..., éclairée avec le moraliste..., profonde avec le théologien, elle inspirait le romancier et souriait au poète, elle étonnait le législateur ou le politique, et dirigeait les jeux d'un enfant; possédant toutes les sortes d'esprit, celui qui brillait le plus en elle, se reconnaissait principalement au soin particulier... à l'attention charmante qu'elle avait, ou à faire paraître celui des autres, ou à leur en trouver toujours. Vivant dans la retraite par goût, cultivant ses amis pour eux, Mme de Lérince en un mot, le modèle de l'un et l'autre sexe, faisait jouir tout ce qui l'entourait, de ce bonheur tranquille..., de cette volupté céleste, promise à l'honnête homme par le Dieu saint dont elle était l'image.

Je ne vous ennuierai point, monsieur, des détails monotones de ma vie, pendant les dix-sept ans que j'ai eu le bonheur de vivre avec cette créature adorable. Des conférences de morale et de piété, le plus d'actes de bienfaisance qu'il nous était possible, tels étaient les devoirs qui partageaient nos jours.

« Les hommes ne s'effarouchent de la religion, ma chère Florville, me disait Mme de Lérince, que parce que des guides maladroits ne leur en font sentir que les chaînes, sans leur en offrir les douceurs. Peut-il exister un homme assez absurde pour oser, en ouvrant les yeux sur l'univers, ne pas convenir que tant de merveilles ne peuvent être que l'ouvrage d'un Dieu tout-puissant. Cette première vérité sentie..., et faut-il autre chose que son cœur pour s'en convaincre?... quel peut-il être donc cet individu cruel et barbare qui refuserait alors son hommage au dieu bienfaisant qui l'a créé? mais la diversité des

cultes embarrasse, on croit trouver leur fausseté
dans leur multitude; quel sophisme! et n'est-ce
point dans cette unanimité des peuples à reconnaître et servir un dieu, n'est-ce donc point dans
cet aveu tacite empreint au cœur de tous les hommes, où se trouve plus encore, s'il est possible,
que dans les sublimités de la nature, la preuve
irrévocable de l'existence de ce dieu suprême?
quoi! l'homme ne peut vivre sans adopter un
dieu, il ne peut s'interroger sans en trouver
des preuves dans lui-même, il ne peut ouvrir
les yeux sans rencontrer partout des traces de ce
dieu, et il ose encore en douter! Non, Florville,
non, il n'y a point d'athée de bonne foi; l'orgueil, l'entêtement, les passions, voilà les armes
destructives de ce dieu qui se revivifie sans
cesse dans le cœur de l'homme ou dans sa raison; et quand chaque battement de ce cœur,
quand chaque trait lumineux de cette raison
m'offrent cet être incontestable, je lui refuserais
mon hommage, je lui déroberais le tribut que sa
bonté permet à ma faiblesse, je ne m'humilierais
pas devant sa grandeur, je ne lui demanderais
pas la grâce, et d'endurer les misères de la vie,
et de me faire un jour participer à sa gloire! je
n'ambitionnerais pas la faveur de passer l'éternité dans son sein, ou je risquerais cette même
éternité dans un gouffre effrayant de supplices,
pour m'être refusée aux preuves indubitables
qu'a bien voulu me donner ce grand être, de la
certitude de son existence! Mon enfant, cette
effroyable alternative permet-elle même un
instant de réflexion? ô vous qui vous refusez
opiniâtrement aux traits de flamme lancés par
ce dieu même au fond de votre cœur, soyez au
moins justes un instant, et par seule pitié pour
vous-même, rendez-vous à cet argument invin-

cible de Pascal : « s'il n'y a point de Dieu, que
« vous importe d'y croire, quel mal vous fait
« cette adhésion? et s'il y en a un, quels dangers
« ne courez-vous pas à lui refuser votre foi? »
Vous ne savez, dites-vous, incrédules, quel hommage offrir à ce dieu, la multitude des religions
vous offusque; eh bien, examinez-les toutes, j'y
consens, et venez dire après de bonne foi, à
laquelle vous trouvez plus de grandeur et de
majesté; niez, s'il vous est possible, ô Chrétiens,
que celle dans laquelle vous avez eu le bonheur
de naître ne vous paraisse pas celle de toutes,
dont les caractères ne soient les plus saints et les
plus sublimes; cherchez ailleurs d'aussi grands
mystères, des dogmes aussi purs, une morale
aussi consolante; trouvez dans une autre religion le sacrifice ineffable d'un dieu, en faveur de
sa créature; voyez-y des promesses plus belles,
un avenir plus flatteur, un dieu plus grand et
plus sublime! Non, tu ne le peux, philosophe du
jour; tu ne le peux, esclave de tes plaisirs, dont
la foi change avec l'état physique de tes nerfs;
impie dans le feu des passions, crédule dès
qu'elles sont calmées, tu ne le peux, te dis-je;
le sentiment l'avoue sans cesse, ce dieu que ton
esprit combat, il existe toujours près de toi,
même au milieu de tes erreurs; brise ces fers
qui t'attachent au crime, et jamais, ce dieu saint
et majestueux ne s'éloignera du temple érigé
par lui dans ton cœur. C'est au fond de ce cœur,
bien plus encore que dans sa raison, qu'il faut,
ô ma chère Florville, trouver la nécessité de ce
dieu que tout nous indique et nous prouve; c'est
de ce même cœur qu'il faut également recevoir
la nécessité du culte que nous lui rendons, et
c'est ce cœur seul, qui te convaincra bientôt,
chère amie, que le plus noble et le plus épuré

de tous, est celui dans lequel nous sommes nées. Pratiquons-le donc avec exactitude, avec joie, ce culte doux et consolateur, qu'il remplisse ici-bas nos moments les plus beaux, et qu'insensiblement conduites en le chérissant au dernier terme de notre vie, ce soit par une voie d'amour et de délices que nous allions déposer dans le sein de l'éternel, cette âme émanée de lui, uniquement formée pour le connaître, et dont nous n'avons dû jouir, que pour le croire et pour l'adorer. »

Voilà comme me parlait Mme de Lérince, voilà comme mon esprit se fortifiait de ses conseils, et comme mon âme se raréfiait sous son aile sacrée; mais je vous l'ai dit, je passe sous silence tous les petits détails des événements de ma vie dans cette maison, pour ne vous arrêter qu'à l'essentiel; ce sont mes fautes que je dois vous révéler, homme généreux et sensible, et quand le ciel a voulu me permettre de vivre en paix dans la route de la vertu, je n'ai qu'à le remercier et me taire.

Je n'avais pas cessé d'écrire à Mme de Verquin, je recevais régulièrement deux fois par mois de ses nouvelles, et quoique j'eusse dû sans doute renoncer à ce commerce, quoique la réforme de ma vie, et de meilleurs principes me contraignissent en quelque façon à le rompre, ce que je devais à M. de Saint-Prât, et plus que tout, faut-il l'avouer, un sentiment secret qui m'entraînait toujours invinciblement vers les lieux où tant d'objets chéris m'enchaînaient autrefois, l'espoir, peut-être d'apprendre un jour des nouvelles de mon fils, tout enfin m'engagea à continuer un commerce que Mme de Verquin eut l'honnêteté de soutenir toujours régulièrement; j'essayais de la convertir, je lui vantais les douceurs de la vie que je menais, mais elle les traitait de chimères, elle ne cessait de rire de mes résolutions, ou de les combattre, et toujours ferme dans les siennes, elle m'assurait que rien au monde ne serait capable de les affaiblir, elle me parlait des nouvelles prosélytes qu'elle s'amusait à faire, elle mettait leur docilité bien au-dessus de la mienne; leurs chutes multipliées étaient, disait cette femme perverse, de petits triomphes qu'elle ne remportait jamais sans délices, et le plaisir d'entraîner ces jeunes cœurs au mal la consolait de ne pouvoir faire tout celui que son imagination lui dictait. Je priais souvent Mme de Lérince de me prêter sa plume éloquente pour renverser mon adversaire, elle y consentait avec joie; Mme de Verquin nous répondait et ses sophismes quelquefois très forts, nous contraignaient à recourir aux arguments bien autrement victorieux d'une âme sensible, où Mme de Lérince prétendait, avec raison, que se trouvait inévitablement, tout ce qui devait détruire le vice, et confondre l'incrédulité. Je demandais de temps en temps à Mme de Verquin des nouvelles de celui que j'aimais encore, mais ou elle ne put, ou elle ne voulut jamais m'en apprendre.

Il en est temps, monsieur; venons à cette seconde catastrophe de ma vie, à cette anecdote sanglante qui brise mon cœur chaque fois qu'elle se présente à mon imagination, et qui vous apprenant le crime affreux dont je suis coupable, vous fera sans doute renoncer aux projets trop flatteurs que vous formiez sur moi.

La maison de Mme de Lérince, telle régulière que j'aie pu vous la peindre, s'ouvrait pourtant à quelques amis; Mme de Dulfort, femme d'un certain âge, autrefois attachée à la princesse de

Piémont, et qui venait nous voir très souvent, demanda un jour à Mme de Lérince la permission de lui présenter un jeune homme qui lui était expressément recommandé, et qu'elle serait bien aise d'introduire dans une maison, où les exemples de vertu qu'il recevrait sans cesse, ne pourraient que contribuer à lui former le cœur. Ma protectrice s'excusa sur ce qu'elle ne recevait jamais de jeunes gens, ensuite vaincue par les pressantes sollicitations de son amie, elle consentit à voir le chevalier de Saint-Ange : il parut.

Soit pressentiment..., soit tout ce qu'il vous plaira, monsieur, il me prit, en apercevant ce jeune homme, un frémissement universel dont il me fut impossible de démêler la cause..., je fus prête à m'évanouir... Ne recherchant point le motif de cet effet bizarre, je l'attribuai à quelque malaise intérieur, et Saint-Ange cessa de me frapper. Mais si ce jeune homme m'avait dès la première vue agitée de cette sorte, pareil effet s'était manifesté dans lui..., je l'appris enfin par sa bouche. Saint-Ange était rempli d'une si grande vénération pour le logis dont on lui avait ouvert l'entrée, qu'il n'osait s'oublier au point d'y laisser échapper le feu qui le consumait. Trois mois se passèrent donc avant qu'il n'osât m'en rien dire; mais ses yeux m'exprimaient un langage si vif, qu'il me devenait impossible de m'y méprendre. Bien décidée à ne point retomber encore dans un genre de faute auquel je devais le malheur de mes jours, très affermie par de meilleurs principes, je fus prête vingt fois à prévenir Mme de Lérince des sentiments que je croyais démêler dans ce jeune homme; retenue ensuite par la crainte que je craignais de lui faire, je pris le parti du silence. Funeste résolution sans

doute, puisqu'elle fut cause du malheur effrayant
que je vais bientôt vous apprendre.

Nous étions dans l'usage de passer tous les
ans, six mois dans une assez jolie campagne que
possédait Mme de Lérince à deux lieues de Paris;
M. de Saint-Prât nous y venait voir souvent;
pour mon malheur la goutte le retint cette année,
il lui fut impossible d'y paraître; je dis pour mon
malheur, monsieur, parce qu'ayant naturellement plus confiance en lui qu'en sa parente, je
lui aurais avoué des choses que je ne pus jamais
me résoudre à dire à d'autres, et dont les aveux
eussent sans doute prévenu le funeste accident
qui arriva.

Saint-Ange demanda permission à Mme de
Lérince d'être du voyage, et comme Mme de
Dulfort sollicitait également pour lui cette grâce,
elle lui fut accordée.

Nous étions tous assez inquiets dans la société
de savoir quel était ce jeune homme; il ne paraissait rien ni de bien clair, ni de bien décidé sur
son existence; Mme de Dulfort nous le donnait
pour le fils d'un gentilhomme de province, auquel
elle appartenait; lui, oubliant quelquefois ce
qu'avait dit Mme de Dulfort, se faisait passer
pour piémontais; opinion que fondait assez la
manière dont il parlait italien. Il ne servait point,
il était pourtant en âge de faire quelque chose,
et nous ne le voyions encore décidé à aucun parti.
D'ailleurs une très jolie figure, fait à peindre,
le maintien fort décent, le propos très honnête,
tout l'air d'une excellente éducation, mais au
travers de cela une vivacité prodigieuse, une sorte
d'impétuosité dans le caractère qui nous effrayait
quelquefois.

Dès que M. de Saint-Ange fut à la campagne,
ses sentiments n'ayant fait que croître par le

frein qu'il avait cherché à leur imposer, il lui
devint impossible de me les cacher; je frémis...,
et devins pourtant assez maîtresse de moi-même
pour ne lui montrer que de la pitié.

« En vérité, monsieur, lui dis-je, il faut que
vous méconnaissiez ce que vous pouvez valoir,
ou que vous ayez bien du temps à perdre, pour
l'employer avec une femme qui a le double de
votre âge; mais à supposer même que je fusse
assez folle pour vous écouter, quelles prétentions
ridicules oseriez-vous former sur moi?

— Celles de me lier à vous par les nœuds les
plus saints, mademoiselle; que vous m'estimeriez
peu, si vous pouviez m'en supposer d'autres!

— En vérité, monsieur, je ne donnerai point
au public la scène bizarre de voir une fille de
trente-quatre ans épouser un enfant de dix-sept.

— Ah! cruelle, verriez-vous ces faibles dis-
proportions, s'il existait au fond de votre cœur
la millième partie du feu qui dévore le mien?

— Il est certain, monsieur, que pour moi, je
suis très calme..., je le suis depuis bien des années,
et le serai j'espère aussi longtemps qu'il plaira à
Dieu de me laisser languir sur la terre.

— Vous m'arrachez jusqu'à l'espoir de vous
attendrir un jour.

— Je vais plus loin, j'ose vous défendre de
m'entretenir plus longtemps de vos folies.

— Ah! belle Florville, vous voulez donc le
malheur de ma vie?

— J'en veux le repos et la félicité.

— Tout cela ne peut exister qu'avec vous.

— Oui... tant que vous ne détruirez pas des
sentiments ridicules que vous n'auriez jamais
dû concevoir; essayez de les vaincre, tâchez d'être
maître de vous, votre tranquillité renaîtra.

— Je ne le puis.

— Vous ne le voulez point, il faut nous séparer pour y réussir; soyez deux ans sans me voir, cette effervescence s'éteindra, vous m'oublierez, et vous serez heureux.

— Ah! jamais, jamais, le bonheur ne sera pour moi qu'à vos pieds... »

Et comme la société nous rejoignait, notre première conversation resta là.

Trois jours après, Saint-Ange ayant trouvé le moyen de me rencontrer encore seule, voulut reprendre le ton de l'avant-veille. Pour cette fois je lui imposai silence avec tant de rigueur, que ses larmes coulèrent avec abondance; il me quitta brusquement, me dit que je le mettais au désespoir, et qu'il s'arracherait bientôt la vie, si je continuais à le traiter ainsi... Revenant ensuite comme un furieux sur ses pas...

« Mademoiselle, me dit-il, vous ne connaissez pas l'âme que vous outragez..., non, vous ne la connaissez pas..., sachez que je suis capable de me porter aux dernières extrémités..., à celles même que vous êtes peut-être bien loin de penser..., oui, je m'y porterai mille fois plutôt que de renoncer au bonheur d'être à vous. »

Et il se retira dans une affreuse douleur.

Je ne fus jamais plus tentée qu'alors de parler à Mme de Lérince, mais je vous le répète, la crainte de nuire à ce jeune homme me retint, je me tus. Saint-Ange fut huit jours à me fuir, à peine me parlait-il, il m'évitait à table..., dans le salon..., aux promenades, et tout cela sans doute pour voir si ce changement de conduite produirait en moi quelque impression, si j'eus partagé ses sentiments, le moyen était sûr, mais j'en étais si loin, qu'à peine eus-je l'air de me douter de ses manœuvres.

Enfin il m'aborde au fond des jardins...

« Mademoiselle, me dit-il dans l'état du monde le plus violent..., j'ai enfin réussi à me calmer, vos conseils ont fait sur moi l'effet que vous en attendiez..., vous voyez comme me voilà redevenu tranquille... je n'ai cherché à vous trouver seule que pour vous faire mes derniers adieux..., oui, je vais vous fuir à jamais, mademoiselle..., je vais vous fuir..., vous ne verrez plus celui que vous haïssez..., oh! non, non, vous ne le verrez plus.

— Ce projet me fait plaisir, monsieur, j'aime à vous croire enfin raisonnable; mais, ajoutai-je en souriant, votre conversion ne me paraît pas encore bien réelle.

— Eh! comment faut-il donc que je sois, mademoiselle, pour vous convaincre de mon indifférence?

— Tout autrement que je ne vous vois.

— Mais au moins quand je serai parti..., quand vous n'aurez plus la douleur de me voir, peut-être croirez-vous à cette raison où vous faites tant d'efforts pour me ramener?

— Il est vrai qu'il n'y a que cette démarche qui puisse me le persuader, et je ne cesserai de vous la conseiller sans cesse.

— Ah! je suis donc pour vous un objet bien affreux?

— Vous êtes, monsieur, un homme fort aimable, qui devez voler à des conquêtes d'un autre prix, et laisser en paix une femme à laquelle il est impossible de vous entendre.

— Vous m'entendrez pourtant, dit-il alors en fureur, oui, cruelle, vous entendrez, quoi que vous ne puissiez dire, les sentiments de mon âme de feu, et l'assurance qu'il ne sera rien dans le monde que je ne fasse..., ou pour vous mériter, ou pour vous obtenir... N'y croyez pas au moins, reprit-il impétueusement, n'y croyez pas à ce

départ simulé, je ne l'ai feint que pour vous
éprouver..., moi, vous quitter..., moi, m'arracher
au lieu qui vous possède, on me priverait plutôt
mille fois du jour... Haïssez-moi, perfide, haïssez-
moi, puisque tel est mon malheureux sort, mais
n'espérez jamais vaincre en moi l'amour dont
je brûle pour vous... »

Et Saint-Ange était dans un tel état en prononçant ces derniers mots, par une fatalité que
je n'ai jamais pu comprendre, il avait si bien
réussi à m'émouvoir, que je me détournai pour
lui cacher mes pleurs, et le laissai dans le fond
du bosquet, où il avait trouvé le moyen de me
joindre. Il ne me suivit pas ; je l'entendis se jeter
à terre, et s'abandonner aux excès du plus
affreux délire... Moi-même, faut-il vous l'avouer,
monsieur, quoique bien certaine de n'éprouver
nul sentiment d'amour pour ce jeune homme,
soit commisération, soit souvenir, il me fut
impossible de ne pas éclater à mon tour.

« Hélas ! me disais-je en me livrant à ma douleur..., voilà quels étaient les propos de Senneval..., c'était dans les mêmes termes qu'il m'exprimait les sentiments de sa flamme..., également
dans un jardin..., dans un jardin comme celui-
ci..., ne me disait-il pas qu'il m'aimerait toujours..., et ne m'a-t-il pas cruellement trompée !...
Juste ciel ! il avait le même âge... Ah ! Senneval...,
Senneval, est-ce toi qui cherche à me ravir
encore mon repos ? et ne reparais-tu sous ces
traits séducteurs que pour m'entraîner une
seconde fois dans l'abîme ?... Fuis, lâche..., fuis...,
j'abhorre à présent jusqu'à ton souvenir ! »

J'essuyai mes larmes, et fus m'enfermer chez
moi jusqu'à l'heure du souper ; je descendis
alors..., mais Saint-Ange ne parut pas, il fit dire
qu'il était malade, et le lendemain, il fut assez

adroit pour ne me laisser lire sur son front que
de la tranquillité..., je m'y trompai; je crus réellement qu'il avait fait assez d'efforts sur lui-même
pour avoir vaincu sa passion. Je m'abusais; le
perfide!... Hélas! que dis-je, monsieur, je ne lui
dois plus d'invectives..., il n'a plus de droits qu'à
mes larmes, il n'en a plus qu'à mes remords.

Saint-Ange ne semblait aussi calme, que parce
que ses plans étaient dressés; deux jours se passèrent ainsi, et vers le soir du troisième, il
annonça publiquement son départ; il prit avec
Mme de Dulfort, sa protectrice, des arrangements
relatifs à leurs communes affaires à Paris.

On se coucha... Pardonnez-moi, monsieur,
le trouble où me jette d'avance le récit de cette
affreuse catastrophe; elle ne se peint jamais à
ma mémoire sans me faire frissonner d'horreur.
Comme il faisait une chaleur extrême, je
m'étais jetée dans mon lit presque nue; ma
femme de chambre dehors, je venais d'éteindre
ma bougie... Un sac à ouvrage était malheureusement resté ouvert sur mon lit, parce que je
venais de couper des gazes dont j'avais besoin le
lendemain. A peine mes yeux commençaient-ils
à se fermer, que j'entendis du bruit..., je me relève
sur mon séant avec vivacité..., je me sens saisie
par une main...

« Tu ne me fuiras plus, Florville, me dit
Saint-Ange..., c'était lui... Pardonne à l'excès de
ma passion, mais ne cherche pas à t'y soustraire..., il faut que tu sois à moi.

— Infâme séducteur! m'écriai-je, fuis dans
l'instant, ou crains les effets de mon courroux...

— Je ne crains que de ne pouvoir te posséder,
fille cruelle », reprit cet ardent jeune homme,
en se précipitant sur moi si adroitement et dans
un tel état de fureur, que je devins sa victime

avant que de pouvoir l'empêcher... Courroucée
d'un tel excès d'audace, décidée à tout plutôt
que d'en souffrir la suite, je me jette en me
débarrassant de lui, sur les ciseaux que j'avais
à mes pieds; me possédant néanmoins dans ma
fureur, je cherche son bras pour l'y atteindre, et
pour l'effrayer par cette résolution de ma part,
bien plus que pour le punir comme il méritait
de l'être; sur le mouvement qu'il me sent faire,
il redouble la violence des siens.

« Fuis! traître, m'écriai-je en croyant le frapper au bras, fuis dans l'instant, et rougis de ton
crime... »

Oh! monsieur, une main fatale avait dirigé
mes coups..., le malheureux jeune homme jette
un cri et tombe sur le carreau... Ma bougie à
l'instant rallumée, je m'approche..., juste ciel!
je l'ai frappé dans le cœur..., il expire!... Je me
précipite sur ce cadavre sanglant..., je le presse
avec délire sur mon sein agité..., ma bouche
empreinte sur la sienne veut rappeler une âme
qui s'exhale; je lave sa blessure de mes pleurs...
O toi! dont le seul crime fut de me trop aimer,
dis-je avec l'égarement du désespoir, méritais-tu
donc un supplice pareil? devais-tu perdre la
vie par la main de celle à qui tu aurais sacrifié
la tienne? O malheureux jeune homme..., image
de celui que j'adorais, s'il ne faut que t'aimer
pour te rendre à la vie, apprends, en cet instant cruel, où tu ne peux malheureusement plus
m'entendre..., apprends, si ton âme palpite
encore, que je voudrais la ranimer au prix de mes
jours..., apprends que tu ne me fus jamais indifférent..., que je ne t'ai jamais vu sans trouble,
et que les sentiments que j'éprouvais pour toi
étaient peut-être bien supérieurs à ceux du faible
amour qui brûlait dans ton cœur.

A ces mots je tombai sans connaissance sur
le corps de cet infortuné jeune homme, ma
femme de chambre entra, elle avait entendu le
bruit, elle me soigne, elle joint ses efforts aux
miens pour rendre Saint-Ange à la vie... Hélas!
tout est inutile. Nous sortons de ce fatal appartement, nous en fermons la porte avec soin, nous
emportons la clef, et volons à l'instant à Paris,
chez M. de Saint-Prât... Je le fais éveiller, je lui
remets la clef de cette funeste chambre, je lui
raconte mon horrible aventure, il me plaint, il me
console, et tout malade qu'il est, il se rend aussitôt
chez Mme de Lérince; comme il y avait fort près
de cette campagne à Paris, la nuit suffit à toutes
ces démarches. Mon protecteur arrive chez sa
parente au moment où on se levait, et où rien
encore n'avait transpiré; jamais amis, jamais
parents ne se conduisirent mieux que dans cette
circonstance; loin d'imiter ces gens stupides ou
féroces qui n'ont de charmes dans de telles crises,
qu'à ébruiter tout ce qui peut flétrir ou rendre
malheureux et eux et ce qui les entoure, à peine
les domestiques se doutèrent-ils de ce qui s'était
passé. »

« Eh bien! monsieur, dit ici Mlle de Florville
en s'interrompant, à cause des larmes qui la
suffoquaient, épouserez-vous maintenant une fille
capable d'un tel meurtre? Souffrirez-vous dans
vos bras une créature qui a mérité la rigueur des
lois? une malheureuse enfin, que son crime tour-
mente sans cesse, qui n'a pas eu une seule nuit
tranquille depuis ce cruel moment. Non monsieur, il n'en est pas une où ma malheureuse
victime ne se soit présentée à moi inondée du
sang que j'avais arraché de son cœur.

— Calmez-vous, mademoiselle, calmez-vous,

je vous conjure, dit M. de Courval en mêlant ses
larmes à celles de cette fille intéressante; avec
l'âme sensible que vous avez reçue de la nature,
je conçois vos remords; mais il n'y a pas même
l'apparence du crime dans cette fatale aventure,
c'est un malheur affreux sans doute, mais ce
n'est que cela; rien de prémédité, rien d'atroce,
le seul désir de vous soustraire au plus odieux
attentat..., un meurtre, en un mot, fait par hasard,
en se défendant... Rassurez-vous, mademoiselle,
rassurez-vous donc, je l'exige; le plus sévère des
tribunaux ne ferait qu'essuyer vos larmes; oh!
combien vous vous êtes trompée, si vous avez
craint qu'un tel événement vous fît perdre sur
mon cœur tous les droits que vos qualités vous
assurent. Non, non, belle Florville, cette occasion, loin de vous déshonorer, relève à mes yeux
l'éclat de vos vertus, elle ne vous rend que plus
digne de trouver une main consolatrice qui vous
fasse oublier vos chagrins.

— Ce que vous avez la bonté de me dire,
reprit Mlle de Florville, M. de Saint-Prât me le
dit également; mais vos excessives bontés à l'un
et à l'autre n'étouffent pas les reproches de ma
conscience, jamais rien n'en calmera les remords.
N'importe, reprenons, monsieur, vous devez être
inquiet du dénouement de tout ceci.

Mme de Dulfort fut désolée sans doute; ce
jeune homme très intéressant par lui-même lui
était trop particulièrement recommandé pour ne
pas déplorer sa perte; mais elle sentit les raisons
du silence, elle vit que l'éclat, en me perdant,
ne rendrait pas la vie à son protégé, et elle se
tut. Mme de Lérince, malgré la sévérité de ses
principes, et l'excessive régularité de ses mœurs,
se conduisit encore mieux, s'il est possible, parce
que la prudence et l'humanité sont les caractères

distinctifs de la vraie piété; elle publia d'abord
dans la maison, que j'avais fait la folie de vouloir
retourner à Paris pendant la nuit pour jouir de
la fraîcheur du temps, qu'elle était parfaitement
instruite de cette petite extravagance; qu'au
reste j'avais d'autant mieux fait, que son projet
à elle, était d'y aller souper le même soir; sous
ce prétexte elle y renvoya tout son monde. Une
fois seule avec M. de Saint-Prât et son amie, on
envoya chercher le curé; le pasteur de Mme de
Lérince devait être un homme aussi sage et aussi
éclairé qu'elle; il remit sans difficulté une attes-
tation en règle à Mme de Dulfort, et enterra lui-
même, secrètement avec deux de ses gens, la
malheureuse victime de ma fureur.

Ces soins remplis, tout le monde reparut, le
secret fut juré de part et d'autre, et M. de Saint-
Prât vint me calmer en me faisant part de tout
ce qui venait d'être fait pour ensevelir ma faute
dans le plus profond oubli; il parut désirer que
je retournasse à mon ordinaire chez Mme de
Lérince..., elle était prête à me recevoir..., je ne
pus le prendre sur moi; alors il me conseilla de
me distraire. Mme de Verquin, avec laquelle
je n'avais jamais cessé d'être en commerce comme
je vous l'ai dit, monsieur, me pressait toujours
d'aller encore passer quelques mois avec elle,
je parlai de ce projet à son frère, il l'approuva,
et huit jours après je partis pour la Lorraine;
mais le souvenir de mon crime me poursuivait
partout, rien ne parvenait à me calmer.

Je me réveillais au milieu de mon sommeil,
croyant entendre encore les gémissements et les
cris de ce malheureux Saint-Ange, je le voyais
sanglant à mes pieds, me reprocher ma barbarie,
m'assurer que le souvenir de cette affreuse action
me poursuivrait jusqu'à mes derniers instants,

et que je ne connaissais pas le cœur que j'avais déchiré.

Une nuit, entre autres, Senneval, ce malheureux amant que je n'avais pas oublié, puisque lui seul m'entraînait encore à Nancy..., Senneval me faisait voir à la fois deux cadavres, celui de Saint-Ange, et celui d'une femme inconnue de moi[1], il les arrosait tous deux de ses larmes et me montrait non loin de là, un cercueil hérissé d'épines qui paraissait s'ouvrir pour moi; je me réveillai dans une affreuse agitation, mille sentiments confus s'élevèrent alors dans mon âme, une voix secrète semblait me dire : « oui, tant que tu respireras, cette malheureuse victime t'arrachera des larmes de sang, qui deviendront chaque jour plus cuisantes; et l'aiguillon de tes remords s'aiguisera sans cesse au lieu de s'émousser ».

Voilà l'état où j'arrivai à Nancy, monsieur, mille nouveaux chagrins m'y attendaient; quand une fois la main du sort s'appesantit sur nous, ce n'est qu'en redoublant que ses coups nous écrasent.

Je descends chez Mme de Verquin, elle m'en avait priée par sa dernière lettre, et se faisait, disait-elle, un plaisir de me revoir; mais dans quelle situation, juste ciel! allions-nous toutes deux goûter cette joie! elle était au lit de la mort quand j'arrivai, qui me l'eût dit, grand Dieu! il n'y avait pas quinze jours qu'elle m'avait écrit..., qu'elle me parlait de ses plaisirs présents, et qu'elle m'en annonçait de prochains; et voilà donc quels sont les projets des mortels, c'est au moment où ils les forment, c'est au milieu de leurs

---

1. Qu'on n'oublie pas l'expression : *... Une femme inconnue de moi,* afin de ne pas confondre. Florville a encore quelques pertes à faire, avant que le voile ne se lève, et ne lui fasse connaître la femme qu'elle voyait en songe.

amusements que l'impitoyable mort vient trancher le fil de leurs jours, et vivant, sans jamais
s'occuper de cet instant fatal, vivant comme s'ils
devaient exister toujours, ils disparaissent dans
ce nuage obscur de l'immortalité, incertains du
sort qui les y attend.

Permettez, monsieur, que j'interrompe un
moment le récit de mes aventures, pour vous
parler de cette perte, et pour vous peindre le
stoïcisme effrayant qui accompagna cette femme
au tombeau.

Mme de Verquin, qui n'était plus jeune, elle
avait pour lors cinquante-deux ans, après une
partie folle pour son âge, se jeta dans l'eau pour
se rafraîchir, elle s'y trouva mal, on la rapporta
chez elle dans un état affreux, une fluxion de
poitrine se déclara dès le lendemain; on lui
annonça le sixième jour qu'elle avait à peine
vingt-quatre heures à vivre. Cette nouvelle ne
l'effraya point; elle savait que j'allais venir, elle
recommanda qu'on me reçût; j'arrive, et d'après
la sentence du médecin, c'était le même soir
qu'elle devait expirer. Elle s'était fait placer
dans une chambre meublée avec tout le goût et
l'élégance possibles; elle y était couchée, négligemment parée, sur un lit voluptueux, dont les
rideaux de gros de tour lilas, étaient agréablement relevés par des guirlandes de fleurs natu-
relles; des touffes d'œillets, de jasmins, de tubé-
reuses et de roses, ornaient tous les coins de son
appartement, elle en effeuillait dans une cor-
beille, elle couvrait et sa chambre et son lit. Elle
me tend la main dès qu'elle me voit.

« Approche, Florville, me dit-elle, embrasse-
moi sur mon lit de fleurs..., comme tu es devenue
grande et belle..., oh! ma foi mon enfant, la vertu
t'a réussi..., on t'a dit mon état..., on te l'a dit,

Florville..., je le sais aussi..., dans peu d'heures je ne serai plus; je n'aurais pas cru te revoir pour aussi peu de temps..., et comme elle vit mes yeux se remplir de larmes : allons donc folle, me dit-elle, ne fais donc pas l'enfant..., tu me crois donc bien malheureuse? n'ai-je pas joui autant que femme au monde? Je ne perds que les années où il m'eût fallu renoncer au plaisir, et qu'eussé-je fait sans eux? En vérité je ne me plains point de n'avoir pas vécu plus vieille; dans quelque temps, aucun homme n'eût voulu de moi, et je n'ai jamais désiré de vivre que ce qu'il fallait pour ne pas inspirer du dégoût. La mort n'est à craindre, mon enfant, que pour ceux qui croient, toujours entre l'enfer et le paradis, incertains de celui qui s'ouvrira pour eux, cette anxiété les désole; pour moi qui n'espère rien, pour moi qui suis bien sûre de n'être pas plus malheureuse après ma mort que je ne l'étais avant ma vie, je vais m'endormir tranquillement dans le sein de la nature, sans regret, comme sans douleur, sans remords comme sans inquiétude. J'ai demandé d'être mise sous mon berceau de jasmins, on y prépare déjà ma place, j'y serai, Florville, et les atomes émanés de ce corps détruit serviront à nourrir..., à faire germer la fleur de toutes, que j'ai le mieux aimée; tiens, continua-t-elle en badinant sur mes joues avec un bouquet de cette plante, l'année prochaine en sentant ces fleurs, tu respireras dans leur sein l'âme de ton ancienne amie; en s'élançant vers les fibres de ton cerveau, elles te donneront de jolies idées, elles te forceront de penser encore à moi. »

Mes larmes se rouvrirent un nouveau passage..., je serrai les mains de cette malheureuse femme, et voulus changer ces effrayantes idées de matérialisme contre quelques systèmes moins

impies; mais à peine eus-je fait éclater ce désir,
que Mme de Verquin me repoussa avec effroi...

« Ô Florville, s'écria-t-elle, n'empoisonne pas,
je t'en conjure mes derniers moments, de tes
erreurs, et laisse-moi mourir tranquille; ce n'est
pas pour les adopter à ma mort que je les ai
détestés toute ma vie... »

Je me tus; qu'eût fait ma chétive éloquence
auprès de tant de fermeté, j'eus désolé Mme de
Verquin, sans la convertir, l'humanité s'y opposait; elle sonna, aussitôt j'entendis un concert
doux et mélodieux, dont les sons paraissaient
sortir d'un cabinet voisin.

« Voilà, dit cette épicurienne, comme je prétends mourir; Florville, cela ne vaut-il pas bien
mieux qu'entourée de prêtres, qui rempliraient
mes derniers moments de trouble, d'alarmes
et de désespoir... Non, je veux apprendre à
tes dévots, que sans leur ressembler on peut
mourir tranquille, je veux les convaincre que ce
n'est pas de la religion qu'il faut pour mourir en
paix, mais seulement du courage et de la raison. »

L'heure avançait : un notaire entra, elle l'avait
fait demander; la musique cesse, elle dicte quelques volontés; sans enfants, veuve depuis plusieurs années, et par conséquent maîtresse de
beaucoup de choses, elle fit des legs à ses amis,
et à ses gens. Ensuite elle tira un petit coffre d'un
secrétaire placé près de son lit.

« Voilà maintenant ce qui me reste, dit-elle,
un peu d'argent comptant et quelques bijoux.
Amusons-nous le reste de la soirée; vous voilà
six dans ma chambre, je vais faire six lots de
ceci, ce sera une loterie, vous la tirerez entre
vous, et prendrez ce qui vous sera échu. »

Je ne revenais pas du sang-froid de cette
femme; il me paraissait incroyable d'avoir autant

de choses à se reprocher, et d'arriver à son dernier moment avec un tel calme, funeste effet de l'incrédulité; si la fin horrible de quelques méchants fait frémir, combien ne doit pas effrayer davantage un endurcissement aussi soutenu.

Cependant, ce qu'elle a désiré s'exécute; elle fait servir une collation magnifique, elle mange de plusieurs plats, boit des vins d'Espagne et des liqueurs, le médecin lui ayant dit que cela est égal dans l'état où elle se trouve.

La loterie se tire, il nous revient à chacun près de cent louis, soit en or, soit en bijoux. Ce petit jeu finissait à peine qu'une crise violente la saisit.

« Eh bien! est-ce pour à présent? dit-elle au médecin, toujours avec la sérénité la plus entière.

— Madame, je le crains.

— Viens donc, Florville, me dit-elle, en me tendant les bras, viens recevoir mes derniers adieux, je veux expirer sur le sein de la vertu... »; elle me serre fortement contre elle, et ses beaux yeux se ferment pour jamais.

Étrangère dans cette maison, n'ayant plus rien qui pût m'y fixer, j'en sortis sur-le-champ..., je vous laisse à penser dans quel état... et combien ce spectacle noircissait encore mon imagination.

Trop de distance existait entre la façon de penser de Mme de Verquin et la mienne, pour que je pusse l'aimer bien sincèrement; n'était-elle pas d'ailleurs la première cause de mon déshonneur, de tous les revers qui l'avaient suivi? Cependant cette femme, sœur du seul homme qui réellement eût pris soin de moi, n'avait jamais eu que d'excellents procédés à mon égard, elle m'en comblait encore même en expirant; mes larmes furent donc sincères, et leur amertume redoubla en réfléchissant qu'avec d'excellentes qualités,

cette misérable créature s'était perdue involontairement, et que déjà rejetée du sein de l'éternel,
elle subissait cruellement, sans doute, les peines
dues à une vie aussi dépravée. La bonté suprême
de Dieu vint néanmoins s'offrir à moi, pour calmer ces désolantes idées; je me jetai à genoux,
j'osai prier l'être des êtres de faire grâce à cette
malheureuse; moi qui avais tant de besoin de la
miséricorde du Ciel, j'osai l'implorer pour
d'autres, et pour le fléchir autant qu'il pouvait
dépendre de moi, je joignis dix louis de mon
argent au lot gagné chez Mme de Verquin, et
fis sur-le-champ distribuer le tout aux pauvres de
sa paroisse.

Au reste, les intentions de cette infortunée,
furent suivies ponctuellement; elle avait pris
des arrangements trop sûrs pour qu'ils pussent
manquer; on la déposa dans son bosquet de jasmins, sur lequel était gravé le seul mot : Vixit.

Ainsi périt la sœur de mon plus cher ami;
remplie d'esprit et de connaissances, pétrie de
grâces et de talents, Mme de Verquin eût pu,
avec une autre conduite, mériter l'estime et
l'amour de tout ce qui l'aurait connue; elle n'en
obtint que le mépris. Ses désordres augmen-
taient en vieillissant; on n'est jamais plus dangereux, quand on n'a point de principes, qu'à l'âge
où l'on a cessé de rougir; la dépravation gan-
grène le cœur, on raffine ses premiers travers, et
l'on arrive insensiblement aux forfaits, s'imaginant encore n'en être qu'aux erreurs; mais l'incroyable aveuglement de son frère ne cessa de
me surprendre : telle est la marque distinctive
de la candeur et de la bonté; les honnêtes gens
ne soupçonnent jamais le mal dont ils sont
incapables eux-mêmes, et voilà pourquoi ils sont
aussi facilement dupes du premier fripon qui

s'en empare, et d'où vient qu'il y a tant d'aisance et si peu de gloire à les tromper; l'insolent coquin qui y tâche n'a travaillé qu'à s'avilir, et sans même avoir prouvé ses talents pour le vice, il n'a prêté que plus d'éclat à la vertu.

En perdant Mme de Verquin, je perdais tout espoir d'apprendre des nouvelles de mon amant et de mon fils, vous imaginez bien que je n'avais pas osé lui en parler dans l'état affreux où je l'avais vue.

Anéantie de cette catastrophe, très fatiguée d'un voyage fait dans une cruelle situation d'esprit, je résolus de me reposer quelque temps à Nancy, dans l'auberge où je m'étais établie, sans voir absolument qui que ce fût, puisque M. de Saint-Prât avait paru désirer que j'y déguisasse mon nom; ce fut de là que j'écrivis à ce cher protecteur, décidée de ne partir qu'après sa réponse.

Une malheureuse fille qui ne vous est rien, monsieur, lui disais-je, *qui n'a de droits qu'à votre pitié, trouble éternellement votre vie; au lieu de ne vous entretenir que de la douleur où vous devez être relativement à la perte que vous venez de faire, elle ose vous parler d'elle, vous demander vos ordres et les attendre,* etc.

Mais il était dit que le malheur me suivrait partout, et que je serais perpétuellement, ou témoin ou victime de ses effets sinistres.

Je revenais un soir assez tard, de prendre l'air avec ma femme de chambre, je n'étais accompagnée que de cette fille et d'un laquais de louage, que j'avais pris en arrivant à Nancy; tout le monde était déjà couché. Au moment d'entrer chez moi, une femme d'environ cinquante ans, grande, fort belle encore, que je connaissais de vue depuis que je logeais dans la même maison qu'elle, sort tout à coup de sa chambre voisine de la mienne, et se jette, armée d'un poignard, dans une autre pièce vis-à-vis... L'action naturelle est de voir..., je vole..., mes gens me suivent; dans un clin d'œil, sans que nous ayons le temps d'appeler ni de secourir... nous apercevons cette misérable se précipiter sur une autre femme, lui plonger vingt fois son arme dans le cœur, et rentrer chez elle égarée, sans avoir pu nous découvrir. Nous crûmes d'abord que la tête avait tourné à cette créature; nous ne pouvions comprendre un crime, dont nous ne dévoilions aucun motif; ma femme de chambre et mon domestique voulurent crier; un mouvement plus impérieux, dont je ne pus deviner la cause, me contraignit à les faire taire, à les saisir par le bras, et à les entraîner avec moi dans mon appartement, où nous nous enfermâmes aussitôt.

Un train affreux se fit bientôt entendre; la femme qu'on venait de poignarder s'était jetée, comme elle avait pu, sur les escaliers, en poussant des hurlements épouvantables; elle avait eu le temps, avant que d'expirer, de nommer celle qui l'assassinait; et comme on sut que nous étions les derniers rentrés dans l'auberge, nous fûmes arrêtés en même temps que la coupable. Les aveux de la mourante ne laissant néanmoins aucun doute sur nous, on se contenta de nous signifier défense de sortir de l'auberge, jusqu'à la conclusion du procès. La criminelle traînée en prison n'avoua rien, et se défendit fermement; il n'y avait d'autres témoins que mes gens et moi, il fallut paraître..., il fallut parler, il fallut cacher avec soin ce trouble qui me dévorait secrètement, moi..., qui méritais la mort comme celle que mes aveux forcés allaient traîner au supplice, puisque aux circonstances près,

j'étais coupable d'un crime pareil. Je ne sais ce
que j'aurais donné pour éviter ces cruelles dépositions; il me semblait, en les dictant, qu'on arra-
chait autant de gouttes de sang de mon cœur,
que je proférais de paroles; cependant il fallut
tout dire : nous avouâmes ce que nous avions vu.
Quelques convictions qu'on eût d'ailleurs sur le
crime de cette femme, dont l'histoire était d'avoir
assassiné sa rivale, quelque certains, dis-je, que
l'on fût de ce délit, nous sûmes positivement
après, que sans nous, il eût été impossible de la
condamner, parce qu'il y avait dans l'aventure un
homme de compromis, qui s'échappa, et que l'on
aurait bien pu soupçonner; mais nos aveux, celui
du laquais de louage surtout, qui se trouvait homme
de l'auberge..., homme attaché à la maison où le
crime avait eu lieu..., ces cruelles dépositions, qu'il
nous était impossible de refuser sans nous compromettre, scellèrent la mort de cette infortunée.

A ma dernière confrontation, cette femme
m'examinant avec le plus grand saisissement,
me demanda mon âge.

« Trente-quatre ans, lui dis-je.

— Trente-quatre ans?... et vous êtes de cette
province?...

— Non, madame.

— Vous vous appelez Florville?

— Oui, répondis-je, c'est ainsi qu'on me
nomme.

— Je ne vous connais pas, reprit-elle; mais
vous êtes honnête, estimée, dit-on, dans cette
ville; cela suffit malheureusement pour moi... »

Puis continuant avec trouble :

« Mademoiselle, un rêve vous a offerte à moi
au milieu des horreurs où me voilà; vous y étiez
avec mon fils... car je suis mère et malheureuse,
comme vous voyez... vous aviez la même figure...

la même taille... la même robe... et l'échafaud était devant mes yeux...

— Un rêve, m'écriai-je... un rêve, madame », et le mien se rappelant aussitôt à mon esprit, les traits de cette femme me frappèrent, je la reconnus pour celle qui s'était présentée à moi avec Senneval, près du cercueil hérissé d'épines... Mes yeux s'inondèrent de pleurs; plus j'examinais cette femme, plus j'étais tentée de me dédire..., je voulais demander la mort à sa place..., je voulais fuir et ne pouvais m'arracher... Quand on vit l'état affreux où elle me mettait, comme on était persuadé de mon innocence, on se contenta de nous séparer; je rentrai chez moi anéantie, accablée de mille sentiments divers dont je ne pouvais démêler la cause; et le lendemain, cette misérable fut conduite à la mort.

Je reçus le même jour la réponse de M. de Saint-Prât; il m'engageait à revenir. Nancy ne devant pas m'être fort agréable après les funestes scènes qu'il venait de m'offrir, je le quittai sur-le-champ, et m'acheminai vers la capitale, poursuivie par le nouveau fantôme de cette femme qui semblait me crier à chaque instant : *c'est toi, malheureuse, c'est toi qui m'envoies à la mort, et tu ne sais pas qui ta main y traîne*.

Bouleversée par tant de fléaux, persécutée par autant de chagrins, je priai M. de Saint-Prât de me chercher quelque retraite où je pusse finir mes jours dans la solitude la plus profonde, et dans les devoirs les plus rigoureux de ma religion; il me proposa celui où vous m'avez trouvée, monsieur; je m'y établis dès la même semaine, n'en sortant que pour venir voir deux fois le mois mon cher protecteur, et pour passer quelques instants chez Mme de Lérince. Mais le Ciel, qui

veut chaque jour me frapper par des coups sensibles, ne me laissa pas jouir longtemps de cette
dernière amie, j'eus le malheur de la perdre l'an
passé; sa tendresse pour moi n'a pas voulu que
je me séparasse d'elle à ces cruels instants, et
c'est également dans mes bras qu'elle rendit les
derniers soupirs.

Mais qui l'eût pensé, monsieur? cette mort
ne fut pas aussi tranquille que celle de Mme de
Verquin; celle-ci n'ayant jamais rien espéré, ne
redouta point de tout perdre; l'autre sembla
frémir de voir disparaître l'objet certain de son
espoir; aucuns remords ne m'avaient frappée
dans la femme qu'ils devaient assaillir en foule...,
celle qui ne s'était jamais mise dans le cas d'en
avoir, en conçut. Mme de Verquin, en mourant,
ne regrettait que de n'avoir pas fait assez de mal,
Mme de Lérince expirait repentante du bien
qu'elle n'avait pas fait. L'une se couvrait de
fleurs, en ne déplorant que la perte de ses plaisirs;
l'autre voulut mourir sur une croix de cendres,
désolée du souvenir des heures qu'elle n'avait
pas offertes à la vertu.

Ces contrariétés me frappèrent; un peu de
relâchement s'empara de mon âme, et pourquoi
donc, me dis-je, le calme en de tels instants,
n'est-il pas le partage de la sagesse, quand il
paraît l'être de l'inconduite? Mais à l'instant,
fortifiée par une voix céleste qui semblait tonner
au fond de mon cœur, est-ce à moi, m'écriai-je,
de sonder les volontés de l'Éternel? Ce que je
vois m'assure un mérite de plus; les frayeurs de
Mme de Lérince sont les sollicitudes de la vertu,
la cruelle apathie de Mme de Verquin n'est
que le dernier égarement du crime. Ah! si j'ai
le choix de mes derniers instants, que Dieu me
fasse bien plutôt la grâce de m'effrayer comme

l'une, que de m'étourdir à l'exemple de l'autre.

Telle est enfin la dernière de mes aventures, monsieur; il y a deux ans que je vis à l'Assomption, où m'a placée mon bienfaiteur; oui, monsieur, il y a deux ans que j'y demeure, sans qu'un instant de repos ait encore lui pour moi, sans que j'aie passé une seule nuit où l'image de cet infortuné Saint-Ange et celle de la malheureuse que j'ai fait condamner à Nancy ne se soient présentées à mes yeux; voilà l'état où vous m'avez trouvée, voilà les choses secrètes que j'avais à vous révéler; n'était-il pas de mon devoir de vous les dire avant que de céder aux sentiments qui vous abusent? Voyez s'il est maintenant possible que je puisse être digne de vous?... voyez si celle dont l'âme est navrée de douleur, peut apporter quelques joies sur les instants de votre vie? Ah! croyez-moi, monsieur, cessez de vous faire illusion; laissez-moi rentrer dans la retraite sévère qui me convient seule; vous ne m'en arracheriez que pour avoir perpétuellement devant vous, le spectacle affreux du remords, de la douleur et de l'infortune. »

Mlle de Florville n'avait pas terminé son histoire, sans se trouver dans une violente agitation. Naturellement vive, sensible et délicate, il était impossible que le récit de ses malheurs ne l'eût considérablement affectée.

M. de Courval, qui dans les derniers événements de cette histoire, ne voyait pas plus que dans les premiers, de raisons plausibles qui dussent déranger ses projets, mit tout en usage pour calmer celle qu'il aimait.

« Je vous le répète, mademoiselle, lui disait-il, il y a des choses fatales et singulières dans ce que vous venez de m'apprendre; mais je n'en vois pas une seule qui soit faite pour alarmer votre

conscience, ni faire tort à votre réputation...
une intrigue à seize ans... j'en conviens, mais que
d'excuses n'avez-vous pas pour vous... votre âge,
les séductions de Mme de Verquin... un jeune
homme peut-être très aimable..., que vous n'avez
jamais revu, n'est-ce pas mademoiselle? continua
M. de Courval avec un peu d'inquiétude... que
vraisemblablement vous ne reverrez même jamais.

— Oh! jamais, très assurément, répondit Florville en devinant les motifs d'inquiétude de M. de
Courval.

— Eh bien! mademoiselle, concluons, reprit
celui-ci, terminons je vous en conjure, et laissez-
moi vous convaincre le plus tôt possible qu'il
n'entre rien dans le récit de votre histoire, qui
puisse jamais diminuer dans le cœur d'un honnête homme, ni l'extrême considération due à
tant de vertus, ni l'hommage exigé par autant
d'attraits ».

Mlle de Florville demanda la permission de
retourner encore à Paris consulter son protecteur pour la dernière fois, en promettant qu'aucun obstacle ne naîtrait assurément plus de son
côté. M. de Courval ne put se refuser à cet honnête devoir; elle partit, et revint au bout de
huit jours avec Saint-Prât. M. de Courval combla
ce dernier d'honnêtetés; il lui témoigna de la
manière la plus sensible, combien il était flatté
de se lier avec celle qu'il daignait protéger, et
le supplia d'accorder toujours le titre de sa
parente à cette aimable personne; Saint-Prât
répondit comme il le devait, aux honnêtetés de
M. de Courval, et continua de lui donner du
caractère de Mlle de Florville, les notions les plus
avantageuses.

Enfin parut ce jour tant désiré de Courval, la
cérémonie se fit, et à la lecture du contrat, il se

trouva bien étonné quand il vit que sans en avoir prévenu personne, M. de Saint-Prât avait en faveur de ce mariage, fait ajouter quatre mille livres de rente de plus à la pension de pareille somme qu'il faisait déjà à Mlle de Florville, et un legs de cent mille francs à sa mort.

Cette intéressante fille versa d'abondantes larmes en voyant les nouvelles bontés de son protecteur, et se trouva flattée dans le fond de pouvoir offrir à celui qui voulait bien penser à elle, une fortune pour le moins égale à celle dont il était possesseur.

L'aménité, la joie pure, les assurances réciproques d'estime et d'attachement présidèrent à la célébration de cet hymen... de cet hymen fatal, dont les furies éteignaient sourdement les flambeaux.

M. de Saint-Prât passa huit jours à Courval, ainsi que les amis de notre nouveau marié, mais les deux époux ne les suivirent point à Paris, ils se décidèrent à rester jusqu'à l'entrée de l'hiver à leur campagne, afin d'établir dans leurs affaires, l'ordre utile à les mettre ensuite en état d'avoir une bonne maison à Paris. M. de Saint-Prât était chargé de leur trouver un joli établissement près de chez lui, afin de se voir plus souvent, et dans l'espoir flatteur de tous ces arrangements agréables, M. et Mme de Courval avaient déjà passé près de trois mois ensemble, il y avait même déjà des certitudes de grossesse, dont on s'était hâté de faire part à l'aimable Saint-Prât, lorsqu'un événement imprévu vint cruellement flétrir la prospérité de ces heureux époux, et changer en affreux cyprès, les tendres roses de l'hymen.

Ici ma plume s'arrête..., je devrais demander grâce aux lecteurs, les supplier de ne pas aller

plus loin..., oui..., oui, qu'ils s'interrompent à
l'instant, s'ils ne veulent pas frémir d'horreur...
Triste condition de l'humanité sur la terre...,
cruels effets de la bizarrerie du sort... Pourquoi
faut-il que la malheureuse Florville, que l'être
le plus vertueux, le plus aimable et le plus sensible, se trouve par un inconcevable enchaîne-
ment de fatalités, le monstre le plus abominable
qu'ait pu créer la nature?

Cette tendre et aimable épouse lisait un soir
auprès de son mari, un roman anglais d'une
incroyable noirceur, et qui faisait grand bruit
pour lors.

« Assurément, dit-elle en jetant le livre, voilà
une créature presque aussi malheureuse que moi.

— Aussi malheureuse que toi, dit M. de Courval
en pressant sa chère épouse dans ses bras...,
ô Florville, j'avais cru te faire oublier tes malheurs..., je vois bien que je me suis trompé...,
devais-tu me le dire aussi durement!... »

Mais Mme de Courval était devenue comme
insensible, elle ne répondit pas un mot à ces
caresses de son époux, par un mouvement involontaire, elle le repousse avec effroi, et va se
précipiter loin de lui sur un sopha, où elle fond
en larmes; en vain cet honnête époux vient-il
se jeter à ses pieds, en vain conjure-t-il cette
femme qu'il idolâtre, de se calmer, ou de lui
apprendre au moins la cause d'un tel accès de
désespoir; Mme de Courval continue de le
repousser, de se détourner quand il veut essuyer
ses larmes, au point que Courval ne doutant plus
qu'un souvenir funeste de l'ancienne passion de
Florville ne fût venu la renflammer de nouveau,
il ne put s'empêcher de lui en faire quelques
reproches; Mme de Courval les écoute sans rien
répondre, mais se levant à la fin :

« Non monsieur, dit-elle à son époux, non...,
vous vous trompez en interprétant ainsi l'accès
de douleur où je viens d'être en proie, ce ne sont
pas des ressouvenirs qui m'alarment, ce sont des
pressentiments qui m'effrayent... Je me vois heureuse avec vous, monsieur... oui très heureuse...
et je ne suis pas née pour l'être; il est impossible
que je le sois longtemps, la fatalité de mon étoile
est telle, que jamais l'aurore du bonheur n'est
pour moi que l'éclair qui précède la foudre...
et voilà ce qui me fait frémir, je crains que nous
ne soyons pas destinés à vivre ensemble. Aujour-
d'hui votre épouse, peut-être ne le serai-je plus
demain... Une voix secrète crie au fond de mon
cœur que toute cette félicité n'est pour moi qu'une
ombre, qui va se dissiper comme la fleur qui naît
et s'éteint dans un jour. Ne m'accusez donc ni
de caprice ni de refroidissement, monsieur, je
ne suis coupable que d'un trop grand excès de
sensibilité, que d'un malheureux don de voir
tous les objets du côté le plus sinistre, suite cruelle
de mes revers... »

Et M. de Courval aux pieds de son épouse,
s'efforçait de la calmer par ses caresses, par ses
propos, sans néanmoins y réussir, lorsque tout
à coup... il était environ sept heures du soir, au
mois d'octobre... un domestique vient dire qu'un
inconnu demande avec empressement à parler à
M. de Courval... Florville frémit... des larmes
involontaires sillonnent ses joues, elle chancelle,
elle veut parler, sa voix expire sur ses lèvres.

M. de Courval, plus occupé de l'état de sa
femme que de ce qu'on lui apprend, répond
aigrement, qu'on attende, et vole au secours de
son épouse, mais Mme de Courval craignant de
succomber au mouvement secret qui l'entraîne...,
voulant cacher ce qu'elle éprouve devant l'étran-

ger qu'on annonce, se relève avec force, et dit :

« Ce n'est rien, monsieur, ce n'est rien, qu'on fasse entrer. »

Le laquais sort, il revient le moment d'après, suivi d'un homme de trente-sept à trente-huit ans, portant sur sa physionomie agréable d'ailleurs, les marques du chagrin le plus invétéré.

« Ô mon père! s'écria l'inconnu en se jetant aux pieds de M. de Courval, reconnaîtrez-vous un malheureux fils séparé de vous depuis vingt-deux ans, trop puni de ses cruelles fautes par les revers qui n'ont cessé de l'accabler depuis lors.

— Qui vous mon fils... grand Dieu!... par quel événement... ingrat qui peut t'avoir fait souvenir de mon existence?

— Mon cœur..., ce cœur coupable qui ne cessa pourtant jamais de vous aimer..., écoutez-moi mon père..., écoutez-moi, j'ai de plus grands malheurs que les miens à vous révéler, daignez vous asseoir et m'entendre, et vous madame, poursuivit le jeune Courval, en s'adressant à l'épouse de son père, pardonnez si pour la première fois de ma vie je vous rends mon hommage, je me trouve contraint à dévoiler devant vous d'affreux malheurs de famille qu'il n'est plus possible de cacher à mon père.

— Parlez monsieur, parlez, dit Mme de Courval en balbutiant, et jetant des yeux égarés sur ce jeune homme, le langage du malheur n'est pas nouveau pour moi, je le connais depuis mon enfance. »

Et notre voyageur fixant alors Mme de Courval, lui répondit avec une sorte de trouble involontaire :

« Vous, malheureuse... madame... oh juste ciel, pouvez-vous l'être autant que nous! »

On s'assied..., l'état de Mme de Courval se

peindrait difficilement..., elle jette les yeux sur ce cavalier..., elle les replonge à terre..., elle soupire avec agitation... M. de Courval pleure, et son fils tâche à le calmer, en le suppliant de lui prêter attention. Enfin la conversation prend un tour plus réglé.

« J'ai tant de choses à vous dire, monsieur, dit le jeune Courval, que vous me permettrez de supprimer les détails pour ne vous apprendre que les faits; et j'exige votre parole ainsi que celle de madame, de ne les pas interrompre que je n'aie fini de vous les exposer.

« Je vous quittai à l'âge de quinze ans, monsieur, mon premier mouvement fut de suivre ma mère que j'avais l'aveuglement de vous préférer; elle était séparée de vous depuis bien des années; je la rejoignis à Lyon, où ses désordres m'effrayèrent à tel point, que pour conserver le reste des sentiments que je lui devais, je me vis contraint à la fuir. Je passai à Strasbourg, où se trouvait le régiment de Normandie... Mme de Courval s'émeut, mais se contient; — j'inspirai quelque intérêt au colonel, poursuivit le jeune Courval, je me fis connaître à lui, il me donna une sous-lieutenance, l'année d'après je vins avec le corps en garnison à Nancy; j'y devins amoureux d'une parente de Mme de Verquin..., je séduisis cette jeune personne, j'en eus un fils et j'abandonnai cruellement la mère. »

A ces mots Mme de Courval frissonna, un gémissement sourd s'exhala de sa poitrine, mais elle continua d'être ferme.

« Cette malheureuse aventure a été la cause de tous mes malheurs, je mis l'enfant de cette demoiselle infortunée chez une femme près de Metz, qui me promit d'en prendre soin et je revins quelque temps après à mon corps; on blâma ma conduite, la demoiselle n'ayant pu reparaître à Nancy, on m'accusa d'avoir causé sa perte, trop aimable pour n'avoir pas intéressé toute la ville, elle y trouva des vengeurs; je me battis, je tuai mon adversaire, et passai à Turin avec mon fils que je revins chercher près de Metz. J'ai servi douze ans le roi de Sardaigne. Je ne vous parlerai point des malheurs que j'y éprouvai, ils sont sans nombre. C'est en quittant la France, qu'on apprend à la regretter. Cependant mon fils croissait, et promettait beaucoup. Ayant fait connaissance à Turin, avec une Française qui avait accompagné celle de nos princesses qui se maria dans cette cour, et cette respectable personne s'étant intéressée à mes malheurs, j'osai lui proposer de conduire mon fils en France pour y perfectionner son éducation, lui promettant de mettre assez d'ordre dans mes affaires pour venir le retirer de ses mains dans six ans; elle accepta, conduisit à Paris mon malheureux enfant, ne négligea rien pour le bien élever, et m'en donna très exactement des nouvelles.

« Je parus un an plus tôt que je n'avais promis, j'arrive chez cette dame, plein de la douce consolation d'embrasser mon fils, de serrer dans mes bras, ce gage d'un sentiment trahi..., mais qui brûlait encore mon cœur... Votre fils n'est plus me dit cette digne amie, en versant des larmes, il a été la victime de la même passion qui fit le malheur de son père; nous l'avions mené à la campagne, il y devint amoureux d'une fille charmante dont j'ai juré de taire le nom; emporté par la violence de son amour, il a voulu ravir par la force ce qu'on lui refusait par vertu; ... un coup seulement dirigé pour l'effrayer, a pénétré jusqu'à son cœur et l'a renversé mort. »

Ici Mme de Courval tomba dans une espèce

de stupidité qui fit craindre un moment qu'elle
n'eût tout à coup perdu la vie; ses yeux étaient
fixes, son sang ne circulait plus. M. de Courval
qui ne saisissait que trop la funeste liaison de
ces malheureuses aventures, interrompit son fils
et vola vers sa femme..., elle se ranime, et avec
un courage héroïque :

« Laissons poursuivre votre fils, monsieur, dit-
elle, je ne suis peut-être pas au bout de mes
malheurs. »

Cependant le jeune Courval ne comprenant
rien au chagrin de cette dame pour des faits
qui semblent ne la concerner qu'indirectement,
mais démêlant quelque chose d'incompréhensible
pour lui, dans les traits de l'épouse de son père,
ne cesse de la regarder tout ému; M. de Courval
saisit la main de son fils, et distrayant son attention pour Florville, il lui ordonne de poursuivre,
de ne s'attacher qu'à l'essentiel et de supprimer
les détails, parce que ces récits contiennent des
particularités mystérieuses qui deviennent d'un
puissant intérêt.

« Au désespoir de la mort de mon fils, continue
le voyageur, n'ayant plus rien qui pût me retenir
en France... que vous seul, ô mon père!... mais
dont je n'osais m'approcher, et dont je fuyais
le courroux, je résolus de voyager en Allemagne...
Malheureux auteur de mes jours, voici ce qui
me reste de plus cruel à vous apprendre, dit le
jeune Courval en arrosant de larmes les mains
de son père, armez-vous de courage, j'ose vous
en supplier.

« En arrivant à Nancy, j'apprends qu'une
Mme Desbarres, c'était le nom qu'avait pris ma
mère dans ses désordres, aussitôt qu'elle vous
eut fait croire à sa mort, j'apprends, dis-je, que
cette Mme Desbarres, vient d'être mise en prison

pour avoir poignardé sa rivale, et qu'elle sera
peut-être exécutée le lendemain.

— Ô monsieur, s'écria ici la malheureuse
Florville en se jetant dans le sein de son mari
avec des larmes et des cris déchirants... ô monsieur voyez-vous toute la suite de mes malheurs?

— Oui madame je vois tout, dit M. de Courval, je vois tout madame, mais je vous conjure
de laisser finir mon fils. »

Florville se contint, mais elle respirait à peine,
elle n'avait pas un sentiment qui ne fût compromis, pas un nerf dont la contraction ne fût
effroyable.

« Poursuivez mon fils, poursuivez, dit ce malheureux père; dans un moment je vous expliquerai tout.

— Eh bien, monsieur, continua le jeune Courval, je m'informe s'il n'y a point de malentendu
dans les noms; il n'était malheureusement que
trop vrai, que cette criminelle était ma mère,
je demande à la voir, je l'obtiens, je tombe dans
ses bras... « Je meurs coupable, me dit cette
« infortunée, mais il y a une fatalité bien affreuse
« dans l'événement qui me conduit à la mort; un
« autre devait être soupçonné, il l'aurait été,
« toutes les preuves étaient contre lui, une femme
« et ses deux domestiques, que le hasard faisait
« trouver dans cette auberge ont vu mon crime,
« sans que la préoccupation dans laquelle j'étais
« me permît de les apercevoir; leurs dépositions
« sont les uniques causes de ma mort; n'importe,
« ne perdons pas en vaines plaintes le peu d'ins-
« tants où je puis vous parler; j'ai des secrets de
« conséquence à vous dire, écoutez-les mon fils.
« Dès que mes yeux seront fermés, vous irez trou-
« ver mon époux, vous lui direz que parmi tous
« mes crimes, il en est un qu'il n'a jamais su, et

« que je dois enfin avouer... Vous avez une sœur,
« Courval..., elle vint au monde un an après
« vous... je vous adorais, je craignis que cette
« fille ne vous fît tort, qu'à dessein de la marier
« un jour, on ne prît sur le bien, qui devait vous
« appartenir; pour vous le conserver plus entier,
« je résolus de me débarrasser de cette fille, et
« de mettre tout en usage pour que mon époux
« à l'avenir ne recueillît plus de fruit de nos
« nœuds. Mes désordres m'ont jetée dans d'autres
« travers et ont empêché l'effet de ces nouveaux
« crimes, en m'en faisant commettre de plus
« épouvantables; mais pour cette fille, je me
« déterminai sans aucune pitié à lui donner la
« mort; j'allais exécuter cette infamie de concert
« avec la nourrice que je dédommageais ample-
« ment, lorsque cette femme me dit qu'elle
« connaissait un homme, marié depuis bien des
« années, désirant chaque jour des enfants, et
« n'en pouvant obtenir, qu'elle me déferait du
« mien sans crime et d'une manière peut-être à
« la rendre heureuse; j'acceptai fort vite. Ma fille
« fut portée la nuit même à la porte de cet homme
« avec une lettre dans son berceau; volez à Paris,
« dès que je n'existerai plus, suppliez votre père
« de me pardonner, de ne pas maudire ma
« mémoire et de retirer cet enfant près de lui. »
    « A ces mots ma mère m'embrassa..., chercha
à calmer le trouble épouvantable dans lequel
venait de me jeter tout ce que je venais d'apprendre d'elle..., ô mon père, elle fut exécutée le lendemain. Une maladie affreuse me réduisit au
tombeau, j'ai été deux ans entre la vie et la mort,
n'ayant ni la force ni l'audace de vous écrire;
le premier usage du retour de ma santé est de
venir me jeter à vos genoux, de venir vous supplier de pardonner à cette malheureuse épouse,

et vous apprendre le nom de la personne chez laquelle vous aurez des nouvelles de ma sœur; c'est chez M. de Saint-Prât. »

M. de Courval se trouble, tous ses sens se glacent, ses facultés s'anéantissent... son état devient effrayant.

Pour Florville, déchirée en détail depuis un quart d'heure, se relevant avec la tranquillité de quelqu'un qui vient de prendre son parti :

« Eh bien! monsieur, dit-elle à Courval, croyez-vous maintenant qu'il puisse exister au monde une criminelle plus affreuse que la misérable Florville?... Reconnais-moi, Senneval, reconnais à la fois ta sœur, celle que tu as séduite à Nancy, la meurtrière de ton fils, l'épouse de ton père, et l'infâme créature qui a traîné ta mère à l'échafaud... Oui, messieurs, voilà mes crimes; sur lequel de vous que je jette les yeux, je n'aperçois qu'un objet d'horreur; ou je vois mon amant dans mon frère, ou je vois mon époux dans l'auteur de mes jours, et si c'est sur moi que se portent mes regards, je n'aperçois plus que le monstre exécrable qui poignarda son fils et fit mourir sa mère. Croyez-vous que le Ciel puisse avoir assez de tourments pour moi; ou supposez-vous que je puisse survivre un instant aux fléaux qui tourmentent mon cœur?... Non, il me reste encore un crime à commettre, celui-là les vengera tous. »

Et dans l'instant, la malheureuse sautant sur un des pistolets de Senneval, l'arrache impétueusement, et se brûle la cervelle avant qu'on eût le temps de pouvoir deviner son intention. Elle expire sans prononcer un mot de plus.

M. de Courval s'évanouit, son fils absorbé de tant d'horribles scènes, appela comme il put au secours; il n'en était plus besoin pour Florville, les ombres de la mort s'étendaient déjà sur son front, tous ses traits renversés n'offraient plus que le mélange affreux du bouleversement d'une mort violente, et des convulsions du désespoir...; elle flottait au milieu de son sang.

On porta M. de Courval dans son lit, il y fut deux mois à l'extrémité; son fils, dans un état aussi cruel, fut assez heureux néanmoins pour que sa tendresse et ses secours pussent rappeler son père à la vie; mais tous les deux, après des coups du sort si cruellement multipliés sur leur tête, se résolurent à quitter le monde. Une solitude sévère les a dérobés pour jamais aux yeux de leurs amis, et là, tous deux dans le sein de la piété et de la vertu, finissent tranquillement une vie triste et pénible, qui ne leur fut donnée à l'un et à l'autre que pour les convaincre, et eux, et ceux qui liront cette déplorable histoire, que ce n'est que dans l'obscurité des tombeaux que l'homme peut trouver le calme, que la méchanceté de ses semblables, le désordre de ses passions, et plus que tout, la fatalité de son sort, lui refuseront éternellement sur la terre.

DORGEVILLE
OU
LE CRIMINEL PAR VERTU

DORGEVILLE, fils d'un riche négociant de La
Rochelle, partit très jeune pour l'Amérique,
recommandé à un oncle, dont les affaires avaient
bien tourné; on l'y envoya avant qu'il n'eût
atteint l'âge de douze ans; il s'éleva près de ce
parent, dans la carrière qu'il se destinait à
courir, et dans l'exercice de toutes les vertus.

Le jeune Dorgeville était peu favorisé des grâces
du corps; il n'avait rien de désagréable, mais il
ne possédait aucun de ces dons physiques qui
valent à un individu de notre sexe le titre de *bel
homme*. Ce que perdait pourtant Dorgeville de ce
côté, la nature le lui rendait de l'autre; un bon
esprit, ce qui vaut souvent mieux que le génie,
une âme étonnamment délicate, un caractère
franc, loyal et sincère; toutes les qualités qui composent, en un mot, l'honnête homme et l'homme
sensible, Dorgeville les possédait avec profusion;
et dans le siècle *où l'on vivait alors,* c'en était beaucoup plus qu'il ne fallait pour devenir à peu près
certain d'être malheureux toute sa vie.

A peine Dorgeville eut-il atteint vingt-deux ans
que son oncle mourut, et le laissa à la tête de sa
maison, qu'il régla pendant trois autres années,
avec toute l'intelligence possible; mais la bonté

de son cœur devint bientôt la cause de sa ruine ; il s'engagea pour plusieurs amis, qui n'eurent pas autant d'honnêteté que lui ; quoique les perfides manquassent, il voulait faire honneur à ses engagements, et Dorgeville fut bientôt perdu.

« Il est affreux d'être ainsi dérangé à mon âge, disait ce jeune homme ; mais si quelque chose me console de ce chagrin, c'est la certitude d'avoir fait des heureux et de n'avoir entraîné personne avec moi. »

Ce n'était pas seulement en Amérique que Dorgeville éprouvait des malheurs ; le sein même de sa famille lui en présentait d'affreux. On lui apprend un jour qu'une sœur, née quelques années après son départ pour le Nouveau Monde, vient de déshonorer et de perdre entièrement et lui et tout ce qui lui appartient ; que cette fille perverse, maintenant âgée de dix-huit ans, nommée Virginie, et malheureusement belle comme l'amour, éprise d'un écrivain des comptoirs de sa maison, et ne pouvant obtenir la permission de l'épouser, a eu l'infamie, pour parvenir à ses vues, d'attenter aux jours de son père et de sa mère ; qu'au moment où elle allait se sauver, avec une partie de l'argent, on a heureusement empêché le vol, sans pouvoir néanmoins réussir à s'emparer des coupables, tous deux, dit-on, en Angleterre. On pressait Dorgeville, par la même lettre, de repasser en France, afin de se mettre à la tête de son bien, et de réparer au moins par la fortune qu'il allait trouver, celle qu'il avait eu le malheur de perdre.

Dorgeville, au désespoir d'une foule d'incidents, à la fois si fâcheux et si flétrissants, accourt à La Rochelle, n'y réalise que trop les funestes nouvelles qu'on lui a mandées ; et renonçant dès lors au commerce, qu'il s'imagine ne pouvoir plus soutenir après tant de malheurs, d'une partie de ce qui lui reste, il fait face aux engagements de ses correspondants d'Amérique, trait de délicatesse unique, et de l'autre il forme le dessein d'acheter une campagne auprès de Fontenay, en Poitou, où il puisse passer le reste de ses jours dans le repos, dans l'exercice de la charité et de la bienfaisance, les deux plus chères vertus de son âme sensible.

Ce projet s'exécute, Dorgeville, cantonné dans sa petite terre, soulage des pauvres, console des vieillards, marie des orphelins, encourage l'agriculteur, et devient, en un mot, le dieu du petit canton qu'il habite. S'y trouvait-il un être malheureux, la maison de Dorgeville lui était à l'instant ouverte; y avait-il une bonne œuvre à faire, il en disputait l'honneur à ses voisins; une larme coulait-elle, en un mot, la seule main de Dorgeville voulait aussitôt l'essuyer; et tout le monde, en bénissant son nom, disait, du fond de l'âme :

« Voilà l'homme que la nature destine à nous dédommager des méchants... Voilà les dons qu'elle fait quelquefois à la terre pour la consoler des maux dont elle l'accable. »

On aurait désiré que Dorgeville se mariât; des individus d'un tel sang fussent devenus précieux à la société; mais absolument inaccessible jusqu'alors aux attraits de l'amour, Dorgeville avait à peu près déclaré qu'à moins que le hasard ne lui fît trouver une fille, qui, bien à lui par la reconnaissance, se trouvât comme chargée de faire son bonheur, il ne se marierait certainement pas; on lui avait offert plusieurs partis, il les avait tous refusés; ne trouvant, disait-il, dans aucune des femmes qu'on lui proposait, des motifs assez puissants pour être sûr d'être aimé d'elle un jour.

« Je veux que celle que je prendrai me doive tout, disait Dorgeville; n'ayant ni un bien assez considérable, ni une figure assez belle, pour l'enchaîner par ces liens, je veux qu'elle y tienne par des obligations essentielles, qui la fixant à moi, lui ôtent tout moyen de m'abandonner ou de me trahir. »

Quelques amis de Dorgeville combattaient sa façon de penser.

« De quelle force seront ces liens, lui faisait-on quelquefois observer, si l'âme de celle que vous aurez servie n'est pas aussi belle que la vôtre? La reconnaissance n'est point pour tous les êtres une chaîne aussi indissoluble que pour vous; il est des âmes faibles qui la méprisent, il en est de fières qui s'y échappent; n'avez-vous pas appris à vos dépens, Dorgeville, qu'on se brouille en rendant service, bien plus sûrement qu'on ne se fait des amis? »

Ces raisons étaient spécieuses; mais le malheur de Dorgeville était de juger toujours les autres d'après son cœur; et ce système l'ayant rendu malheureux jusqu'alors, il n'était que trop vraisemblable qu'il achèverait de le rendre tel, le reste de ses jours.

Ainsi pensait, quoi qu'il en pût être, l'honnête homme dont nous racontons l'histoire, lorsque sort vint lui présenter d'une façon bien singulière l'être qu'il crut destiné à partager sa fortune, qu'il imagina fait pour le don précieux de son cœur.

Dans cette intéressante saison de l'année, où la nature ne paraît nous faire ses adieux, qu'en nous accablant de ses dons, où ses soins infinis pour nous ne cessent de se multiplier pendant quelques mois, pour nous prodiguer tout ce qui peut nous faire attendre en paix le retour de ses

premières faveurs, à cette époque où les habitants de la campagne se fréquentent le plus, soit
en raison des chasses, des vendanges, ou de quelques autres de ces occupations si douces à qui
chérit la vie rurale, et de si peu de prix pour ces
êtres froids et inanimés, engourdis par le luxe des
villes, desséchés par leur corruption, qui ne
connaissent de la société que les douleurs ou les
minuties, parce que cette franchise, cette candeur,
cette douce cordialité qui en resserrent si délicieusement les nœuds, ne se trouvent qu'avec les
habitants de la campagne, il semble que ce n'est
que sous un ciel pur, que les hommes peuvent
l'être également, et que ces exhalaisons téné-
breuses qui chargent l'atmosphère des grandes
villes, souillent de même le cœur des malheureux
captifs qui se condamnent à ne pas quitter leur
enceinte. Au mois de septembre enfin, Dorgeville
projeta d'aller rendre visite à un voisin qui l'avait
accueilli à son arrivée dans la province, et dont
l'âme douce et compatissante paraissait s'arranger
à la sienne.

Il monte à cheval, suivi d'un seul valet, et
s'achemine vers le château de cet ami, éloigné de
cinq lieues du sien. Dorgeville en avait à peu
près fait trois, lorsqu'il entend derrière une haie
qui borde le chemin des gémissements qui l'arrêtent d'abord par curiosité, bientôt après, par ce
mouvement si naturel à son cœur de soulager
tous les individus souffrants; il donne son cheval à son domestique, franchit le fossé qui le
sépare de la haie, la tourne et parvient enfin au
lieu même d'où partaient les plaintes qui l'avaient
surpris.

« Oh monsieur! s'écrie une fort belle femme,
tenant dans ses bras un enfant qu'elle vient de
mettre au monde, quel dieu vous envoie au se-

cours de cet infortuné?... Vous voyez une créature au désespoir, monsieur, continua cette
femme éplorée, en versant un torrent de larmes...
ce misérable fruit de mon déshonneur n'allait
voir le jour que pour le perdre aussitôt de ma
main.

— Avant que d'entrer avec vous, mademoiselle, dit Dorgeville, dans les motifs qui pouvaient vous porter à une aussi horrible action,
permettez-moi de ne m'occuper d'abord que de
votre soulagement; il me semble que j'aperçois
une grange à quelque cent pas d'ici; tâchons
d'y arriver, et là, après avoir reçu les premiers
soins qu'exige votre état, j'oserai vous demander
quelques détails sur les malheurs qui paraissent
vous accabler, en vous engageant ma parole que
ma curiosité n'aura d'autre but que le désir de
vous être utile, et qu'elle se renfermera dans
les bornes qu'il vous plaira de lui prescrire. »
Cécile se confond en marques de reconnaissance, et consent à ce qu'on lui propose; le valet
approche, il prend l'enfant; Dorgeville place
avec lui la mère sur son cheval, et l'on avance
vers la ferme; elle appartenait à des paysans à
leur aise, qui, à la sollicitation de Dorgeville,
reçoivent très bien et la mère et l'enfant; on prépare un lit pour Cécile, on place son fils dans un
berceau de la maison; et Dorgeville, trop curieux
des suites de cette aventure pour ne pas sacrifier
au désir de les apprendre, la partie de plaisir qu'il
a projetée, envoie dire qu'on ne l'attende point,
vu qu'il se détermine à passer comme il pourra
dans cette chaumière la journée et la nuit prochaine. Cécile ayant besoin de repos, il commence
par la supplier d'en prendre, avant que de songer
à le satisfaire; et comme elle ne s'était pas trouvée
mieux vers le soir, il attendit au lendemain matin,

pour demander à cette charmante créature en quoi il pouvait lui être de quelque secours.

Le récit de Cécile ne fut pas long : elle dit qu'elle était fille d'un gentilhomme qui s'appelait Duperrier, et dont la terre était à dix lieues de là; qu'elle avait eu le malheur de se laisser séduire par un jeune officier du régiment de Vermandois, pour lors en garnison à Niort, dont le château de son père n'était qu'à quelques lieues; que son amant ne l'avait pas plus tôt su grosse qu'il avait disparu, et ce qu'il y avait de plus affreux, ajouta Cécile, était que ce jeune homme, ayant été tué trois semaines après, dans un duel, elle perdait à la fois l'honneur et l'espoir de jamais réparer sa faute; elle avait, continua-t-elle, caché sa situation à ses parents, aussi longtemps qu'elle l'avait pu; mais se voyant enfin hors d'état d'en pouvoir imposer davantage, elle avait tout avoué, et reçut dès lors de si mauvais traitements de son père et de sa mère, qu'elle avait pris le parti de se sauver. Il y avait quelques jours qu'elle était dans les environs, ne sachant à quoi se déterminer, et ne pouvant se résoudre à abandonner tout à fait la maison paternelle ou les domaines qui l'avoisinaient, lorsque saisie par les grandes douleurs, elle s'était résolue à tuer son enfant et peut-être elle-même après, quand Dorgeville lui était apparu et avait daigné lui offrir tant de secours et de consolations.

Ces détails, soutenus d'une figure enchanteresse, et de l'air du monde le plus naïf et le plus intéressant, pénétrèrent bientôt l'âme sensible de Dorgeville.

« Mademoiselle, dit-il à cette infortunée, je suis trop heureux que le Ciel vous ait offert à moi; j'y gagne deux plaisirs bien précieux à mon cœur, et celui de vous avoir connue, et celui bien plus doux encore d'être à peu près certain de réparer vos maux. »

Cet aimable consolateur déclara alors à Cécile le dessein qu'il avait d'aller trouver ses parents, et de la raccommoder avec eux.

« Vous irez donc seul, monsieur, répondit Cécile, car pour moi je ne m'y représenterai certainement pas.

— Oui, mademoiselle, j'irai seul d'abord, dit Dorgeville, mais j'espère bien n'en pas revenir sans la permission de vous y ramener.

— Oh! monsieur, n'y comptez jamais, vous ne connaissez pas la dureté des gens auxquels j'ai affaire; leur barbarie est si reconnue, leur fausseté est si grande, que, m'assurassent-ils même de mon pardon, je ne me fierais point encore à eux. »

Cependant Cécile accepta les offres qui lui étaient faites, et voyant Dorgeville décidé à se rendre le lendemain matin chez Duperrier, elle le conjura de vouloir bien se charger d'une lettre pour le nommé Saint-Surin, l'un des domestiques de son père, et celui qui avait toujours le plus mérité sa confiance par son extrême attachement pour elle. La lettre fut remise cachetée à Dorgeville, et Cécile, en la lui donnant, le supplia de ne pas abuser de l'extrême confiance qu'elle avait en lui, et de rendre la lettre intacte et telle qu'elle la lui donnait.

Dorgeville paraît fâché qu'on puisse douter de sa discrétion après la conduite qu'il tient; on lui en fait mille excuses, il se charge de la commission, recommande Cécile aux paysans chez lesquels elle est, et part.

Dorgeville imaginant bien que la lettre dont il est chargé doit prévenir en sa faveur le domestique pour lequel elle est, croit que ne connaissant point du tout M. Duperrier, ce qu'il a de mieux à faire, est de donner d'abord la lettre qu'il a, et de se faire annoncer ensuite par ce même domestique, dont il sera connu par ce moyen. S'étant nommé à Cécile, il ne doute pas qu'elle ne mande à ce Saint-Surin, dont elle lui a vanté la fidélité, quelle est la personne qui vient s'intéresser à son sort. Il remet en conséquence sa lettre, et Saint-Surin ne l'a pas plus tôt lue, qu'il s'écrie avec une sorte d'émotion dont il n'est pas le maître :

« Quoi! c'est vous, monsieur... c'est M. Dorgeville qui est le protecteur de notre malheureuse maîtresse. Je vais vous annoncer à ses parents, monsieur; mais je vous préviens qu'ils sont cruellement en colère; je doute que vous réussissiez à les raccommoder avec leur fille; quoi qu'il en soit, monsieur, continua Saint-Surin, qui paraissait un garçon d'esprit, et d'une figure agréable, ce procédé fait trop d'honneur à votre âme pour que je ne vous mette pas le plus tôt possible à même d'en hâter le succès... »

Saint-Surin monte aux appartements, il prévient à l'instant ses maîtres, et reparaît au bout d'un quart d'heure.

On consentait à voir M. Dorgeville, puisqu'il s'était donné la peine de venir d'aussi loin pour une telle affaire; mais on était d'autant plus peiné qu'il s'en fût chargé, qu'on ne voyait aucun moyen de lui accorder ce qu'il venait solliciter en faveur d'une fille maudite, et qui méritait son sort par l'énormité de sa faute.

Dorgeville ne s'effraie point; on l'introduit; il trouve dans M. et Mme Duperrier deux personnes d'environ 50 ans, qui le reçoivent honnêtement, quoique avec un peu d'embarras, et

Dorgeville expose succinctement ce qui l'amène dans cette maison.

« Ma femme et moi, nous sommes irrévocablement décidés, monsieur, dit le mari, à ne jamais revoir une créature qui nous déshonore; elle peut devenir ce que bon lui semblera, nous l'abandonnons à la destinée du Ciel, en espérant de sa justice qu'il nous vengera bientôt d'une telle fille... »

Dorgeville réfuta ce projet barbare, par tout ce qu'il put employer de plus pathétique et de plus éloquent; ne pouvant convaincre l'esprit de ces gens-là, il essaya d'attaquer leur cœur... même résistance; cependant Cécile ne fut accusée par ces parents cruels, d'aucun autre tort que de ceux dont elle s'était elle-même avouée coupable, et il se trouva que dans tout, les récits qu'elle avait faits étaient absolument conformes aux accusations de ses juges.

Dorgeville a beau représenter qu'une faiblesse n'est pas un crime, que sans la mort du séducteur de Cécile, un mariage eût tout réparé, rien ne réussit; notre négociateur se retire assez peu satisfait; on veut le retenir à dîner, il remercie et fait sentir, en s'en allant, que la cause de ce refus ne doit se trouver que dans ceux qu'il éprouve lui-même; on ne le presse point, et il sort.

Saint-Saurin attendait Dorgeville au sortir du château.

« Eh bien! monsieur, lui dit ce domestique, avec tout l'air de l'intérêt, n'avais-je pas raison de croire que vos peines seraient infructueuses? Vous ne connaissez pas ceux à qui vous venez d'avoir affaire, ce sont des cœurs de bronze; jamais l'humanité ne fut entendue d'eux; sans mon respectueux attachement pour cette chère personne, à laquelle vous voulez bien servir de protecteur et d'ami, il y a longtemps que je les aurais quittés moi-même, et je vous avoue, monsieur, poursuivit ce garçon, qu'en perdant aujourd'hui, comme je le fais, l'espoir de jamais consacrer davantage mes services à Mlle Duperrier, je ne vais plus m'occuper que de me placer ailleurs. »

Dorgeville calme ce fidèle domestique, il lui conseille de ne point quitter ses maîtres, et l'assure qu'il peut être tranquille sur le sort de Cécile, que du moment qu'elle est assez malheureuse pour être abandonnée aussi cruellement de sa famille, il prétend à jamais lui tenir lieu de père.

Saint-Surin, en pleurant, embrasse les genoux de Dorgeville, et lui demande en même temps la permission de lui donner la réponse à la lettre qu'il a reçue de Cécile; Dorgeville s'en charge avec plaisir, et revient auprès de son intéressante protégée, qu'il ne console pas autant qu'il l'aurait voulu.

« Hélas! monsieur, dit Cécile, quand elle apprend la dureté de sa famille, je devais m'y attendre, je ne me pardonne point, étant sûre de ses procédés, comme je devais l'être, de ne vous avoir pas épargné une visite aussi désagréable », et ces mots furent accompagnés d'un torrent de larmes, que le bienfaisant Dorgeville essuya, en protestant à Cécile de ne l'abandonner jamais.

Cependant, au bout de quelques jours, notre intéressante aventurière se trouvant remise, Dorgeville lui proposa de venir achever de se rétablir dans sa maison.

« Eh! monsieur, répondit Cécile avec douceur, suis-je en état de résister à vos offres, et ne dois-je pourtant pas rougir de les accepter? Vous en avez déjà beaucoup trop fait pour moi ; mais captivée par les liens mêmes de ma reconnaissance, je ne me refuserai à rien de ce qui doit les multiplier, et me les rendre en même temps plus chers. »

On se rendit chez Dorgeville ; un peu avant que d'être au château, Mlle Duperrier témoigna à son bienfaiteur qu'elle désirerait n'être pas publiquement dans l'asile qu'on voulait bien lui donner ; quoiqu'il y eût près de quinze lieues de là chez son père, ce n'était pourtant point assez pour qu'elle n'eût pas à craindre d'être reconnue, et ne devait-elle pas appréhender les effets du ressentiment d'une famille assez cruelle pour la punir avec autant de sévérité... d'une faute... grave (elle en convenait), mais qu'on devait prévenir avant qu'elle n'arrivât, bien plutôt que de la châtier aussi durement quand il n'était plus temps de l'empêcher ; d'ailleurs, pour lui-même, Dorgeville serait-il bien aise d'afficher aux yeux de toute la province qu'il voulait bien prendre un intérêt aussi particulier à une malheureuse fille proscrite par ses parents et déshonorée dans l'opinion publique ?

L'honnêteté de Dorgeville ne lui permit pas de s'arrêter à cette seconde considération, mais la première le décida, et il promit à Cécile qu'elle serait chez lui comme elle l'exigerait, qu'il la ferait passer dans l'intérieur pour une de ses cousines, et qu'elle ne verrait au dehors que le peu de personnes qu'elle désirerait ; Cécile remercia de nouveau son généreux ami, et l'on arriva.

Il est temps de le dire, Dorgeville n'avait pas vu Cécile sans une sorte d'intérêt mêlé d'un sentiment qui lui avait été inconnu jusqu'alors ; une âme comme la sienne ne devait se rendre à l'amour qu'amollie par la sensibilité, ou prépa-

rée par la bienfaisance; toutes les qualités que
Dorgeville voulait dans une femme se rencon-
traient dans Mlle Duperrier; ces circonstances
bizarres, auxquelles il voulait devoir le cœur
de celle qu'il épouserait, s'y trouvaient également; il avait toujours dit qu'il désirait que la
femme à laquelle il donnerait sa main fût en
quelque façon liée à lui par la reconnaissance,
et qu'il aspirait à ne la tenir, pour ainsi dire,
que de ce sentiment-là. N'était-ce pas ce qui
arrivait ici? Et dans le cas où les mouvements de
l'âme de Cécile ne se trouveraient pas très éloi-
gnés des siens, devait-il, avec sa manière de
voir, balancer à lui offrir de la consoler par les
nœuds de l'hymen, des torts impardonnables de
l'amour? L'espoir d'une chose très délicate et
supérieurement faite pour l'âme de Dorgeville se
présentait encore, en réparant l'honneur de
Mlle Duperrier; n'était-il pas clair qu'il la rac-
commodait avec ses parents, et ne devenait-il
pas délicieux pour lui de rendre à la fois à une
femme malheureuse, et l'honneur que lui ravissait le plus barbare des préjugés, et la tendresse
d'une famille que lui enlevait également la
cruauté la plus inouïes?

Tout plein de ces idées, Dorgeville demande à
Mlle Duperrier si elle désapprouve qu'il fasse
une seconde tentative chez ses parents; Cécile ne
l'en dissuade point, mais elle se garde bien de le
lui conseiller, elle essaie même de lui en faire
sentir l'inutilité, en le laissant néanmoins le maître de faire sur ce point tout ce qu'il désirera, et
elle finit par dire à Dorgeville que sans doute elle
commence à lui devenir à charge, puisqu'il désire
avec tant d'ardeur de la rendre au sein d'une
famille dont il voit bien qu'elle est abhorrée.

Dorgeville, très content d'une réponse qui lui

préparait les moyens de s'ouvrir, assure sa protégée que s'il désire une réconciliation avec ses
parents, c'est uniquement pour elle et pour le
public, lui n'ayant besoin de rien pour animer
l'intérêt qu'elle inspire, ou tout au plus, de l'espoir que les soins qu'il lui rend ne lui déplai-
ront pas. Mlle Duperrier répond à cette galan-
terie, en laissant tomber sur son ami des yeux
languissants et tendres, qui prouvent un peu
plus que de la reconnaissance; Dorgeville n'en
comprend que trop l'expression, et résolu à
tout, pour rendre à la fin l'honneur et le repos
à sa protégée, deux mois après sa première visite
chez les parents de Cécile, il se décide à en faire
une seconde, et à leur déclarer enfin ses légitimes
intentions, ne doutant pas qu'un tel procédé de
sa part ne les détermine sur-le-champ à rouvrir
leur maison et leurs bras à celle qui se trouve
assez heureuse pour réparer aussi bien la faute
qui les a contraints à éloigner d'eux beaucoup
trop durement une fille, qu'ils doivent chérir au
fond de leur âme.

Cécile ne charge point cette fois-ci Dorgeville
d'une lettre pour Saint-Surin, ainsi qu'elle l'avait
fait lors de sa première visite, peut-être en sau-
rons-nous bientôt la cause. Dorgeville ne s'en
adresse pas moins à ce valet pour être introduit
de nouveau chez M. Duperrier; Saint-Surin le
reçoit avec les plus grandes marques de respect
et de plaisir, il lui demande des nouvelles de
Cécile avec les plus vifs témoignages d'intérêt et
de vénération, et dès qu'il a appris les motifs de
la seconde visite de Dorgeville, il loue infiniment un aussi noble procédé, mais il déclare en
même temps qu'il est presque sûr que cette démarche n'aura pas un meilleur succès que l'autre;
rien ne décourage Dorgeville, et il entre chez Du-

perrier; il lui dit que sa fille est chez lui, qu'il
prend le plus grand soin et d'elle et de son enfant, qu'il la croit entièrement revenue de ses
erreurs, qu'elle ne s'est pas un instant démentie
dans ses remords, et qu'une pareille conduite
lui paraît mériter enfin quelque indulgence. Tout
ce qu'il dit est écouté du père et de la mère avec
la plus grande attention; un moment Dorgeville
croit avoir réussi; mais au flegme étonnant avec
lequel on lui répond, il n'est pas longtemps à
se convaincre qu'il traite avec des âmes de fer,
avec des espèces d'animaux enfin bien plus semblables à des bêtes féroces, qu'à des créatures
humaines.

Confondu d'un tel endurcissement, Dorgeville
demande à M. et à Mme Duperrier s'ils ont
quelque autre motif de plainte ou de haine contre
leur fille, lui paraissant inconcevable, que pour
une faute de cette nature, ils se décident à un tel
excès de rigueur vis-à-vis d'une créature douce
et honnête et qui rachète ses torts par une foule
de vertus.

Duperrier prend ici la parole :

« Je ne vous détournerai point, dit-il, monsieur, des bontés que vous avez pour celle que je
nommai autrefois ma fille, et qui s'est rendue
indigne de ce nom; de quelque cruauté qu'il
vous plaise de m'accuser, je ne la porterai pourtant point jusque-là; nous ne lui connaissons
d'autre tort que celui de son inconduite avec un
mauvais sujet, qu'elle n'aurait jamais dû regarder; cette faute est assez grave à nos yeux, pour
qu'après s'en être souillée, nous la condamnions
à ne nous revoir de la vie. Cécile, dans les com-
mencements de son ivresse, fut avertie des suites
plus d'une fois par nous; nous lui prédîmes tout
ce qui lui est arrivé, rien ne l'arrêta; elle a mé-

prisé nos conseils, elle a méconnu nos ordres, en un mot, elle s'est jetée volontairement dans le précipice, quoique nous le lui montrassions sans cesse entrouvert sous ses pas. Une fille qui aime ses parents ne se conduit point ainsi; tant qu'étayée par le suborneur à qui elle doit sa chute, elle a cru pouvoir nous braver, elle l'a fait insolemment; il est bon qu'elle sente à présent ses torts, il est juste que nous lui refusions nos secours, quand elle les a méprisés, lorsqu'elle en avait un besoin si réel. Cécile a fait une sottise, monsieur, elle en ferait bientôt une seconde; l'éclat a eu lieu; nos amis, nos parents savent qu'elle a fui la maison paternelle, honteuse de l'état où l'avaient réduite ses travers; restons-en là, et ne nous obligez point à rouvrir notre sein à une créature sans âme et sans conduite, qui n'y rentrerait que pour nous préparer de nouvelles douleurs.

— Affreux systèmes, s'écria Dorgeville, piqué de tant de résistance, maximes bien dangereuses que celles qui punissent une fille, dont le seul tort est d'avoir été sensible. Tels sont les abus dangereux qui deviennent la cause de tant de meurtres épouvantables. Cruels parents! cessez d'imaginer qu'une malheureuse femme est déshonorée pour avoir été séduite; elle fût devenue moins criminelle avec moins de sagesse ou de religion; ne la punissez pas d'avoir respecté la vertu, dans le sein même du délire; par une stupide inconséquence, ne forcez point à des infamies celle qui n'a d'autre tort que d'avoir suivi la nature; voilà comme l'imbécile contradiction de nos usages, en faisant dépendre l'honneur de la plus excusable des fautes, entraîne aux plus grands crimes celles pour qui la honte est un poids plus affreux que le remords; et voilà comme

dans ce cas, ainsi que dans mille autres, on préfère des atrocités qui servent de voiles à des erreurs
indéguisables. Que les fautes légères n'impriment
aucune flétrissure aux coupables, et pour ensevelir ces minuties, ceux qui se les ont permises
ne se plongeront plus dans un abîme de maux...
Préjugés à part, où donc est l'infamie pour une
pauvre fille qui, trop livrée au sentiment le plus
naturel, a doublé son existence par excès de sensibilité? De quel forfait est-elle coupable? Où
sont en cela les torts effrayants de son âme ou de
son esprit? Ne sentira-t-on jamais que la seconde
faute n'est qu'une suite de la première, qui elle-
même ne saurait en être une. Quelle impardonnable contradiction! On élève ce malheureux
sexe dans tout ce qui peut décider sa chute, et
on le flétrit quand elle est faite! Pères barbares!
ne refusez pas à vos filles l'objet qui les intéresse;
par un égoïsme atroce, ne les rendez pas éternellement les victimes de votre avarice ou de votre
ambition; et, cédant à leurs penchants, sous vos
lois, ne voyant plus en vous que des amis, elles
se garderont bien de commettre les fautes où
les contraignent vos refus; elles ne sont donc
coupables que par vous... Vous seuls imprimez
sur leur front le sceau fatal de l'opprobre... Elles
ont écouté la nature, et vous la violez; elles ont
fléchi sous ses lois, et vous les étouffez dans vos
âmes... Vous seuls mériteriez donc le déshonneur
ou la peine, puisque vous seuls êtes cause du
mal qu'elles font, et qu'elles n'eussent jamais
vaincu, sans vos cruautés, les sentiments de pudeur et de décence que le Ciel imprima dans
elles.

« Eh bien! poursuivit Dorgeville avec plus de
chaleur encore; eh bien! monsieur, puisque vous
ne voulez pas réparer l'honneur de votre fille,

j'en prendrai donc moi-même le soin; dès que vous avez la barbarie de ne plus voir qu'une étrangère dans Cécile, je vous déclare, moi, que j'y vois une épouse; je prends sur moi la somme de ses torts, quels qu'ils aient été; je ne l'en avoue pas moins pour ma femme à la face de toute la province; et, plus honnête que vous, monsieur, quoique après la manière dont vous vous conduisez, votre consentement me devînt inutile, je veux bien encore vous le demander... Puis-je être sûr de l'obtenir? »

Duperrier confondu ne put s'empêcher de fixer ici Dorgeville avec des marques d'une étonnante surprise.

« Quoi! monsieur, lui dit-il, un galant homme comme vous s'expose volontairement à tous les dangers d'une telle alliance?

— A tous, monsieur; les torts de votre fille avant qu'elle ne me connût ne peuvent raisonnablement m'alarmer : il n'y a qu'un homme injuste, ou des préjugés atroces, qui puissent regarder comme vile ou comme coupable une fille, pour avoir aimé un autre homme avant qu'elle ne connût son mari. Cette manière de penser a sa source dans un impardonnable orgueil, qui, non content de maîtriser ce qu'il a, voudrait enchaîner ce qu'il ne possédait pas encore... Non, monsieur, ces absurdités révoltantes n'ont aucun empire sur moi; j'ai bien plus de confiance en la vertu d'une fille qui a connu le mal, et qui s'en repent, qu'en celle d'une femme qui n'eut jamais rien à se reprocher avant ses nœuds; l'une connaît l'abîme et l'évite, l'autre y soupçonne des fleurs et s'y jette : encore une fois, monsieur, je n'attends que votre aveu.

— Cet aveu n'est plus en notre pouvoir, reprit fermement Duperrier; en renonçant à notre

autorité sur Cécile, en la maudissant, en la désa-
vouant, comme nous l'avons fait, et comme
nous continuons de faire encore, nous ne pouvons conserver la faculté d'en disposer; elle est
pour nous une étrangère que le hasard a placée
dans vos mains...; qui devient libre par son âge,
par ses démarches et par notre abandon... de
laquelle, en un mot, monsieur, il vous devient
permis de faire tout ce que bon vous semblera.

— Eh quoi! monsieur, vous ne pardonnez
pas à Mme Dorgeville les torts de Mlle Duperrier?

— Nous pardonnons à Mme Dorgeville le
libertinage de Cécile; mais celle qui porte l'un et
l'autre noms, ayant trop grièvement manqué à
sa famille... quel que soit celui qu'elle prenne,
pour se représenter à ses parents, ne sera pas
plus reçue d'eux sous l'un que sous l'autre.

— Observez-vous, monsieur, que c'est moi que
vous insultez dans ce moment-ci, et que votre
conduite devient ridicule à côté de la décence de
la mienne.

— C'est parce que je le sens, monsieur, que
j'imagine que ce que nous avons de mieux à faire
est de nous séparer; soyez tant qu'il vous plaira
l'époux d'une catin, nous n'avons aucuns droits
pour vous en empêcher; mais ne vous imaginez
pas en avoir non plus qui puissent nous
contraindre à recevoir cette femme dans notre
maison, quand elle l'a remplie de deuil et
d'amertume... quand elle l'a souillée d'infamies. »

Dorgeville, furieux, se lève et part sans dire
un seul mot.

« J'aurais écrasé cet homme féroce, dit-il à
Saint-Surin, qui lui présente son cheval, si
l'humanité ne me retenait, et si je n'épousais
demain sa fille.

— Vous l'épousez, monsieur? dit Saint-Surin surpris.

— Oui, je veux réparer demain son honneur... je veux demain consoler l'infortune.

— Oh! monsieur, quelle action généreuse! Vous allez confondre la cruauté de ces gens-ci, vous allez rendre le jour à la plus infortunée des filles, quoique la plus vertueuse. Vous allez vous couvrir d'une gloire immortelle aux yeux de toute la province... »

Et Dorgeville s'échappe au galop.

De retour auprès de sa protégée, il lui raconte, avec les plus grands détails, l'affreuse réception qu'il a eue, et l'assure que, sans elle, il aurait assurément fait repentir Duperrier de son indécente conduite. Cécile le remercie de sa prudence; mais quand Dorgeville, reprenant la parole, lui apprend qu'il est, malgré tout, décidé à l'épouser le lendemain, un trouble involontaire saisit cette jeune fille. Elle veut parler... Les mots expirent sur ses lèvres... Elle veut cacher son embarras... Elle l'augmente...

« Moi, dit-elle, avec un inexprimable désordre... Moi! devenir votre épouse... Ah! monsieur... A quel point vous vous sacrifiez pour une pauvre fille... si peu digne de vos bontés pour elle.

— Vous en êtes digne, mademoiselle, reprit vivement Dorgeville; une faute trop cruellement punie et par la manière dont on vous a traitée, et plus encore par vos remords, une faute qui ne peut pas avoir de suite, puisque celui qui vous l'a fait commettre n'existe plus, une faute enfin qui ne sert qu'à mûrir votre esprit et à vous donner cette fatale expérience de la vie, qu'on n'acquiert jamais qu'à ses dépens... Une telle faute, dis-je, ne vous dégrade nullement à mes yeux. Si vous me croyez fait pour la réparer, je m'offre à vous, mademoiselle... Ma main, ma maison... ma fortune, tout ce que je possède est à votre service... prononcez.

— Oh! monsieur, s'écria Cécile, pardonnez, si l'excès de ma confusion m'en empêche, devais-je m'attendre à de telles bontés de votre part, après les procédés de mes parents? Et comment voulez-vous que je puisse me croire capable d'en pouvoir profiter?

— Bien éloigné de la rigueur de vos parents, je ne juge pas une légèreté comme un crime; et cette erreur qui vous coûte des larmes, je l'efface en vous donnant ma main. »

Mlle Duperrier tombe aux genoux de son bienfaiteur; les expressions paraissent manquer aux sentiments dont son âme est pleine; au travers de ceux qu'elle doit, elle sait mêler l'amour avec tant d'adresse, elle enchaîne, en un mot, si bien l'homme qu'elle croit avoir tant d'intérêt à captiver, qu'avant huit jours le mariage se célèbre, et qu'elle devient Mme Dorgeville.

Cependant la nouvelle mariée ne quitte point encore sa retraite, elle fait entendre à son époux que, n'étant point raccommodée avec sa famille, la décence l'oblige à ne voir que très peu de monde; sa santé lui sert de prétexte, et Dorgeville se borne à son intérieur et à quelques-uns de ses voisins. Pendant ce temps, l'adroite Cécile fait tout ce qu'elle peut pour persuader à son mari de quitter le Poitou : elle lui représente que dans l'état des choses, ils ne pourront jamais y être l'un et l'autre qu'avec le plus grand désagrément, et qu'il serait bien plus décent pour eux d'aller s'établir dans quelque province éloignée de celle où l'épouse de Dorgeville a reçu de toutes parts tant de désagréments et d'outrages.

Dorgeville goûte assez ce projet; il avait même

écrit à un ami, qui demeurait auprès d'Amiens, de lui chercher dans ces environs une campagne où il pût aller finir ses jours avec une jeune personne aimable qu'il venait d'épouser, et qui, brouillée avec ses parents, ne trouvait en Poitou que des chagrins qui la contraignaient à s'en éloigner.

On attendait la réponse à ces négociations, lorsque Saint-Surin arrive au château; avant que d'oser se présenter à son ancienne maîtresse, il fait demander à Dorgeville la permission de le saluer; on le reçoit avec satisfaction.

Saint-Surin dit que la chaleur avec laquelle il a pris les intérêts de Cécile, lui a fait perdre sa place, qu'il vient réclamer ses bontés et prendre congé d'elle avant d'aller chercher fortune ailleurs.

« Vous ne nous quitterez point », dit Dorgeville, ému de compassion, et ne voyant dans cet homme qu'une emplette d'autant plus agréable à faire, qu'elle plairait certainement à sa femme; « non, vous ne nous quitterez point »; et Dorgeville formant aussitôt de cet événement un sujet flatteur de surprise pour celle qu'il adore, n'entre chez Cécile qu'en lui présentant Saint-Surin pour premier domestique de sa maison.

Mme Dorgeville, touchée jusqu'aux larmes, embrasse son époux, le remercie cent fois de cette singulière attention, et témoigne devant lui à ce valet, combien elle est sensible à l'attachement qu'il a toujours conservé pour elle. On s'entretient un instant de M. et Mme Duperrier; Saint-Surin les peint tous les deux sous les mêmes traits de rigueur qui les a caractérisés aux yeux de Dorgeville, et l'on ne s'occupe plus que des projets d'un prompt départ.

Les nouvelles étaient arrivées d'Amiens; on

avait positivement trouvé ce qui convenait, et les deux époux étaient au moment d'aller prendre possession de cette demeure, lorsque l'événement, le moins attendu et le plus cruel, vint ouvrir les yeux de Dorgeville, détruire sa tranquillité, et démasquer enfin l'infâme créature qui l'abusait depuis six mois.

Tout était calme et content au château; on venait d'y dîner en paix, Dorgeville et sa femme, absolument seuls ce jour-là, s'entretenaient ensemble dans leur salon, avec ce doux repos du bonheur, éprouvé sans crainte et sans remords, par Dorgeville, mais non pas senti par sa femme avec autant de pureté, sans doute; le bonheur n'est pas fait pour le crime; l'être assez dépravé pour en avoir suivi la carrière peut feindre l'heureuse tranquillité d'une belle âme, mais il en jouit bien rarement. Tout à coup un bruit affreux se fait entendre, les portes s'ouvrent avec fracas, Saint-Surin, dans les fers, paraît au milieu d'une troupe de cavaliers de maréchaussée, dont l'exempt suivi de quatre hommes, se jette sur Cécile qui veut fuir, la retient, et sans aucun égard, ni pour ses cris, ni pour les représentations de Dorgeville, se prépare à l'entraîner sur-le-champ.

« Monsieur... monsieur, s'écrie Dorgeville en larmes, au nom du Ciel, écoutez-moi... que vous a fait cette dame, et où prétendez-vous la conduire? Ignorez-vous qu'elle m'appartient, et que vous êtes dans ma maison.

— Monsieur, répondit l'exempt un peu plus tranquille en se voyant maître de ses deux proies, le plus grand malheur qui puisse être arrivé à un aussi honnête homme que vous est assurément d'avoir épousé cette créature; mais le titre qu'elle a usurpé avec autant d'infamie que

d'impudence ne peut la garantir du sort qui
l'attend... Vous me demandez où je la conduis?
A Poitiers, monsieur, où d'après l'arrêt pro-
noncé contre elle à Paris, et qu'elle a évité jusqu'à présent par ses ruses, elle sera demain
brûlée vive avec son indigne amant que voici »,
continua l'exempt en montrant Saint-Surin.

A ces funeste paroles, les forces de Dorgeville
l'abandonnent; il tombe sans connaissance, on
le secourt; l'exempt, sûr de ses prisonniers, aide
lui-même aux attentions qu'exige ce malheureux
époux. Dorgeville reprend à la fin ses sens...

Pour Cécile, elle était assise sur une chaise,
gardée comme criminelle dans ce salon, où, une
heure avant, elle régnait en maîtresse... Saint-
Surin, dans la même position, était à deux ou
trois pas d'elle, resserré aussi étroitement, mais
bien moins calme que Cécile, sur le front de
laquelle on n'apercevait nulle altération; rien ne
troublait la tranquillité de cette malheureuse,
son âme, faite au crime, en voyait la punition
sans effroi.

« Remerciez le Ciel, monsieur, dit-elle à Dorgeville; voilà une aventure qui vous sauve le jour;
le lendemain de notre arrivée dans la nouvelle
habitation où vous comptiez vous établir, cette
dose, continua-t-elle, en jetant de sa poche un
paquet de poison, était mêlée dans vos aliments,
et vous expiriez six heures après.

« Monsieur, dit cette horrible créature à
l'exempt, vous voilà maître de moi, une heure de
plus ou de moins ne doit pas être d'une grande
importance; je vous la demande, afin d'instruire
Dorgeville des circonstances singulières qui l'in-
téressent.

« Oui, monsieur, poursuivit-elle en s'adressant à son mari, oui, vous êtes dans tout ceci,

bien plus compromis que vous ne le croyez;
obtenez que je puisse vous entretenir une heure,
et vous apprendrez des choses qui vous surpren-
dront; puissiez-vous les écouter jusqu'au bout
avec tranquillité, et sans qu'elles redoublent
l'horreur que vous devez avoir pour moi; vous
verrez au moins par cet affreux récit, que si je
suis la plus malheureuse et la plus criminelle
des femmes... ce monstre, dit-elle en montrant
Saint-Surin, est sans doute le plus scélérat des
hommes. »

Il était encore de bonne heure, l'exempt consentit au récit qu'annonçait sa captive; peut-être
était-il bien aise d'apprendre lui-même, quoiqu'il sût les crimes de sa prisonnière, quelle liaison ils avaient avec Dorgeville. Deux seuls cavaliers restèrent dans le salon avec l'exempt et les
deux coupables; le reste se retira, les portes se
fermèrent, et la fausse Cécile Duperrier commença son récit dans les termes suivants :

« Vous voyez en moi, Dorgeville, la créature
que le Ciel a fait naître, et pour le tourment de
vos jours, et pour l'opprobre de votre maison;
vous sûtes en Amérique que quelques années
après votre départ de France, il vous était né une
sœur; vous apprîtes de même longtemps après,
que cette sœur, pour jouir plus à l'aise de
l'amour d'un homme qu'elle adorait, osa porter
ses mains sur ceux dont elle tenait la vie, et
qu'elle se sauva ensuite avec son amant... Eh bien!
Dorgeville, reconnaissez cette sœur criminelle
dans votre épouse infortunée, et son amant dans
Saint-Surin... Voyez si les crimes me coûtent, et
si je sais les doubler quand il faut. Apprenez
maintenant comme je vous ai trompé, Dorgeville... et calmez-vous, dit-elle en voyant son
malheureux frère reculer d'horreur et prêt à

perdre une seconde fois l'usage de ses sens...
oui; remettez-vous, mon frère; ce serait à moi
de frémir... et vous voyez comme je suis tranquille; peut-être n'étais-je pas née pour le crime,
et sans les perfides conseils de Saint-Surin, peut-
être ne se fût-il jamais éveillé dans mon cœur...
c'est à lui que vous devez la mort de nos parents,
il me l'a conseillée, il m'a fourni ce qu'il fallait
pour l'exécuter; c'est de sa main que je tiens
également le poison qui devait terminer vos
jours.

« Dès que nous eûmes exécuté nos premiers
projets, on nous soupçonna; il fallut partir sans
pouvoir même emporter les sommes que nous
comptions nous approprier; les soupçons se
changèrent bientôt en preuves; on instruisit
notre procès, on prononça contre nous le funeste
arrêt que nous allons subir; nous nous éloi-
gnâmes... mais pas assez, malheureusement :
nous fîmes courir le bruit d'une évasion en
Angleterre, on la crut; nous nous imaginâmes
follement qu'il était inutile d'aller plus loin.
Saint-Surin se présenta pour domestique chez
M. Duperrier; ses talents le firent bientôt recevoir. Il me cacha dans un village voisin de la
terre de cet honnête homme, il m'y voyait
secrètement, et je n'ai jamais paru pendant cet
intervalle à d'autres regards qu'à ceux de la
femme chez laquelle j'étais logée.

« Cette manière d'être m'ennuyait, je ne me
sentais pas faite pour une vie tellement ignorée;
il y a quelquefois de l'ambition dans les âmes
criminelles; interrogez tous ceux qui sont par-
venus sans mérite, et vous verrez que c'est rarement sans crimes. Saint-Surin consentait volontiers à aller chercher d'autres aventures; mais
j'étais grosse, il fallait avant tout me débarrasser

de mon fardeau; Saint-Surin voulut m'envoyer
pour mes couches dans un village plus éloigné de
l'habitation de ses maîtres, chez une femme amie
de mon hôtesse; toujours dans l'intention de
mieux observer le mystère, il fut résolu que je
m'y rendrais seule; j'y allais, quand vous m'avez
rencontrée; les douleurs m'ayant saisie avant
d'arriver chez cette femme, je me délivrais seule
au pied d'un arbre... et là, un mouvement de
désespoir m'ayant pris, me voyant délaissée
comme je l'étais alors, moi, née dans l'opulence,
et qui, avec une conduite plus réglée, eusse pu
prétendre aux meilleurs partis de la province, je
voulus tuer le malheureux fruit de mon libertinage, et me poignarder moi-même après; vous
passâtes, mon frère, vous eûtes l'air de vous intéresser à mon sort; l'espoir de nouveaux crimes
se rallume aussitôt dans mon sein; je me résous à
vous tromper pour augmenter l'intérêt que vous
sembliez prendre à moi. Cécile Duperrier venait
de se sauver de la maison paternelle, pour se
soustraire à la punition et à la honte d'une faute
commise avec un amant qui la mettait dans le
même état que moi; parfaitement au fait de toutes
les circonstances, je résolus de jouer le rôle de
cette fille; j'étais sûre de deux choses, et qu'elle
ne reparaîtrait pas, et que ses parents, fût-elle
même venue se précipiter à leurs pieds, ne lui
pardonneraient jamais sa conduite; ces deux
points me suffirent pour établir toute mon histoire; vous vous chargeâtes vous-même de la
lettre, où j'en instruisais Saint-Surin, et dans
laquelle je lui faisais part et de l'étonnante rencontre d'un frère que je n'aurais jamais connu,
s'il ne se fût nommé à moi, et de l'espoir hardi
que j'avais de le faire servir, sans qu'il s'en doutât,
au rétablissement de notre fortune.

« Saint-Surin me répondit par vous, et de ce moment, à votre insu, nous ne cessâmes et de nous écrire et de nous voir même quelquefois secrètement. Vous vous rappelez vos mauvais succès chez les Duperrier; je ne m'opposai point à des démarches, dont je ne redoutais rien vis-à-vis de cet homme, et qui, vous faisant connaître Saint-Surin, pouvaient vous intéresser pour un amant que j'avais dessein de rapprocher de nous. Vous me montrâtes de l'amour... vous vous sacrifiâtes pour moi; tous ces procédés s'arrangeant aux vues que j'avais de vous captiver, vous vîtes comme j'y répondis, et vous avez éprouvé, Dorgeville, si les liens qui m'enchaînaient à vous m'empêchèrent de former ceux d'un hymen qui consolidait si bien tous mes plans... qui me sortait de l'opprobre, de l'abaissement, de la misère, et qui, au moyen des suites de mes crimes, me plaçait dans une province éloignée de la nôtre, riche... et femme enfin de mon amant; le Ciel s'y est opposé; vous savez tout le reste, et vous voyez comme je suis punie de mes fautes... Vous allez être débarrassé d'un monstre qui doit vous être odieux... d'une scélérate qui n'a cessé de vous abuser... qui même goûtant dans vos bras d'incestueux plaisirs, ne s'en livrait pas moins chaque jour à ce monstre, dès le moment que l'excès de votre pitié l'eût imprudemment rapproché de nous.

« Haïssez-moi, Dorgeville... je le mérite... détestez-moi, je vous y exhorte... mais en voyant demain de votre château les flammes qui vont consumer une malheureuse... qui vous avait aussi cruellement trompé... qui bientôt eût tranché le fil de vos jours... ne m'ôtez pas du moins la consolation de croire qu'il échappera quelques larmes de ce cœur sensible encore ouvert à mes malheurs, et que vous vous rappellerez peut-être

que, née votre sœur, avant que de devenir le fléau
et le tourment de votre vie, je ne dois pas perdre
en un instant les droits que ma naissance me
donne à votre pitié. »

L'infâme créature ne se trompait pas; elle
avait ému le cœur du malheureux Dorgeville, il
fondait en larmes pendant ce récit.

« Ne pleurez pas, Dorgeville, ne pleurez pas,
dit-elle... Non, j'ai tort de vous demander des
larmes, je ne les mérite point, et puisque vous
avez la bonté d'en répandre, permettez-moi, pour
les tarir, de ne vous rappeler en cet instant que
mes torts; jetez les yeux sur l'infortunée qui
vous parle, considérez dans elle l'assemblage le
plus odieux de tous les crimes, et vous frémirez
au lieu de la plaindre... »

A ces mots, Virginie se lève :

« Allons, monsieur, dit-elle fermement à l'officier, allons donner à la province l'exemple qu'elle
attend de ma mort; que mon faible sexe apprenne,
en la voyant, où conduisent l'oubli des devoirs et
l'abandon de Dieu. »

En descendant les marches qui la conduisaient
à la cour, elle demanda son fils; Dorgeville, dont
le cœur noble et généreux faisait élever cet enfant
avec le plus grand soin, ne crut pas devoir lui
refuser cette consolation; on apporte cette misérable créature; elle la prend, elle la serre contre
son sein, elle la baise... puis éteignant aussitôt
les sentiments de tendresse qui, en amollissant
son âme, allaient peut-être y laisser pénétrer avec
trop d'empire toutes les horreurs de sa situation,
elle étouffe ce misérable enfant de ses propres
mains.

« Va, dit-elle, en le jetant, ce n'est pas la peine
que tu voies le jour pour n'y connaître que l'infamie, la honte et l'infortune; qu'il ne reste sur

la terre aucune trace de mes forfaits, et deviens-
en la dernière victime. »

A ces mots, la scélérate s'élance dans la voiture de l'exempt; Saint-Surin suit enchaîné sur
un cheval, et le lendemain, à 5 heures du soir,
des deux exécrables créatures périrent au milieu
des effrayants supplices que leur réservaient le
courroux du Ciel et la justice des hommes.

Pour Dorgeville, après une maladie cruelle, il
laissa son bien à différentes maisons de charité,
quitta le Poitou et se retira à la Trappe, où il
mourut au bout de deux ans, sans avoir pu
détruire en lui, malgré d'aussi terribles exemples,
ni les sentiments de bienfaisance et de pitié qui
formaient sa belle âme, ni l'amour excessif dont
il brûla jusqu'au dernier soupir, pour la malheureuse femme... devenue l'opprobre de sa vie, et
l'unique cause de sa mort.

Ô vous! qui lirez cette histoire, puisse-t-elle
vous pénétrer de l'obligation où nous sommes
tous de respecter des devoirs sacrés, dont on ne
s'écarte jamais sans voler à sa perte. Si, contenu
par le remords qui se fait sentir au brisement du
premier frein, on avait la force d'en rester là,
jamais les droits de la vertu ne s'anéantiraient
totalement; mais notre faiblesse nous perd, d'affreux conseils corrompent, de dangereux exemples pervertissent, tous les dangers semblent
s'évanouir, et le voile ne se déchire que quand
le glaive de la justice vient arrêter enfin le cours
des forfaits. C'est alors que l'aiguillon du repentir devient insupportable; il n'est plus temps,
il faut une vengeance aux hommes, et celui qui
ne sut que leur nuire, doit finir tôt ou tard par
les effrayer.

LA COMTESSE DE SANCERRE
OU
LA RIVALE DE SA FILLE

ANECDOTE DE LA COUR DE BOURGOGNE

CHARLES LE TÉMÉRAIRE, duc de Bourgogne, toujours ennemi de Louis XI, toujours occupé de ses projets de vengeance et d'ambition, avait à sa suite presque tous les chevaliers de ses États, et tous à ses côtés sur les bords de la Somme, ne s'occupant qu'à vaincre ou qu'à mourir dignes de leur chef, oubliaient sous ses drapeaux les plaisirs de leur patrie. Les Cours étaient tristes en Bourgogne, les châteaux déserts; on ne voyait plus briller, dans les magnifiques tournois de Dijon et d'Autun, ces preux chevaliers qui les illustraient jadis, et les belles, abandonnées, négligeaient jusqu'au soin de plaire, dont ils ne pouvaient plus être l'objet; frémissant pour les jours de ces guerriers chéris, ce n'était plus que des soucis et des inquiétudes que l'on voyait sur ces fronts radieux, animés par l'orgueil, quand autrefois, au milieu de l'arène, tant de braves exerçaient pour leurs dames, et leur adresse et leur courage.

En suivant son prince à l'armée, en allant lui prouver son zèle et son attachement, le comte de

Sancerre, l'un des meilleurs généraux de Charles, avait recommandé à sa femme de ne rien négliger pour l'éducation de leur fille Amélie, et de laisser croître sans inquiétude la tendre ardeur que cette jeune personne ressentait pour le châtelain de Monrevel qui devait la posséder un jour, et qui l'adorait depuis l'enfance. Monrevel, âgé de vingt-quatre ans, et qui avait déjà fait plusieurs campagnes sous les yeux du duc, en considération de ce mariage, venait d'obtenir de rester en Bourgogne, et sa jeune âme avait besoin de tout l'amour qui l'enflammait pour ne pas s'irriter des retards que ces arrangements apportaient aux succès de ses armes. Mais Monrevel, le plus beau chevalier de son siècle, le plus aimable et le plus courageux, savait aimer comme il savait vaincre; favori des grâces et du dieu de la guerre, il ravissait à celui-ci ce qu'exigeaient les autres, et se couronnait tour à tour, et des lauriers que lui prodiguait Bellone, et des myrtes qu'Amour y joignait sur son front.

Eh! qui méritait mieux qu'Amélie les moments que Monrevel enlevait à Mars? La plume échappe à qui voudrait la peindre... Comment esquisser, en effet, cette taille fine et légère dont chaque mouvement était une grâce, cette figure fine et délicieuse, dont chaque trait était un sentiment! Mais que de vertus embellissaient encore mieux cette créature céleste, à peine dans son quatrième lustre!... La candeur, l'humanité..., l'amour filial... il était impossible de dire, enfin, si c'était par les qualités de son âme ou par les agréments de sa figure qu'Amélie enchaînait le plus sûrement.

Mais comment se pouvait-il, hélas! qu'une telle fille eût reçu le jour dans le sein d'une mère aussi cruelle, et d'un caractère aussi dangereux? Sous une figure encore belle, sous des traits nobles et majestueux, la comtesse de Sancerre cachait une âme jalouse, impérieuse, vindicative et capable, en un mot, de tous les crimes où peuvent entraîner ces passions.

Beaucoup trop célèbre à la cour de Bourgogne, par le relâchement de ses mœurs et par ses galanteries, il était bien peu de chagrins dont elle n'eût accablé son époux.

Ce n'était pas sans envie qu'une telle mère voyait croître sous ses yeux les charmes de sa fille, et ce n'était pas sans un secret chagrin qu'elle en savait Monrevel amoureux. Tout ce qu'elle avait pu faire, jusqu'à ce moment-ci, était d'imposer silence aux sentiments que cette jeune personne ressentait pour Monrevel, et malgré les intentions du comte, elle avait toujours engagé sa fille à ne point avouer ce qu'elle éprouvait pour l'époux que lui destinait son père. Il semblait à cette femme étonnante que, brûlant comme elle faisait au fond de son cœur pour l'amant de sa fille, ce fût pour elle une consolation de faire ignorer au moins à cet amant une passion dont elle se trouvait outragée. Mais si elle contraignait les désirs d'Amélie, il s'en fallait bien qu'elle fît la même violence aux siens, et ses yeux depuis bien longtemps eussent tout appris à Monrevel, si ce jeune guerrier eût voulu les entendre..., s'il n'eût pas cru qu'un autre amour que celui d'Amélie fût devenu pour lui une offense bien plutôt qu'un bonheur.

Depuis un mois, par ordre de son époux, la comtesse recevait dans son château le jeune Monrevel, sans qu'elle eût employé, durant cet intervalle, un seul instant à autre chose qu'à voiler les sentiments de sa fille, et qu'à faire éclater les siens. Mais quoique Amélie se tût, quoiqu'elle se contraignît, Monrevel soupçonnait que les arrangements du comte de Sancerre ne déplaisaient pas à cette belle fille, il osait croire que ce n'eût pas été sans peine qu'Amélie en eût vu un autre en possession de l'espoir de lui appartenir un jour.

« Comment est-il, Amélie, disait Monrevel à sa belle maîtresse, dans un de ces courts instants où il n'était pas obsédé par les regards jaloux de Mme de Sancerre, comment se peut-il qu'avec l'assurance d'être un jour l'un à l'autre, on ne vous permette même pas de me dire si ce projet vous contrarie, ou si je suis assez heureux pour qu'il ne vous déplaise point? Eh quoi! l'on s'oppose à ce que l'amant qui ne songe qu'à se rendre digne de faire votre bonheur puisse savoir s'il peut y prétendre! »

Mais Amélie, se contentant de regarder tendrement Monrevel, soupirait et rejoignait sa mère dont elle n'ignorait pas qu'elle devait tout craindre si jamais les expressions de son cœur osaient s'annoncer sur ses lèvres.

Tel était l'état des choses, quand un courrier arriva au château de Sancerre, et y apprit la mort du comte sous les murs de Beauvais, le jour même de la levée du siège; Lucenai, l'un des chevaliers de ce général, apportait, en pleurant, cette triste nouvelle, à laquelle était jointe une lettre du duc de Bourgogne à la comtesse. Il s'excusait de ce que ses malheurs l'empêchaient de s'étendre sur les consolations qu'il croyait lui devoir, et lui enjoignait expressément de suivre les intentions de son mari, par rapport à l'alliance que ce général avait désirée entre sa fille et Monrevel, de presser cet hymen et, quinze jours après qu'il aurait été consommé, de lui renvoyer ce jeune héros, ne pouvant, dans la situation de ses affaires, se passer dans son armée d'un aussi brave guerrier que Monrevel.

La comtesse prit le deuil, et ne publia point la recommandation de Charles; elle était trop contre ses désirs pour qu'elle en dît un mot. Elle congédia Lucenai, et recommanda plus que jamais à sa fille de déguiser ses sentiments, de les étouffer même, puisque aucunes circonstances ne contraignaient plus un hymen... qui ne se ferait à présent jamais.

Ces dispositions remplies, la jalouse comtesse se voyant délivrée des entraves qui s'opposaient à ses sentiments effrénés pour l'amant de sa fille, ne s'occupa plus que des moyens de refroidir le jeune châtelain pour Amélie, et de l'enflammer pour elle.

Ses premières démarches furent de s'emparer de toutes les lettres que Monrevel pouvait écrire à l'armée de Charles, et de le retenir chez elle, en irritant son amour, en lui laissant une sorte d'espoir éloigné qui, traversé sans cesse, le captiva tout en le désolant; de profiter ensuite de l'état où elle allait mettre son âme, pour le disposer peu à peu en sa faveur, imaginant, en femme habile, que le dépit lui rapporterait ce qu'elle ne pourrait obtenir de l'amour.

Une fois sûre qu'aucune lettre ne sortirait du château sans lui être apportée, la comtesse répandit de faux bruits; elle dit à tout le monde, et même sourdement au châtelain de Monrevel, que Charles le Téméraire, en lui apprenant la mort de son époux, lui enjoignait de marier sa fille au seigneur de Salins, auquel il ordonnait de venir conclure cet hymen à Sancerre, et elle ajouta avec l'air du secret, en s'adressant à Monrevel, que cet événement ne fâcherait sûrement pas Amélie, qui depuis cinq ans soupirait pour Salins. Ayant ainsi porté le poignard dans le

cœur de Monrevel, elle fit venir sa fille et lui dit
que tout ce qu'elle faisait n'était qu'à dessein de
détacher le châtelain d'elle, qu'elle lui recom-
mandait d'étayer ce projet, ne voulant point
absolument de cette alliance, et qu'il valait
mieux, cela posé, prendre un prétexte comme
celui dont elle se servait, qu'une rupture sans
fondement; mais que sa chère fille n'en serait pas
plus malheureuse, parce qu'elle lui promettait
qu'au moyen de ce léger sacrifice, elle la laisse-
rait libre de tout autre choix qu'il lui plairait
de faire.

Amélie voulut contenir ses pleurs à ces ordres
cruels; mais la nature, plus forte que la prudence, la fit tomber aux genoux de la comtesse;
elle la conjura, par tout ce qu'elle avait de plus
cher, de ne la point séparer de Monrevel, de
remplir les intentions d'un père qu'elle avait
adoré, et qu'on lui faisait pleurer bien amèrement.

Cette intéressante fille ne répandait pas une
larme qui ne retombât sur le cœur de sa mère.

« Eh quoi! dit la comtesse, en essayant de se
vaincre afin de mieux connaître les sentiments
de sa fille, cette malheureuse passion vous
domine-t-elle donc au point que vous n'en puissiez faire le sacrifice? Et si votre amant eût
éprouvé le sort de votre père, s'il vous l'eût fallu
pleurer comme lui?...

— Oh! madame, répondit Amélie, ne m'offrez
pas une aussi désolante idée; si Monrevel eût
péri, je l'aurais suivi de bien près, ne doutez pas
que mon père ne me soit aussi cher sans doute,
et mes regrets de l'avoir perdu eussent été éter-
nels sans l'espérance de voir un jour mes larmes
essuyées par la main de l'époux qu'il me destinait; c'est pour cet époux seul que je me suis

conservée; c'est à cause de lui seul que j'ai sur-
monté le désespoir où m'a plongée la nouvelle
affreuse que nous venons d'apprendre. Voulez-
vous donc déchirer à la fois mon cœur, par tant
de traits aussi cruels!

— Eh bien!. dit la comtesse, qui sentit que la
violence ne ferait qu'irriter celle que son artifice
l'obligeait à ménager, feignez toujours ce que
je vous propose, puisque vous ne pouvez vous
vaincre, et dites à Monrevel que vous aimez
Salins, ce sera un moyen de savoir si réellement
il vous est attaché; la véritable façon de connaître
un amant, est de l'inquiéter par la jalousie. Si
Monrevel se dépite et s'il vous abandonne, ne
serez-vous pas bien aise d'avoir reconnu que
vous n'étiez qu'une dupe en l'aimant?

— Et si sa passion n'en devient que plus vive?

— Alors peut-être vous céderai-je; ne connais-
sez-vous pas tous vos droits sur mon âme? »

Et la tendre Amélie, consolée par ces dernières
paroles, ne cessait de baiser les mains de celle
qui la trahissait, de celle qui dans le fond la
regardait comme sa plus mortelle ennemie..., de
celle enfin, qui, pendant qu'elle faisait couler le
baume au fond du cœur alarmé de sa fille, ne
nourrissait dans le sien que des sentiments de
haine, et d'affreux projets de vengeance.

Cependant Amélie s'engage à ce qu'on exige;
non seulement elle promet de feindre d'aimer
Salins, mais elle assure même qu'elle se servira
de ce moyen pour mettre le cœur de Monrevel
aux dernières épreuves, sous la seule condition
que sa mère voudra bien ne pas porter les choses
trop loin, et les arrêter aussitôt qu'elles auront
été convaincues de la constance et de l'amour du
châtelain. Mme de Sancerre promet tout ce
qu'on veut; et, peu de jours après, elle dit à

Monrevel qu'il lui paraît singulier que ne pouvant plus raisonnablement former aucun espoir d'appartenir à sa fille, il veuille si longtemps s'enterrer en Bourgogne, pendant que toute la province est sous les drapeaux de Charles; et, en disant cela, elle lui laisse adroitement lire les dernières lignes de la lettre du duc, qui contenait, comme nous l'avons lu : « *Vous me renverrez Monrevel, ne pouvant dans l'état où sont mes affaires, me passer plus longtemps d'un tel brave.* » Mais la perfide comtesse se garda bien de lui en laisser voir davantage.

« Eh quoi! madame, dit le châtelain, au désespoir; il est donc vrai que vous me sacrifiez; il est donc assuré qu'il faut que je renonce à ces projets délicieux qui faisaient tout le charme de ma vie?

— En vérité, Monrevel, leur exécution n'en eût jamais fait que le malheur; est-ce quand on vous ressemble qu'il faut aimer une infidèle? Si jamais Amélie vous laissa de l'espoir, elle vous trompa, sans doute, son amour pour Salins n'était que trop réel.

— Hélas! madame, reprit ce jeune héros, en laissant échapper quelques larmes, je n'ai pas dû croire être aimé d'Amélie, j'en conviens; mais pouvais-je penser qu'elle en aimât un autre?... »

Et passant avec rapidité de la douleur au désespoir :

« Non, reprit-il furieux..., non, qu'elle n'imagine pas abuser de ma crédulité; il est au-dessus de mes forces de pouvoir endurer de tels outrages; et puisque je lui déplais, puisque je n'ai plus rien à craindre, pourquoi mettrais-je des bornes à ma vengeance?... J'irai trouver Salins; j'irai chercher jusqu'au bout de la terre ce rival qui m'outrage et que je déteste, sa vie me répondra de ses insultes, ou je perdrai la mienne sous ses coups.

— Non, Montrevel, s'écria la comtesse, non, la prudence ne me permet pas de souffrir de telles choses; revolez bien plutôt vers Charles, si vous osez concevoir ces projets, car j'attends Salins sous peu de jours, et je dois m'opposer à ce que vous vous rencontriez chez moi... A moins pourtant, continua la comtesse, avec un peu de contrainte, que vous ne cessiez de devenir dangereux pour lui, par la victoire certaine que vous remporterez sur vos sentiments. Ô Monrevel... Si votre choix était tombé sur un autre objet..., ne vous jugeant plus à craindre dans mon château, je serais la première à vous presser d'y faire un plus long séjour... »

Et reprenant aussitôt, en lançant des regards enflammés sur le châtelain :

« Eh quoi! n'est-il donc qu'Amélie, dans ces lieux, qui puisse prétendre au bonheur de vous plaire? Comme vous connaissez peu les cœurs qui vous entourent, si vous ne supposez que le sien capable d'avoir senti ce que vous valez! Pouvez-vous donc supposer un sentiment bien solide dans l'âme d'une enfant? Sait-on ce qu'on pense?... Sait-on ce qu'on aime, à son âge?... Croyez-moi, Monrevel, il faut un peu plus d'expérience pour savoir bien aimer. Une séduction est-elle une conquête? Triomphe-t-on de qui ne sait pas se défendre?... Ah! la victoire n'est-elle pas plus flatteuse quand l'objet attaqué, connaissant toutes les ruses qui peuvent le soustraire à vous, n'oppose pourtant à vos traits que son cœur, et ne combat plus qu'en cédant?

— Oh! madame, interrompit le châtelain, qui ne voyait que trop où la comtesse voulait en venir; j'ignore les qualités qu'il faut pour être capable de bien aimer; mais ce que je sais parfaitement, c'est qu'Amélie, seule, a toutes celles qui doivent me la faire adorer, et que je ne chérirai jamais qu'elle au monde.

— En ce cas, je vous plains, repartit Mme de Sancerre avec aigreur; car, non seulement elle ne vous aime pas, mais dans la certitude de cette situation inébranlable de votre âme, je me vois obligée de vous séparer pour jamais. »

Et elle quitte brusquement le châtelain en prononçant ces dernières paroles.

Il serait difficile de peindre l'état de Monrevel, tour à tour dévoré par sa douleur, en proie à l'inquiétude, à la jalousie, à la vengeance; il ne savait auquel de ces sentiments se livrer avec le plus d'ardeur, tant il était impérieusement déchiré par tous. Il vole enfin aux pieds d'Amélie...

« Ô vous que je n'ai jamais cessé d'adorer un instant, s'écrie-t-il, en fondant en larmes... Dois-je le croire?... Vous me trahissez!... Un autre va vous rendre heureuse... Un autre va m'enlever le seul bien pour lequel j'aurais cédé l'empire de la terre s'il m'eût appartenu... Amélie..., Amélie! Est-il vrai, vous êtes infidèle, et c'est Salins qui va vous posséder?

— Je suis fâchée qu'on vous l'ai dit, Monrevel, répondit Amélie, résolue d'obéir à sa mère, et pour ne pas l'aigrir et pour connaître si réellement le châtelain l'aimait avec sincérité; mais si ce fatal secret se découvre aujourd'hui, je ne mérite pas du moins vos reproches amers : ne vous ayant jamais donné d'espoir, comment pouvez-vous m'accuser de vous trahir?

— Il n'est que trop vrai, cruelle, je l'avoue; jamais je ne pus faire passer dans votre âme la plus légère étincelle du feu qui dévorait la mienne; et c'est pour l'avoir un instant jugée d'après mon cœur, que j'ai osé vous soupçonner d'un tort qui n'est que la suite de l'amour; vous n'en eûtes jamais pour moi. Amélie, de quoi me plains-je effectivement? Eh bien! vous ne me trahissez pas, vous ne me sacrifiez point; mais vous méprisez mon amour..., mais vous me rendez le plus malheureux des hommes.

— En vérité, Monrevel, je ne conçois pas comment, dans l'incertitude, on peut faire les frais de tant de flamme?

— Eh quoi! ne devions-nous pas être unis?

— On le voulait : mais était-ce une raison pour que je le désirasse? Nos cœurs répondent-ils aux intentions de nos parents?

— J'aurais donc fait votre malheur?

— Au moment de la conclusion, je vous aurais laissé lire dans mon âme, et vous ne m'auriez pas contrainte.

— Ô Ciel! voilà donc mon arrêt! Il faut que je vous quitte..., il faut que je m'éloigne, et c'est vous qui déchirez à plaisir le cœur de celui qui voulait vous adorer sans cesse. Eh bien! je vous fuirai, perfide; j'irai chercher avec mon prince des moyens prompts de vous fuir encore mieux; et, désespéré de vous avoir perdue, j'irai mourir à ses côtés, dans les champs de la gloire. »

Monrevel sortit à ces mots; et la triste Amélie, qui s'était fait une violence extrême pour se soumettre aux intentions de sa mère, n'ayant plus rien qui la contraignît, fondit en larmes dès qu'elle se trouva seule.

« Ô toi que j'adore! que dois-tu penser d'Amélie! s'écria-t-elle. De quels sentiments remplaces-tu maintenant dans ton cœur tous ceux dont tu payais ma flamme? Que de reproches tu me fais, sans doute, et combien je les mérite! Je ne t'avouai jamais mon amour, il est vrai..., mais mes yeux t'en instruisaient assez; et si j'en retardais l'aveu par prudence, je n'en mettais pas moins mon bonheur à le laisser éclater un jour... Ô Monrevel!... Monrevel, quel supplice est celui d'une amante qui n'ose avouer ses feux à celui qui est le plus digne de les allumer..., que l'on oblige à feindre..., à remplacer par de l'indifférence le sentiment dont elle est dévorée. »

La comtesse surprit Amélie dans cette situation accablante.

« J'ai fait ce que vous avez voulu, madame, lui dit-elle; le châtelain est dans la douleur; qu'exigez-vous de plus?

— Je veux que cette feinte continue, reprit Mme de Sancerre, je veux voir jusqu'à quel point Monrevel vous est attaché... Écoutez-moi, ma fille, le châtelain ne connaît pas son rival... Clotilde, celle de mes femmes qui m'est la plus chère, a un jeune parent de l'âge et de la taille de Salins; je vais l'introduire dans le château; il passera pour celui que nous avons l'air de vous faire aimer depuis six ans, mais il ne sera que mystérieusement ici, vous ne le verrez qu'en secret, et comme à mon insu..., Monrevel n'aura que des soupçons..., des soupçons que j'aurai soin de nourrir, et nous jugerons alors des effets de son amour au désespoir.

— Eh! madame, à quoi bon toutes ces feintes, répondit Amélie; ne doutez point des sentiments de Monrevel, il vient de m'en donner les assurances les plus fortes, et je les crois de toute mon âme.

— Faut-il vous l'avouer, reprit la méchante femme, en suivant toujours son indigne plan, on m'écrit de l'armée que Monrevel est loin des vertus d'un brave et digne chevalier... Je vous le dis avec douleur, mais on accuse son courage;

le duc s'y trompe, je le sais, mais les faits sont constants... on le vit fuir à Montlhéry...

— Lui, madame, s'écria Mlle de Sancerre, lui, capable d'une telle faiblesse! ne l'imaginez pas, on vous trompe; c'est de lui que Brezé reçut la mort[1]... Lui, fuir,..., je l'aurais vu..., je ne le croirais pas... Non, madame, non, il était parti d'ici même, pour se rendre à cette bataille; vous lui aviez permis de baiser ma main, cette même main orna son casque d'un nœud de ruban... Il me dit qu'il serait invincible; il avait mes traits dans son cœur, il est incapable de les avoir souillés..., il ne l'a pas fait.

— Je sais, dit la comtesse, que les premiers bruits furent à son avantage; on vous laissa ignorer les seconds... Jamais le sénéchal ne mourut de sa main, et plus de vingt guerriers ont vu fuir Monrevel... Que vous importe, Amélie, cette épreuve de plus, elle ne sera jamais sanguinaire, je saurai l'arrêter à temps... Si Monrevel est un lâche, voudriez-vous lui donner la main? Songez-vous, d'ailleurs, que dans une chose où ma seule complaisance agit, je suis en droit de vous imposer des conditions; le duc s'oppose à ce que Monrevel devienne aujourd'hui votre époux, il le redemande; si, malgré tout cela, je veux bien céder à vos désirs, au moins devez-vous accorder quelque chose aux miens. »

En achevant ces mots, la comtesse sortit, et laissa sa fille dans de nouvelles perplexités.

« Monrevel un lâche, se disait Amélie en pleurant, non, je ne le croirai jamais..., cela ne se peut, il m'aime..., ne l'ai-je donc pas vu s'exposer sous mes yeux aux dangers d'un tournoi, et dans

---

1. Pierre de Brezé, grand Sénéchal de Normandie; il commandait l'avant-garde de Louis XI à cette journée où il perdit la vie.

la certitude que je le paierais d'un regard, y vaincre tout ce qui s'offrait à lui!... Ces regards, qui l'encourageaient, l'ont suivi dans les plaines de France, j'étais toujours sous les siens, c'est sous eux qu'il a combattu; mon amant est brave comme il m'aime; ces deux vertus doivent être à l'excès dans une âme où rien d'impur ne pénétra jamais... N'importe, ma mère le veut, j'obéirai..., je garderai le silence, je cacherai mon cœur à celui qui le possède en entier, mais je ne soupçonnerai jamais le sien. »

Plusieurs jours se passèrent ainsi, pendant lesquels la comtesse prépara ses ruses, et pendant lesquels Amélie ne cessa de soutenir le personnage qu'on lui imposait, quelques douleurs qu'elle en éprouvât; enfin Mme de Sancerre fit dire à Monrevel de venir la trouver seule, attendu qu'elle avait quelque chose d'important à lui communiquer... Et là, elle se résolut de se déclarer tout à fait, afin de n'avoir plus de remords, si la résistance du châtelain l'obligeait à des crimes.

« Chevalier, lui dit-elle, aussitôt qu'elle le vit entrer, certain comme vous devez l'être à présent et du mépris de ma fille et du bonheur de votre rival, je dois nécessairement attribuer à quelque autre cause la prolongation de votre séjour à Sancerre, quand votre chef vous demande et vous désire à ses côtés; avouez-moi donc, sans feinte, le sujet qui peut vous y retenir... Serait-ce le même..., Monrevel, que celui qui me fait désirer de vous y conserver aussi? »

Quoique ce jeune guerrier eût soupçonné depuis longtemps l'amour de la comtesse, non seulement il n'en avait jamais fait part à Amélie, mais désespéré d'avoir pu le faire naître, il cherchait à se le déguiser à lui-même. Pressé par

cette question, devenue trop claire pour qu'il lui
devînt permis de s'y méprendre :

« Madame, répondit-il en rougissant, vous
connaissez les chaînes qui m'arrêtent, et si vous
daigniez les serrer au lieu de les rompre, je me
trouverais sans doute le plus heureux des
hommes... »

Soit feinte, soit orgueil, la dame de Sancerre
prit cette réponse pour elle.

« Beau doux ami, lui dit-elle alors en l'atti-
rant près de son fauteuil, ces chaînes seront tis-
sues quand vous le voudrez... Ah! depuis bien
longtemps elles captivent mon cœur; elles orne-
ront mes mains quand vous m'en aurez montré
le désir; me voilà sans nœuds aujourd'hui, et si
je désire de perdre une seconde fois ma liberté,
vous devez bien savoir avec qui... »

Monrevel frémit à ces mots, et la comtesse,
qui ne perdait pas un de ses mouvements,
s'abandonnant alors en furieuse aux transports
de sa flamme, lui reprocha, dans les termes les
plus durs, l'indifférence avec laquelle il avait
toujours payé l'ardeur dont elle avait brûlé pour
lui.

« Pouvais-tu te la déguiser, cette flamme
qu'allumaient tes yeux, ingrat? Pouvais-tu l'ignorer, s'écria-t-elle; un seul jour s'est-il écoulé
depuis ton jeune âge, où je n'aie fait éclater ces
sentiments que tu dédaignes avec tant d'insolence? Était-il un seul chevalier, à la cour de
Charles, qui m'intéressât comme toi? Fière de
tes succès, sensible à tes malheurs, cueillas-tu
jamais un laurier que ma main n'enlaçât de
myrtes? ton esprit forma-t-il une seule pensée
que je ne partageasse à l'instant? ton cœur, un
sentiment qui ne fût le mien? Fêtée partout,
voyant toute la Bourgogne à mes pieds, entourée

d'adorateurs..., enivrée d'encens, tous mes vœux ne se tournaient que pour Monrevel, il les occupait seul, je méprisais ce qui n'était pas lui... Et quand je t'adorais, perfide..., tes yeux se détournaient de moi..., follement épris d'une enfant..., me sacrifiant à cette indigne rivale..., tu m'as fait haïr ma fille même... Je sentais tous tes procédés, il n'en était pas un qui ne perçât mon cœur, et je ne pouvais pourtant te haïr... Mais qu'espères-tu maintenant?... Que le dépit au moins te donne à moi, si l'amour n'y peut réussir... Ton rival est ici, je peux le faire triompher demain, ma fille m'en presse; quelle espérance te reste-t-il donc, quel fol espoir peut t'aveugler encore?

— Celui d'aller mourir, madame, répondit Monrevel, et du remords d'avoir pu faire naître en vous des sentiments qu'il n'est pas en mon pouvoir de partager, et du chagrin de n'en pouvoir inspirer au seul objet qui régnera toujours sur mon cœur. »

Mme de Sancerre se contint; l'amour, la fierté, la fourberie, la vengeance la dominaient avec trop d'empire pour ne pas lui imposer la nécessité de feindre. Une âme ouverte et franche se serait emportée; une femme vindicative et fausse devait employer l'art, et la comtesse le mit en usage.

« Chevalier, dit-elle avec un dépit contraint, vous me faites connaître des refus pour la première fois de ma vie, ils étonneraient vos rivaux, moi seule n'en suis point surprise : non, je me rends justice... Je serais votre mère, chevalier... Comment, avec un pareil tort, pouvais-je prétendre à votre main?... Je ne vous gêne plus, Monrevel, je cède à mon heureuse rivale l'honneur de vous enchaîner; et ne pouvant devenir votre femme, je serai toujours votre amie; vous y opposerez-vous? cruel! m'envierez-vous ce titre?

— Oh! madame, que je reconnais bien à ces procédés toute la noblesse de votre cœur, répondit le châtelain, séduit par ces apparences trompeuses. Ah! croyez, ajouta-t-il, en se précipitant aux pieds de la comtesse, croyez que tous les sentiments de mon cœur, qui ne seront pas de l'amour, vous appartiendront à jamais; je n'aurai pas dans le monde de meilleure amie, vous serez à la fois, et ma protectrice et ma mère, et je vous consacrerai sans cesse tous les moments où l'ivresse de ma passion pour Amélie ne me retiendra pas à ses pieds.

— Je serai flattée de ce qui me restera, Monrevel, reprit la comtesse en le relevant, tout est si cher de ce qu'on aime; des sentiments plus vifs m'eussent sans doute touchée davantage, mais dès que je n'y dois plus prétendre, je me contenterai de cette amitié sincère dont vous me faites les serments, et je vous acquitterai par la mienne... Écoutez, Monrevel, je vais vous donner dès l'instant une preuve de ces sentiments que je vous jure : connaissez le désir que j'ai de faire triompher votre amour, et de vous captiver éternellement près de moi... Votre rival est ici, rien de plus sûr : instruite des volontés de Charles, m'était-il possible de lui refuser l'entrée de ce château? Tout ce que je pourrai obtenir pour vous... pour vous, dont il ignore les desseins, c'est qu'il ne paraîtra que déguisé, il l'est déjà, et qu'il ne verra ma fille qu'avec mystère. Quel parti voulez-vous que nous prenions dans cette circonstance?

— Celui que me dicte mon cœur, madame, la seule grâce que j'ose implorer à vos genoux, est la permission d'aller disputer ma maîtresse à mon rival comme l'honneur l'inspire à un guerrier tel que moi.

— Ce parti ne vous réussira point, Monrevel;
vous ne connaissez pas l'homme à qui vous avez
affaire : le vîtes-vous jamais dans la carrière de
l'honneur? Honteusement au fond de sa province, Salins, pour la première fois de sa vie, en
sort pour épouser ma fille. Je ne conçois pas
comment Charles put imaginer un tel choix : il
le veut..., nous n'avons rien à dire; mais je vous
le répète, Salins, connu pour un traître, ne se
battra sûrement point...; et s'il connaît vos projets, s'il les apprend par vos démarches, oh!
Monrevel, je frémirai pour vous... Cherchons
d'autres moyens et cachons-lui nos vues... Laissez moi réfléchir quelques jours, je vous ferai
part de ce que j'aurai fait; cependant demeurez
ici, et je sèmerai des bruits différents sur les
motifs qui vous y retiennent. »

Monrevel, trop content du peu qu'il obtient,
n'imaginant pas qu'on puisse le tromper, parce
que son cœur honnête et sensible ne connut
jamais les détours, embrasse encore une fois les
genoux de la comtesse, et se retire avec moins de
douleur.

Mme de Sancerre profite de ces instants pour
donner les ordres utiles au succès de ses perfides
intentions. Le jeune parent de Clotilde secrètement introduit dans le château, sous l'habit d'un
page de la maison, fait si bien que Monrevel ne
peut s'empêcher de l'apercevoir. Quatre valets
inconnus se trouvent en même temps dans la
maison, et passent pour des domestiques du
comte de Sancerre, revenus chez lui après la
mort de leur maître; mais la comtesse a soin de
faire savoir à Monrevel que ces étrangers sont
de la suite de Salins. De ce moment le chevalier
peut à peine entretenir sa maîtresse; s'il se présente à son appartement, les femmes le refusent;

s'il cherche à l'aborder dans le parc, dans les jardins, ou elle le fuit, ou il l'aperçoit avec son rival : de tels malheurs sont trop violents pour l'âme bouillante de Monrevel : prêt à se désespérer, il aborde enfin Amélie, que le faux Salins venait de quitter.

« Cruelle, lui dit-il, ne pouvant plus se contenir, vous me méprisez donc au point de vouloir former devant moi les nœuds sinistres qui vont nous séparer? Et quand il ne tiendrait maintenant qu'à vous, quand je suis au moment de gagner votre mère, c'est de vous seule, hélas! que vient le coup qui me déchire! »

Amélie, prévenue des lueurs d'espoir que la comtesse avait données à Monrevel, et croyant que tout cela devait servir à l'heureux dénouement de la scène qu'on lui fait jouer, Amélie, dis-je, continue de feindre; elle répond à son amant qu'il est bien le maître de s'épargner le douloureux spectacle qu'il semble appréhender, et qu'elle est la première à lui conseiller d'aller oublier, avec Bellone, tous les chagrins que lui donne l'amour : mais quoi que la comtesse lui eût dit, elle se garde bien d'avoir l'air de soupçonner le courage de son amant. Amélie connaît trop Monrevel pour douter de lui; elle l'aime trop au fond de son cœur pour oser même des plaisanteries sur une chose aussi sacrée.

« C'en est donc fait; il faut que je vous quitte, s'écrie le châtelain, en arrosant de larmes les genoux d'Amélie, qu'il ose presser encore une fois! vous avez la force de me l'ordonner! Eh bien! je trouverai dans mon esprit celle de vous obéir. Puisse l'heureux mortel à qui je vous laisse connaître le prix de ce que je lui cède! Puisse-t-il vous rendre aussi heureuse que vous méritez de l'être. Amélie, vous me ferez part de votre félicité! c'est la seule grâce que je vous demande; et je serai moins malheureux quand je vous aurai sue dans le sein du bonheur. »

Amélie ne put entendre ces derniers mots sans se sentir émue... Des larmes involontaires la trahissent, et Monrevel la pressant alors dans ses bras :

« Moment fortuné pour moi! s'écrie-t-il, j'ai pu lire un regret dans ce cœur que je crus à moi si longtemps! Ô ma chère Amélie! il n'est donc pas vrai que vous aimez Salins, puisque vous daignez pleurer Monrevel? Dites un mot, Amélie, un seul mot; et, quelle que soit la lâcheté du monstre qui vous enlève à moi, ou je le forcerai de se battre, ou je le punirai à la fois de son peu de courage et d'oser s'élever à vous. »

Mais Amélie s'était remise : menacée de tout perdre, elle sentait trop l'importance de soutenir le rôle qui lui était enjoint pour oser faiblir un instant.

« Je ne déguiserai point les larmes que vous avez surprises, chevalier, dit-elle avec fermeté; mais vous en interprétez mal la cause : un mouvement de pitié pour vous peut les avoir fait couler sans que l'amour y ait la moindre part. Accoutumée depuis longtemps à vous voir, je puis être fâchée de vous perdre sans qu'aucun sentiment plus tendre que celui de la simple amitié fonde ce chagrin dans moi.

— Ô juste Ciel! dit le châtelain, et vous m'enlevez jusqu'à la consolation dont mon cœur s'apaisait un instant!... Amélie! que vous êtes cruelle avec celui qui n'eut jamais d'autre tort envers vous que de vous adorer! Et ce n'est donc qu'à la pitié que je les dois, ces larmes, dont je fus si glorieux une minute? Tel est donc l'unique sentiment qu'il faille attendre de vous?... »

On approchait, et nos deux amants furent forcés de se séparer; l'un au désespoir, sans doute, et l'autre, l'âme navrée de douleur d'une contrainte aussi cruelle..., mais néanmoins fort aise de ce qu'un événement quelconque l'empêchait de la soutenir plus longtemps.

Plusieurs jours s'écoulèrent encore, et la comtesse en profita pour disposer ses dernières batteries, lorsque Monrevel, revenant un soir du fond des jardins où sa mélancolie l'avait entraîné, se trouvant seul et sans armes, fut brusquement attaqué par quatre hommes qui paraissaient en vouloir à sa vie. Son courage ne l'abandonnant point dans une si périlleuse circonstance, il se défend, il éloigne les ennemis qui le pressent..., appelle à lui, et se dégage, secouru par les gens de la comtesse, qui arrivent aussitôt qu'ils l'entendent. La dame de Sancerre instruite du danger qu'il vient de courir..., la perfide Sancerre qui savait mieux qu'une autre de quelles mains partait l'artifice, prie Monrevel de passer dans son appartement, avant que de se retirer chez lui.

« Madame, lui dit le châtelain en l'abordant..., j'ignore quels sont ceux qui menacent mes jours, mais je ne croyais pas que dans votre château on osât attaquer un chevalier sans armes...

— Monrevel, répondit la comtesse, voyant bien qu'il était encore agité, il m'est impossible de vous préserver de ces périls, je ne puis qu'aider à vous en défendre... On a volé vers vous, pouvais-je davantage?... Vous avez affaire à un traître, je vous l'ai dit; en vain emploierez-vous avec lui tous les procédés de l'honneur, il n'y répondra point, et vos jours seront toujours en danger. Je le voudrais loin de chez moi sans doute, mais puis-je interdire mon château à celui que le duc de Bourgogne veut que j'y reçoive

comme un gendre? à celui que ma fille aime
enfin, et dont elle est aimée? Soyez plus juste,
chevalier, quand j'ai souffert autant que vous;
mesurez l'intérêt que tout ceci m'inspire, à la
multitude des liens qui m'attachent à votre sort.
Le coup part de Salins, je n'en saurais douter, il
s'est informé des motifs qui vous retiennent ici,
quand tous les chevaliers sont auprès de leurs
chefs; votre amour est malheureusement trop
connu, il aura trouvé des indiscrets... Salins se
venge, et comprenant trop bien qu'il lui est
impossible de se défaire de vous autrement que
par un crime, il le commet; le voyant manqué, il
le renouvellera... Ô doux chevalier, j'en frémis...
j'en frémis plus que vous encore.

— Eh bien! madame, répliqua le châtelain,
ordonnez-lui de quitter ce déguisement inutile,
et laissez-moi l'attaquer de manière à l'obliger
de me répondre... Eh! quel besoin est-il que
Salins se déguise, sitôt qu'il est chez vous par
ordre de son souverain? sitôt qu'il est aimé de
celle qu'il y cherche, et protégé par vous,
madame?

— Par moi, chevalier, je ne m'attendais pas
à cette injure..., mais n'importe, ce n'est pas ici
le moment de s'en justifier, répondons seulement
à vos allégations, et vous verrez quand j'aurai
tout dit, si je partage sur ce choix les procédés
de ma fille. Vous me demandez pourquoi Salins
se déguise? Je l'ai d'abord exigé de lui, par
ménagement pour vous, et s'il perpétue cette
feinte, c'est par appréhension pour lui; il vous
redoute, il vous évite, il ne vous attaque qu'en
traître... Vous voulez que je consente à vous
laisser battre, croyez qu'il ne l'acceptera pas,
Monrevel, je vous l'ai dit, et s'il vous en connaît
le dessein, il prendra si bien ses mesures, que je

ne pourrai même plus répondre de vous. Ma position est telle vis-à-vis de lui qu'il me devient impossible même de lui faire des reproches de ce qui vient de se passer; la vengeance n'est donc plus qu'en vos mains, c'est à vous seul qu'elle appartient, et je vous plains fort si vous ne saisissez pas celle qui est légitime après l'infâmie qu'il vient de faire. Est-ce donc avec les traîtres qu'il faut respecter les lois de l'honneur? Et comment pouvez-vous chercher d'autres voies que celles dont il se sert, dès qu'il est certain qu'il n'acceptera aucune de celles que votre valeur lui proposera. Ne devez-vous donc pas le prévenir, chevalier? et depuis quand la vie d'un lâche est-elle si précieuse, que l'on n'ose la ravir sans combattre? On se mesure avec l'homme d'honneur, on fait tuer celui qui a voulu nous priver du jour; que l'exemple de vos maîtres vous serve ici de règle; quand l'orgueil de Charles de Bourgogne qui nous gouverne aujourd'hui eut à se plaindre du duc d'Orléans, lui proposa-t-il le duel, ou le fit-il assassiner? Ce dernier parti lui parut le plus sûr, il le prit, et lui-même à Montereau ne le fut-il pas à son tour, quand le dauphin eut à s'en plaindre? On n'est ni moins honnête, ni moins valeureux chevalier, pour se défaire d'un fourbe qui en veut à notre vie... Oui, Monrevel, oui, je veux que vous ayez ma fille, je veux que vous l'ayez à tel prix que ce puisse être. Ne sondez pas le sentiment qui me fait désirer de vous avoir près de moi..., j'en rougirais sans doute... et ce cœur mal guéri... N'importe, vous serez mon gendre, chevalier, vous le serez... Je veux vous voir heureux, même aux dépens de mon bonheur... Osez donc me dire à présent que je protège Salins, osez-le, doux ami, et j'aurai droit au moins de vous traiter d'injuste, quand vous aurez méconnu mes bontés jusque-là. »

Monrevel, attendri, se jette aux pieds de la comtesse, il lui demande pardon de l'avoir mal jugée... Mais assassiner Salins, lui paraît un crime au-dessus de ses forces...

« Oh! madame, s'écrie-t-il en pleurs, jamais ces mains n'oseront se plonger dans le sein d'un être qui me ressemble, et le meurtre le plus affreux des crimes...

— N'en est plus un, dès qu'il sauve nos jours... Mais quelle faiblesse, chevalier..., comme elle est déplacée dans un héros! Que faites-vous donc, je vous prie, en allant aux combats? ces lauriers, qui vous ceignent, n'y sont-ils pas le prix des meurtres? vous vous croyez permis de tuer l'ennemi de votre prince, et vous tremblez à poignarder le vôtre. Et quelle est donc la loi tyrannique qui peut établir dans la même action une différence aussi énorme? Ah! Monrevel, ou nous ne devons jamais attenter aux jours de personne, ou si cette action peut quelquefois nous paraître légitime, c'est alors qu'elle est inspirée par la vengeance d'une insulte... Mais que dis-je, et que m'importe à moi! Frémis, homme faible et pusillanime, et dans l'absurde peur d'un crime imaginaire, abandonne indignement celle que tu aimes aux bras du monstre qui te la ravit, vois ta misérable Amélie, séduite, désespérée, trahie, languir dans le sein du malheur, entends-la t'appeler à son secours, et toi, perfide, et toi, préférer lâchement l'infortune éternelle de celle que tu aimais, à l'action juste et nécessaire d'arracher le jour au vil bourreau de tous les deux. »

La comtesse, voyant chanceler Monrevel, acheva de tout mettre en usage pour lui aplanir l'horreur qu'elle lui conseillait, et pour lui faire sentir

que quand une telle action est aussi nécessaire, il
devient très dangereux de ne la pas commettre;
qu'en un mot, s'il ne se presse, non seulement sa
vie est à tout instant en péril, mais qu'il court
même le risque de voir enlever sa maîtresse sous
ses yeux, parce que Salins, ne pouvant s'empêcher de s'apercevoir qu'elle ne le favorise pas,
bien sûr de plaire au duc de Bourgogne, quels
que soient les moyens qu'il emploiera pour avoir
celle qu'il aime, la ravira peut-être au premier
moment, et avec d'autant plus de facilité,
qu'Amélie s'y prête; enfin, elle enflamme si bien
l'esprit du jeune chevalier, qu'il accepte tout, et
jure aux pieds de la comtesse qu'il poignardera
son rival.

Jusqu'ici les vues de cette femme perfide
paraissent louches, sans doute; d'affreuses suites
ne les éclairciront que trop.

Monrevel sortit; mais ses résolutions changèrent bientôt, et la voix de la nature combat-
tant malgré lui dans son âme ce que lui inspirait
la vengeance, il ne voulut se résoudre à rien,
qu'il n'eût employé les voies honnêtes que lui
dictait l'honneur; il envoie le lendemain un car-
tel au prétendu Salins, et dans la même heure, il
en reçoit la réponse suivante :

*Je ne sais point disputer ce qui m'appartient, c'est à
l'amant maltraité de sa belle, à désirer la mort; pour
moi, j'aime la vie; comment ne la chérirais-je pas,
quand tous les moments qui la composent sont précieux
à mon Amélie? Si vous avez envie de vous battre, chevalier, Charles a besoin de héros, volez-y; croyez-moi,
les exercices de Mars vous conviennent mieux que les
douceurs de l'amour; vous acquerrez de la gloire en
vous livrant aux uns, les autres, sans que je risque rien,
pourraient vous coûter cher.*

Le châtelain frémit de rage à la lecture de ces mots.

« Le traître! s'écria-t-il, il me menace, et n'ose se défendre; rien ne m'arrête maintenant; songeons à ma sûreté, occupons-nous de conserver l'objet de mon amour, je ne dois plus balancer un instant... Mais que dis-je...; grand Dieu! si elle l'aime..., si Amélie brûle pour ce perfide rival, sera-ce en lui ravissant la vie que j'obtiendrai le cœur de ma maîtresse? Oserai-je me présenter à elle, les mains souillées du sang de celui qu'elle adore?... Je ne lui suis qu'indifférent aujourd'hui..., elle me haïra, si je vais plus loin. »

Telles étaient les réflexions du malheureux Monrevel..., telles étaient les agitations qui le déchiraient, lorsque, environ deux heures après qu'il eut reçu la réponse qu'on vient de voir, la comtesse lui fit dire de passer chez elle.

« Afin d'éviter vos reproches, chevalier, lui dit-elle aussitôt qu'il entra, j'ai pris les mesures les plus sûres pour être informée de ce qui se passe; votre vie court de nouveaux dangers, deux crimes se préparent à la fois; une heure après le coucher du soleil, vous serez suivi par quatre hommes qui ne vous quitteront plus, qu'ils ne vous aient poignardé; Salins enlève en même temps ma fille; si je m'y oppose, il instruit le duc de mes résistances, et se justifie en nous accablant tous les deux. Évitez le premier péril, en vous faisant escorter par six de mes gens; ils vous attendent à la porte... Quand dix heures sonneront, laissez là votre suite, pénétrez seul dans la grande salle voûtée qui communique aux appartements de ma fille; à l'heure juste que je vous prescris, Salins traversera cette salle pour se rendre chez Amélie; elle l'attend, ils partent ensemble avant minuit. Alors..., armé de ce poignard..., recevez-le, Monrevel; c'est de mes mains que je veux vous le voir prendre..., alors, dis-je, vous vous vengerez du premier crime, et vous préviendrez le second... Vous le voyez, homme injuste, c'est moi qui veux armer le bras qui doit punir l'objet de votre haine, c'est moi qui vous rends à celle que vous devez aimer... M'accablerez-vous encore de vos reproches?... Ingrat, voilà comme je paie tes mépris... Va, cours à la vengeance, Amélie t'attend dans mes bras...

— Donnez, madame, dit Monrevel, trop irrité pour balancer encore, donnez, rien ne m'empêche plus d'immoler mon rival à ma rage; je lui ai proposé les voies de l'honneur, il les a refusées, c'est un lâche, il en doit subir le sort... Donnez, je vous obéis. »

Le châtelain sort... A peine eut-il quitté la comtesse, que celle-ci se hâte de mander sa fille.

« Amélie, lui dit-elle, nous devons maintenant être sûres de l'amour du chevalier, nous devons l'être également de sa valeur; toutes nouvelles épreuves deviendraient inutiles; j'acquiesce enfin à vos désirs; mais comme il n'est malheureusement que trop vrai que le duc de Bourgogne vous destine à Salins...; qu'il n'est que trop réel qu'avant huit jours il sera peut-être ici, il ne vous reste que le parti de la fuite, si vous voulez être à Monrevel; il faut qu'il ait l'air de vous enlever à mon insu, qu'il s'autorise, pour cette démarche, des derniers désirs de mon époux; qu'il nie avoir jamais eu connaissance du changement des volontés de notre prince; qu'il vous épouse secrètement à Monrevel, et vole ensuite s'excuser près du duc. Votre amant a senti la nécessité de ces conditions; il les a acceptées toutes; mais j'ai voulu vous prévenir avant qu'il ne s'ouvrît à vous... Que vous semble de ces projets, ma fille? Y trouvez-vous quelque inconvénient?

— Ils en seraient remplis, madame, répondit Amélie avec autant de respect que de reconnaissance, s'ils s'exécutaient sans votre aveu; mais dès que vous daignez vous y prêter, je ne dois plus qu'embrasser vos genoux pour vous témoigner combien je suis sensible à tout ce que vous voulez bien faire pour moi.

— Ne perdons pas un instant, en ce cas, répondit cette femme perfide, pour qui les larmes de sa fille devenaient un nouvel outrage. Monrevel est instruit de tout; mais il est essentiel de vous déguiser, il serait imprudent que vous fussiez reconnue, avant que d'être au château de votre amant, bien plus fâcheux encore que vous fussiez peut-être rencontrée par Salins, que nous attendons chaque jour. Revêtez donc ces habits, continua la comtesse, en présentant à sa fille ceux qui avaient servi au prétendu Salins, et repassez dans votre appartement quand la sentinelle des tours avertira pour la dixième heure[1] : c'est l'instant indiqué, c'est celui où Monrevel se rendra chez vous, des chevaux vous attendent, et vous partirez sur-le-champ tous les deux.

— Ô respectable mère, s'écria Amélie, en se précipitant dans les bras de la comtesse! puissiez-vous lire au fond de mon cœur les sentiments dont vous m'animez... Puissiez-vous...

— Non, non, dit Mme de Sancerre, en se dégageant des bras de sa fille; non, votre reconnaissance est inutile; dès que votre bonheur est fait, le mien l'est aussi : ne nous occupons que de votre déguisement. »

L'heure approchait. Amélie prend les habits

---

1. C'était l'usage de ces temps; la sentinelle placée dans la guérite du château sonnait une trompe à toutes les heures.

qu'on lui présente. La comtesse ne néglige rien
de tout ce qui doit la faire ressembler au jeune
parent de Clotilde, pris par Monrevel pour le
seigneur de Salins : à force d'art, c'est à s'y tromper. Elle sonne enfin, cette heure fatale...

« Partez, dit la comtesse; volez, ma fille, votre
amant vous attend... »

Cette intéressante créature, qui craint que la
nécessité d'un prompt départ l'empêche de revoir
sa mère, se jette en larmes sur son sein. La comtesse, assez fausse pour cacher les atrocités qu'elle
médite, sous des dehors apparents de tendresse,
embrasse sa fille; elle mêle ses pleurs aux siens.
Amélie s'arrache, elle vole à son appartement;
elle ouvre la funeste salle qu'éclaire à peine une
faible lueur, et dans laquelle Monrevel, un poignard à la main, attend son rival pour le renverser. Dès qu'il voit paraître quelqu'un, que
tout doit lui faire prendre pour l'ennemi qu'il
cherche, il s'élance impétueusement, frappe sans
voir, et laisse à terre, dans des flots de sang,
l'objet chéri pour lequel il eût mille fois donné
tout le sien.

« Traître, s'écrie aussitôt la comtesse, en
paraissant avec des flambeaux; voilà comme je
me venge de tes mépris. Reconnais ton erreur, et
vis après si tu le peux. »

Amélie respirait encore; elle adresse, en gémis-
sant, quelques mots à Monrevel.

« Ô doux ami, lui dit-elle, affaiblie par la
douleur et par l'abondance du sang qu'elle
perd... Qu'ai-je fait pour mériter la mort de ta
main?... Sont-ce donc là les nœuds que m'apprê-
tait ma mère? Va, je ne te reproche rien : le Ciel
me fait tout voir en ces derniers instants... Monrevel, pardonne-moi de t'avoir déguisé mon
amour. Tu dois savoir ce qui m'y contraignait :

que mes dernières paroles te convainquent au moins que tu n'eus jamais une amie plus sincère que moi..., que je t'aimais plus que mon dieu, plus que ma vie, et que j'expire en t'adorant. »

Mais Monrevel n'entend plus rien. A terre, sur le corps sanglant d'Amélie, sa bouche collée sur celle de sa maîtresse, il cherche à ranimer cette chère âme en exhalant la sienne brûlée d'amour et de désespoir... Tour à tour il pleure et s'emporte, tour à tour il s'accuse et maudit l'exécrable auteur du crime qu'il commet... Se relevant enfin avec fureur :

« Qu'espères-tu de cette indigne action, perfide, dit-il à la comtesse. Y comptais-tu trouver l'accomplissement de tes affreux désirs? As-tu donc supposé Monrevel assez faible pour survivre à celle qu'il adore?... Éloigne-toi, éloigne-toi; je ne répondrais pas, dans l'état cruel où m'ont mis tes forfaits, de ne les pas laver dans ton sang...

— Frappe, dit la comtesse égarée, frappe, voilà mon sein; crois-tu que je chéris la vie, quand l'espoir de te posséder m'est enlevé pour jamais! J'ai voulu me venger, j'ai voulu me défaire d'une rivale odieuse, je ne prétends pas plus survivre à mon crime qu'à mon désespoir. Mais que ce soit ta main qui m'enlève la vie, c'est par tes coups que je veux la perdre... Eh bien! qui t'arrête?... Lâche! ne t'ai-je pas assez outragé?... Qui peut donc retenir ta colère? Allume le flambeau de la vengeance dans ce sang précieux que je t'ai fait verser, et ne ménage plus celle que tu dois haïr sans qu'elle puisse cesser de t'adorer.

— Monstre! s'écria Monrevel, tu n'es pas digne de mourir..., je ne serais pas vengé... Vis pour être en horreur à la terre, vis pour être déchirée par tes remords; il faut que tout ce qui respire sache tes horreurs et te méprise; il faut qu'à chaque instant, effrayée de toi-même, la lumière du jour te soit insupportable; mais sache au moins que tes scélératesses ne m'enlèveront point à celle que j'adore... Mon âme va la suivre aux pieds de l'Éternel. Nous allons tous les deux l'invoquer contre toi. »

A ces mots, Monrevel se poignarde, et s'enlace tellement en rendant les derniers soupirs, dans les bras de celle qu'il chérit, il l'étreint avec tant de violence, qu'aucun effort humain ne put les séparer... Tous deux furent mis dans le même cercueil, et déposés dans la principale église de Sancerre, où les vrais amants vont quelquefois encore verser des larmes sur leur tombe et lire avec attendrissement les vers suivants, gravés sur le marbre qui les couvre, et que Louis XII ne dédaigna point de composer :

> « Pleurez amants, comme vous ils s'aimèrent,
> Sans toutefois qu'hymen les réunit;
> Par de beaux nœuds, tous deux ils se lièrent,
> Et la vengeance à jamais les rompit. »

La seule comtesse survécut à ces crimes, mais pour les pleurer toute sa vie; elle se jeta dans la plus haute piété, et mourut dix ans après religieuse à Auxerre, laissant la communauté édifiée de sa conversion, et véritablement attendrie de la sincérité de ses remords.

EUGÉNIE DE FRANVAL

NOUVELLE TRAGIQUE

INSTRUIRE l'homme et corriger ses mœurs, tel est le seul motif que nous nous proposons dans cette anecdote. Que l'on se pénètre, en la lisant, de la grandeur du péril, toujours sur les pas de ceux qui se permettent tout pour satisfaire leurs désirs! Puissent-ils se convaincre que la bonne éducation, les richesses, les talents, les dons de la nature, ne sont susceptibles que d'égarer, quand la retenue, la bonne conduite, la sagesse, la modestie ne les étayent, ou ne les font valoir : voilà les vérités que nous allons mettre en action. Qu'on nous pardonne les monstrueux détails du crime affreux dont nous sommes contraints de parler; est-il possible de faire détester de semblables écarts, si l'on n'a le courage de les offrir à nu?

Il est rare que tout s'accorde dans un même être, pour le conduire à la prospérité; est-il favorisé de la nature? La fortune lui refuse ses dons; celle-ci lui prodigue-t-elle ses faveurs? la nature l'aura maltraité; il semble que la main du Ciel ait voulu dans chaque individu, comme dans ses plus sublimes opérations, nous faire voir que les lois de l'équilibre sont les premières lois de l'Univers, celles qui règlent à la fois tout ce qui arrive, tout ce qui végète, et tout ce qui respire.

Franval, demeurant à Paris, où il était né, possédait; avec 400 000 livres de rente, la plus belle
taille, la physionomie la plus agréable, et les
talents les plus variés; mais sous cette enveloppe
séduisante se cachaient tous les vices, et malheureusement ceux dont l'adoption et l'habitude
conduisent si promptement aux crimes. Un
désordre d'imagination au-delà de tout ce qu'on
peut peindre était le premier défaut de Franval;
on ne se corrige point de celui-là, la diminution
des forces ajoute à ses effets; moins l'on peut,
plus l'on entreprend; moins on agit, plus on
invente; chaque âge amène de nouvelles idées,
et la satiété, loin de refroidir, ne prépare que
des raffinements plus funestes.

Nous l'avons dit, tous les agréments de la jeunesse, tous les talents qui la décorent, Franval
les possédait avec profusion; mais plein de mépris
pour les devoirs moraux et religieux, il était
devenu impossible à des instituteurs de lui en
faire adopter aucun.

Dans un siècle où les livres les plus dangereux
sont dans la main des enfants, comme dans celles
de leurs pères et de leurs gouverneurs, où la
témérité du système passe pour de la philosophie,
l'incrédulité pour de la force, le libertinage pour
de l'imagination; on riait de l'esprit du jeune
Franval, un instant peut-être après, en était-il
grondé, on le louait ensuite. Le père de Franval,
grand partisan des sophismes à la mode, encourageait le premier son fils à penser *solidement* sur
toutes ces matières; il lui prêtait lui-même les
ouvrages qui pouvaient le corrompre plus vite;
quel instituteur eût osé, d'après cela, inculquer
des principes différents de ceux du logis où il
était obligé de plaire.

Quoi qu'il en fût, Franval perdit ses parents

fort jeune, et à l'âge de dix-neuf ans, un vieil
oncle qui mourut lui-même peu après, lui remit,
en le mariant, tous les biens qui devaient lui
appartenir un jour.

M. de Franval, avec une telle fortune, devait
aisément trouver à se marier; une infinité de
partis se présentèrent, mais ayant supplié son
oncle de ne lui donner qu'une fille plus jeune
que lui, et avec le moins d'entours possible, le
vieux parent, pour satisfaire son neveu, porta ses
regards sur une certaine demoiselle de Farneille,
fille de finance, ne possédant plus qu'une mère,
encore jeune à la vérité, mais 60 000 livres de
rente bien réelles, quinze ans, et la plus délicieuse physionomie qu'il y eût alors dans Paris...
une de ces figures de vierge, où se peignent à la
fois la candeur et l'aménité, sous les traits délicats de l'amour et des grâces... de beaux cheveux
blonds flottant au bas de sa ceinture, de grands
yeux bleus, où respiraient la tendresse et la
modestie, une taille fine, souple et légère, la peau
du lis et la fraîcheur des roses, pétrie de talents,
une imagination très vive, mais un peu triste, un
peu de cette mélancolie douce, qui fait aimer les
livres et la solitude; attributs que la nature
semble n'accorder qu'aux individus que sa main
destine aux malheurs, comme pour les leur rendre
moins amers, par cette volupté sombre et tou-
chante, qu'ils goûtent à les sentir, et qui leur
font préférer des larmes, à la joie frivole du bonheur, bien moins active et bien moins pénétrante.

Mme de Farneille, âgée de trente-deux ans,
lors de l'établissement de sa fille, avait également
de l'esprit, des charmes, mais peut-être un peu
trop de réserve et de sévérité; désirant le bonheur
de son unique enfant, elle avait consulté tout Paris
sur ce mariage; et comme elle n'avait plus de

parents et pour conseils, que quelques-uns de ces froids amis, à qui tout est égal, on la convainquit que le jeune homme que l'on proposait à sa fille était, sans aucun doute, ce qu'elle pouvait trouver de mieux à Paris, et qu'elle ferait une impardonnable extravagance, si elle manquait cet arrangement ; il se fit donc : et les jeunes gens assez riches pour prendre leur maison, s'y établirent dès les premiers jours.

Il n'entrait dans le cœur du jeune Franval aucun de ces vices de légèreté, de dérangement ou d'étourderie qui empêchent un homme d'être formé avant trente ans ; comptant fort bien avec lui-même, aimant l'ordre, s'entendant au mieux à tenir une maison, Franval avait pour cette partie du bonheur de la vie, toutes les qualités nécessaires. Ses vices, dans un genre absolument tout autre, étaient bien plutôt les torts de l'âge mûr que les inconséquences de la jeunesse... de l'art, de l'intrigue... de la méchanceté, de la noirceur, de l'égoïsme, beaucoup de politique, de fourberie, et gazant tout cela, non seulement par les grâces et les talents dont nous avons parlé, mais même par de l'éloquence... par infiniment d'esprit, et par les dehors les plus séduisants. Tel était l'homme que nous avons à peindre.

Mlle de Farneille, qui, selon l'usage, avait connu tout au plus un mois son époux avant que de se lier à lui, trompée par ces faux brillants, en était devenue la dupe ; les jours n'étaient pas assez longs pour le plaisir de le contempler, elle l'idolâtrait, et les choses étaient même au point qu'on eût craint pour cette jeune personne, si quelques obstacles fussent venus troubler les douceurs d'un hymen où elle trouvait, disait-elle, l'unique bonheur de ses jours.

Quant à Franval, philosophe sur l'article des

femmes comme sur tous les autres objets de la vie, c'était avec le plus beau flegme qu'il avait considéré cette charmante personne.

« La femme qui nous appartient, disait-il, est une espèce d'individu que l'usage nous asservit; il faut qu'elle soit douce, soumise... fort sage, non que je tienne beaucoup aux préjugés du déshonneur, que peut nous imprimer une épouse quand elle imite nos désordres; mais c'est qu'on n'aime pas qu'un autre s'avise d'enlever nos droits; tout le reste, parfaitement égal, n'ajoute rien de plus au bonheur. »

Avec de tels sentiments dans un mari, il est facile d'augurer que des roses n'attendent pas la malheureuse fille qui doit lui être liée. Honnête, sensible, bien élevée et volant par amour au-devant des désirs du seul homme qui l'occupait au monde, Mme de Franval porta ses fers les premières années sans soupçonner son esclavage; il lui était aisé de voir qu'elle ne faisait que glaner dans les champs de l'hymen, mais trop heureuse encore de ce qu'on lui laissait, sa seule étude, son attention la plus exacte, était que dans ces courts moments accordés à se tendresse, Franval pût rencontrer au moins tout ce qu'elle croyait nécessaire à la félicité de cet époux chéri.

La meilleure de toutes les preuves pourtant, que Franval ne s'écartait pas toujours de ses devoirs, c'est que dès la première année de son mariage, sa femme, âgée pour lors de seize ans et demi, accoucha d'une fille encore plus belle que sa mère, et que le père nomma dès l'instant Eugénie... Eugénie, à la fois l'horreur et le miracle de la nature.

M. de Franval qui, dès que cet enfant vit le jour, forma sans doute sur elle les plus odieux desseins, la sépara tout de suite de sa mère.

Jusqu'à l'âge de sept ans, Eugénie fut confiée à des femmes dont Franval était sûr, et qui, bornant leurs soins à lui former un bon tempérament et à lui apprendre à lire, se gardèrent bien de lui donner aucune connaissance des principes religieux ou moraux, dont une fille de cet âge doit communément être instruite.

Mme de Farneille et sa fille, très scandalisées de cette conduite, en firent des reproches à M. de Franval, qui répondit flegmatiquement que son projet étant de rendre sa fille heureuse, il ne voulait pas lui inculquer des chimères, uniquement propres à effrayer les hommes, sans jamais leur devenir utiles; qu'une fille qui n'avait besoin que d'apprendre à plaire, pouvait au mieux ignorer des fadaises, dont la fantastique existence, en troublant le repos de sa vie, ne lui donnerait, ni une vérité de plus au moral, ni une grâce de plus au physique. De tels propos déplurent souverainement à Mme de Farneille qui s'approchait d'autant plus des idées célestes, qu'elle s'éloignait des plaisirs de ce monde; la dévotion est une faiblesse inhérente aux époques de l'âge, ou de la santé. Dans le tumulte des passions, un avenir dont on se croit très loin inquiète peu communément; mais quand leur langage est moins vif... quand on avance vers le terme... quand tout nous quitte enfin, on se rejette au sein du Dieu dont on entendit parler dans l'enfance, et si d'après la philosophie, ces secondes illusions sont aussi fantastiques que les autres, elles ne sont pas du moins aussi dangereuses.

La belle-mère de Franval n'ayant plus de parents... peu de crédit par elle-même, et tout au plus, comme nous l'avons dit, quelques-uns de ces amis de circonstance... qui s'échappent si nous les mettons à l'épreuve, ayant à lutter contre un gendre aimable, jeune, bien placé, s'imagina fort sensément qu'il était plus simple de s'en tenir à des représentations, que d'entreprendre des voies de rigueur, avec un homme qui ruinerait la mère et ferait enfermer la fille, si l'on osait se mesurer à lui, moyennant quoi quelques remontrances furent tout ce qu'elle hasarda, et elle se tut, dès qu'elle vit que cela n'aboutissait à rien.

Franval, sûr de sa supériorité, s'apercevant bien qu'on le craignait, ne se gêna bientôt plus, sur quoi que ce pût être, et se contentant d'une légère gaze, simplement à cause du public, il marcha droit à son horrible but.

Dès qu'Eugénie eut atteint l'âge de sept ans, Franval la conduisit à sa femme; et cette tendre mère, qui n'avait pas vu son enfant depuis qu'elle l'avait mise au monde, ne pouvant se rassasier de caresses, la tint deux heures pressée sur son sein, la couvrant de baisers, l'inondant de ses larmes. Elle voulut connaître ses petits talents, mais Eugénie n'en avait point d'autres que de lire couramment, que de jouir de la plus vigoureuse santé, et d'être belle comme les anges. Nouveau désespoir de Mme de Franval quand elle reconnut qu'il n'était que trop vrai que sa fille ignorait même les premiers principes de la religion.

« Eh quoi! monsieur, dit-elle à son mari, ne l'élevez-vous donc que pour ce monde? ne daignerez-vous pas réfléchir qu'elle ne doit l'habiter qu'un instant comme nous, pour se plonger après dans une éternité, bien fatale, si vous la privez de ce qui peut l'y faire jouir d'un sort heureux aux pieds de l'Être dont elle a reçu le jour.

— Si Eugénie ne connaît rien, madame, répondit Franval, si on lui cache avec soin ces maximes, elle ne saurait être malheureuse; car si elles sont vraies, l'Être suprême est trop juste pour la punir de son ignorance, et si elles sont fausses, quelle nécessité y a-t-il de lui en parler? A l'égard des autres soins de son éducation, fiez-vous à moi, je vous prie; je deviens dès aujourd'hui son instituteur, et je vous réponds que, dans quelques années, votre fille surpassera tous les enfants de son âge. »

Mme de Franval voulut insister, appelant l'éloquence du cœur au secours de celle de la raison, quelques larmes s'exprimèrent pour elle; mais Franval, qu'elles n'attendrirent point, n'eut pas même l'air de les apercevoir; il fit enlever Eugénie, en disant à sa femme que, si elle s'avisait de contrarier en quoi que ce pût être l'éducation qu'il prétendait donner à sa fille, ou qu'elle lui suggérât des principes différents de ceux dont il allait la nourrir, elle se priverait du plaisir de la voir, et qu'il enverrait sa fille dans un de ses châteaux duquel elle ne sortirait plus. Mme de Franval, faite à la soumission, se tut; elle supplia son époux de ne la point séparer d'un bien si cher, et promit, en pleurant, de ne troubler en rien l'éducation que l'on lui préparait.

De ce moment, Mlle de Franval fut placée dans un très bel appartement voisin de celui de son père, avec une gouvernante de beaucoup d'esprit, une sous-gouvernante, une femme de chambre et deux petites filles de son âge, uniquement destinées à ses amusements. On lui donna des maîtres d'écriture, de dessin, de poésie, d'histoire naturelle, de déclamation, de géographie, d'astronomie, d'anatomie, de grec, d'anglais, d'allemand, d'italien, d'armes, de danse, de cheval et de musique. Eugénie se levait tous les jours à 7 heures, en telle saison que ce fût; elle allait manger, en courant au jardin, un gros morceau de pain de seigle, qui formait son déjeuner; elle rentrait à 8 heures, passait quelques instants dans l'appartement de son père, qui folâtrait avec elle, ou lui apprenait de petits jeux de société; jusqu'à 9 heures, elle se préparait à ses devoirs; alors arrivait le premier maître; elle en recevait cinq jusqu'à 2 heures. On la servait à part avec ses deux amies et sa première gouvernante. Le dîner était composé de légumes, de poissons, de pâtisseries et de fruits; jamais ni viande, ni potage, ni vin, ni liqueurs, ni café. De 3 à 4 heures, Eugénie retournait jouer une heure au jardin avec ses petites compagnes; elles s'y exerçaient ensemble à la paume, au ballon, aux quilles, au volant, ou à franchir de certains espaces donnés; elles s'y mettaient à l'aise suivant les saisons; là, rien ne contraignait leur taille; on ne les enferma jamais dans ces ridicules baleines, également dangereuses à l'estomac et à la poitrine, et qui, gênant la respiration d'une jeune personne, lui attaquent nécessairement les poumons. De 4 à 6 heures, Mlle de Franval recevait de nouveaux instituteurs; et comme tous n'avaient pu paraître dans le même jour, les autres venaient le lendemain. Trois fois la semaine, Eugénie allait au spectacle avec son père, dans de petites loges grillées et louées à l'année pour elle. A 9 heures, elle rentrait et soupait. On ne lui servait alors que des légumes et des fruits. De 10 à 11 heures, quatre fois la semaine, Eugénie jouait avec ses femmes, lisait quelques romans et se couchait ensuite. Les trois autres jours, ceux où Franval ne soupait pas dehors, elle passait seule dans l'appartement de son père, et ce temps était employé à ce que Franval appelait *ses conférences*. Là, il inculquait à sa fille ses maximes sur la morale et sur la religion; il lui offrait, d'un côté,

ce que certains hommes pensaient sur ces
matières, il établissait de l'autre ce qu'il admet-
tait lui-même.

Avec beaucoup d'esprit, des connaissances
étendues, une tête vive, et des passions qui s'allumaient déjà, il est facile de juger des progrès que
de tels systèmes faisaient dans l'âme d'Eugénie;
mais comme l'indigne Franval n'avait pas pour
simple objet de raffermir la tête, ses conférences
se terminaient rarement sans enflammer le cœur;
et cet homme horrible avait si bien trouvé le
moyen de plaire à sa fille, il la subornait avec un
tel art, il se rendait si bien utile à son instruction et
à ses plaisirs, il volait avec tant d'ardeur au-devant
de tout ce qui pouvait lui être agréable, qu'Eugénie, au milieu des cercles les plus brillants, ne
trouvait rien d'aimable comme son père; et
qu'avant même que celui-ci ne s'expliquât, l'innocente et faible créature avait réuni pour lui dans
son jeune cœur tous les sentiments d'amitié, de
reconnaissance et de tendresse qui doivent nécessairement conduire au plus ardent amour; elle
ne voyait que Franval au monde; elle n'y distinguait que lui, elle se révoltait à l'idée de tout ce
qui aurait pu l'en séparer; elle lui aurait prodigué, non son honneur, non ses charmes, tous ces
sacrifices lui eussent paru trop légers pour le
touchant objet de son idolâtrie, mais son sang,
mais sa vie même, si ce tendre ami de son âme
eût pu l'exiger.

Il n'en était pas de même des mouvements du
cœur de Mlle de Franval pour sa respectable et
malheureuse mère. Le père, en disant adroitement à sa fille que Mme de Franval, étant sa
femme, exigeait de lui des soins qui le privaient
souvent de faire pour sa chère Eugénie tout ce
que lui dictait son cœur, avait trouvé le secret

de placer dans l'âme de cette jeune personne bien plus de haine et de jalousie, que de la sorte de sentiments respectables et tendres qui devaient y naître pour une telle mère.

« Mon ami, mon frère, disait quelquefois Eugénie à Franval, qui ne voulait pas que sa fille employât d'autres expressions avec lui..., cette femme que tu appelles la tienne, cette créature qui, selon toi, m'a mise au monde, est donc bien exigeante, puisqu'en voulant toujours t'avoir près d'elle, elle me prive du bonheur de passer ma vie avec toi... Je le vois bien, tu la préfères à ton Eugénie. Pour moi, je n'aimerai jamais ce qui me ravira ton cœur.

— Ma chère amie, répondait Franval, non, qui que ce soit dans l'univers n'acquerra d'aussi puissants droits que les tiens; les nœuds qui existent entre cette femme et ton meilleur ami, fruits de l'usage et des conventions sociales, philosophiquement vus par moi, ne balanceront jamais ceux qui nous lient... tu seras toujours préférée, Eugénie; tu seras l'ange et la lumière de mes jours, le foyer de mon âme et le mobile de mon existence.

— Oh! que ces mots sont doux! répondait Eugénie, répète-les souvent, mon ami... Si tu savais comme me flattent les expressions de ta tendresse! »

Et prenant la main de Franval qu'elle appuyait contre son cœur :

« Tiens, tiens, je les sens toutes là, continuait-elle.

— Que tes tendres caresses m'en assurent », répondait Franval, en la pressant dans ses bras... Et le perfide achevait ainsi, sans aucun remords, la séduction de cette malheureuse.

Cependant Eugénie atteignait sa quatorzième

année, telle était l'époque où Franval voulait consommer son crime. Frémissons !... Il le fut.

* Le jour même qu'elle arrive à cet âge, ou plutôt celui qu'il est révolu, se trouvant tous deux à la campagne, sans parents et sans importuns, le comte, après avoir fait parer ce jour-là sa fille comme ces vierges qu'on consacrait jadis au temple de Vénus, la fit entrer sur les 11 heures du matin dans un salon voluptueux dont les jours étaient adoucis par des gazes, et dont les meubles étaient jonchés de fleurs. Un trône de roses s'élevait au milieu ; Franval y conduit sa fille.

« Eugénie, lui dit-il en l'y asseyant, sois aujourd'hui la reine de mon cœur, et laisse-moi t'adorer à genoux.

— Toi m'adorer, mon frère, pendant que c'est moi qui te dois tout, que c'est toi qui m'as créée, qui m'as formée... Ah ! laisse-moi plutôt tomber à tes pieds ; c'est mon unique place, et c'est la seule où j'aspire avec toi.

— Ô ma tendre Eugénie, dit le comte, en se plaçant près d'elle sur ces sièges de fleurs qui devaient servir à son triomphe, s'il est vrai que tu me doives quelque chose, si les sentiments que tu me témoignes, enfin, sont aussi sincères que tu le dis, sais-tu les moyens de m'en convaincre ?

— Et quels sont-ils, mon frère ? Dis-les-moi donc bien vite pour que je les saisisse avec empressement.

— Tous ces charmes, Eugénie, que la nature a prodigués dans toi, tous ces appas dont elle t'embellit, il faut me les sacrifier à l'instant.

— Mais que me demandes-tu ? N'es-tu donc pas le maître de tout ? Ce que tu as fait ne t'appartient-il pas, un autre peut-il jouir de ton ouvrage ?

— Mais tu conçois les préjugés des hommes...

— Tu ne me les as point déguisés.

— Je ne veux donc pas les franchir sans ton aveu.

— Ne les méprises-tu pas comme moi?

— Soit, mais je ne veux pas être ton tyran, bien moins encore ton séducteur; je veux ne tenir que de l'amour seul, les bienfaits que je sollicite. Tu connais le monde, je ne t'ai dissimulé aucun de ses attraits. Cacher les hommes à tes regards, ne t'y laisser voir que moi seul, fût devenu une supercherie indigne de moi; s'il existe dans l'univers un être que tu me préfères, nomme-le promptement, j'irai le chercher au bout du monde et le conduire à l'instant dans tes bras. C'est ton bonheur en un mot que je veux, mon ange, ton bonheur bien plus que le mien; ces plaisirs doux que tu peux me donner ne seraient rien pour moi, s'ils n'étaient le prix de ton amour. Décide donc, Eugénie. Tu touches à l'instant d'être immolée, tu dois l'être. Mais nomme toi-même le sacrificateur, je renonce aux voluptés que m'assure ce titre si je ne les obtiens pas de ton âme; et, toujours digne de ton cœur, si ce n'est pas moi que tu préfères, en t'amenant celui que tu peux chérir, j'aurai du moins mérité ta tendresse, si je n'ai pu captiver ton cœur; et je serai l'ami d'Eugénie, n'ayant pu devenir son amant.

— Tu seras tout, mon frère, tu seras tout, dit Eugénie, brûlant d'amour et de désir. A qui veux-tu que je m'immole, si ce n'est à celui que j'adore uniquement! Quel être dans l'univers peut être plus digne que toi de ces faibles attraits que tu désires... et que déjà tes mains brûlantes parcourent avec ardeur! Ne vois-tu donc pas au feu qui m'embrase que je suis aussi pressée que toi de connaître le plaisir dont tu me parles? Ah! jouis, jouis, mon tendre frère, mon meilleur ami, fais

de ton Eugénie ta victime; immolée par tes mains
chéries elle sera toujours triomphante. »

L'ardent Franval qui, d'après le caractère que
nous lui connaissons, ne s'était paré de tant de
délicatesse que pour séduire plus finement, abusa
bientôt de la crédulité de sa fille, et tous les
obstacles écartés, tant par les principes dont il
avait nourri cette âme ouverte à toutes sortes
d'impressions, que par l'art avec lequel il la cap-
tivait en ce dernier instant, il acheva sa perfide
conquête, et devint lui-même impunément le
destructeur d'une virginité dont la nature et ses
titres lui avaient confié la défense.

Plusieurs jours se passèrent dans une ivresse
mutuelle. Eugénie, en âge de connaître le plaisir
de l'amour, encouragée par ses systèmes, s'y
livrait avec emportement. Franval lui en apprit
tous les mystères, il lui en traça toutes les routes;
plus il multipliait ses hommages, mieux il enchaînait sa conquête. Elle aurait voulu le recevoir
dans mille temples à la fois, elle accusait l'imagination de son ami de ne pas s'égarer assez; il lui
semblait qu'il lui cachait quelque chose. Elle se
plaignait de son âge, et d'une ingénuité qui peut-
être ne la rendait pas assez séduisante; et si elle
désirait d'être plus instruite, c'était pour qu'aucuns moyens d'enflammer son amant ne pussent
lui rester inconnus*.

On revint à Paris, mais les criminels plaisirs
dont s'était enivré cet homme pervers avaient
trop délicieusement flatté ses facultés physiques
et morales, pour que l'inconstance qui rompait
ordinairement toutes ses autres intrigues, pût
briser les nœuds de celle-ci. Il devint éperdument
amoureux, et de cette dangereuse passion dut
naître inévitablement le plus cruel abandon de

sa femme... Quelle victime, hélas! Mme de Franval, âgée pour lors de trente et un ans, était à la fleur de sa plus grande beauté; une impression de tristesse inévitable d'après les chagrins qui la consumaient, la rendait plus intéressante encore; inondée de ses larmes, dans l'abattement de la mélancolie, ses beaux cheveux négligemment épars sur une gorge d'albâtre, ses lèvres amoureusement empreintes sur le portrait chéri de son infidèle et de son tyran, elle ressemblait à ces belles vierges que peignit Michel-Ange au sein de la douleur; elle ignorait cependant encore ce qui devait compléter son tourment. La façon dont on instruisait Eugénie, les choses essentielles qu'on lui laissait ignorer, ou dont on ne lui parlait que pour les lui faire haïr; la certitude qu'elle avait que ces devoirs, méprisés de Franval, ne seraient jamais permis à sa fille; le peu de temps qu'on lui accordait pour voir cette jeune personne, la crainte que l'éducation singulière qu'on lui donnait n'entraînât tôt ou tard des crimes, les égarements de Franval enfin, sa dureté journalière envers elle..., elle qui n'était occupée que de le prévenir, qui ne connaissait d'autres charmes que de l'intéresser ou de lui plaire; telles étaient jusqu'alors les seules causes de son affliction. De quels traits douloureux cette âme tendre et sensible ne serait-elle pas pénétrée, aussitôt qu'elle apprendrait tout!

Cependant l'éducation d'Eugénie continuait; elle-même avait désiré de suivre ses maîtres jusqu'à seize ans, et ses talents, ses connaissances étendues, les grâces qui se développaient chaque jour en elle, tout enchaînait plus fortement Franval; il était facile de voir qu'il n'avait jamais rien aimé comme Eugénie.

On n'avait changé au premier plan de vie de

Mlle de Franval que le temps des conférences; ces tête-à-tête avec son père se renouvelaient beaucoup plus, et se prolongeaient très avant dans la nuit. La seule gouvernante d'Eugénie était au fait de toute l'intrigue, et l'on comptait assez solidement sur elle, pour ne point redouter son indiscrétion. Il y avait aussi quelques changements dans les repas d'Eugénie, elle mangeait avec ses parents. Cette circonstance dans une maison comme celle de Franval mit bientôt Eugénie à portée de connaître du monde, et d'être désirée pour épouse. Elle fut demandée par plusieurs personnes. Franval certain du cœur de sa fille, et ne croyant point devoir redouter ces démarches, n'avait pourtant pas assez réfléchi que cette affluence de propositions parviendrait peut-être à tout dévoiler.

Dans une conversation avec sa fille, faveur si désirée de Mme de Franval et qu'elle obtenait si rarement, cette tendre mère apprit à Eugénie que M. de Colunce la voulait en mariage.

« Vous connaissez cet homme, ma fille, dit Mme de Franval; il vous aime, il est jeune, aimable; il sera riche, il n'attend que votre aveu... que votre unique aveu, ma fille... quelle sera ma réponse? »

Eugénie, surprise, rougit et répond qu'elle ne se sent encore aucun goût pour le mariage, mais qu'on peut consulter son père; elle n'aura d'autres volontés que les siennes.

Mme de Franval ne voyant rien que de simple dans cette réponse, patienta quelques jours, et trouvant enfin l'occasion d'en parler à son mari, elle lui communiqua les intentions de la famille du jeune Colunce et celles que lui-même avait témoignées, elle y joignit la réponse de sa fille.

On imagine bien que Franval savait tout;

mais se déguiser sans se contraindre néanmoins assez :

« Madame, dit-il sèchement à son épouse, je vous demande avec instance de ne point vous mêler d'Eugénie; aux soins que vous m'avez vu prendre à l'éloigner de vous, il a dû vous être facile de reconnaître combien je désirais que ce qui la concernait ne vous regardât nullement. Je vous renouvelle mes ordres sur cet objet... vous ne les oublierez plus, je m'en flatte?

— Mais que répondrais-je, monsieur, puisque c'est à moi qu'on s'adresse?

— Vous direz que je suis sensible à l'honneur qu'on me fait, et que ma fille a des défauts de naissance qui s'opposent aux nœuds de l'hymen.

— Mais, monsieur, ces défauts ne sont point réels; pourquoi voulez-vous que j'en impose, et pourquoi priver votre fille unique du bonheur qu'elle peut trouver dans le mariage?

— Ces liens vous ont-ils rendue fort heureuse, madame?

— Toutes les femmes n'ont pas les torts que j'ai eus, sans doute, de ne pouvoir réussir à vous enchaîner (et avec un soupir), ou tous les maris ne vous ressemblent pas.

— Les femmes... fausses, jalouses, impérieuses, coquettes ou dévotes... Les maris, perfides, inconstants, cruels ou despotes, voilà l'abrégé de tous les individus de la terre, madame; n'espérez pas trouver un phénix.

— Cependant tout le monde se marie.

— Oui, les sots ou les oisifs; on ne se marie jamais, dit un philosophe, que *quand on ne sait ce qu'on fait, ou quand on ne sait plus que faire*.

— Il faudrait donc laisser périr l'univers?

— Autant vaudrait; une plante qui ne produit que du venin ne saurait être extirpée trop tôt.

— Eugénie vous saura peu de gré de cet excès de rigueur envers elle.

— Cet hymen paraît-il lui plaire?

— Vos ordres sont ses lois, elle l'a dit.

— Eh bien! madame, mes ordres sont que vous laissiez là cet hymen. »

Et M. de Franval sortit en renouvelant à sa femme les défenses les plus rigoureuses de lui parler de cela davantage.

Mme de Franval ne manqua pas de rendre à sa mère la conversation qu'elle venait d'avoir avec son mari, et Mme de Farneille, plus fine, plus accoutumée aux effets des passions que son intéressante fille, soupçonna tout de suite qu'il y avait là quelque chose de surnaturel.

Eugénie voyait fort peu sa grand-mère, une heure au plus, aux événements, et toujours sous les yeux de Franval. Mme de Farneille ayant envie de s'éclaircir fit donc prier son gendre de lui envoyer un jour sa petite-fille, et de la lui laisser un après-midi tout entier, pour la dissiper, disait-elle, d'un accès de migraine dont elle se trouvait accablée; Franval fit répondre aigrement qu'il n'y avait rien qu'Eugénie craignît comme les vapeurs, qu'il la mènerait pourtant où on la désirait, mais qu'elle n'y pouvait rester long-temps, à cause de l'obligation où elle était de se rendre de là à un cours de physique qu'elle suivait avec assiduité.

On se rendit chez Mme de Farneille, qui ne cacha point à son gendre l'étonnement dans lequel elle était du refus de l'hymen proposé.

« Vous pouvez, je crois, sans crainte, poursuivit-elle, permettre que votre fille me convainque elle-même du défaut qui, selon vous, doit la priver du mariage?

— Que ce défaut soit réel ou non, madame,

dit Franval, un peu surpris de la résolution de
sa belle-mère, le fait est qu'il m'en coûterait fort
cher pour marier ma fille, et que je suis encore
trop jeune pour consentir à de pareils sacrifices;
quand elle aura vingt-cinq ans, elle agira comme
bon lui semblera; qu'elle ne compte point sur moi
jusqu'à cette époque.

— Et vos sentiments sont-ils les mêmes, Eugénie? dit Mme de Farneille.

— Ils diffèrent en quelque chose, madame, dit
Mlle de Franval avec beaucoup de fermeté; monsieur me permet de me marier à vingt-cinq ans,
et moi, je proteste à vous et à lui, madame, de ne
profiter de ma vie d'une permission... qui, avec
ma façon de penser, ne contribuerait qu'au malheur de mes jours.

— On n'a point de façon de penser à votre
âge, mademoiselle, dit Mme de Farneille, et il y
a dans tout ceci quelque chose d'extraordinaire,
qu'il faudra pourtant bien que je démêle.

— Je vous y exhorte, madame, dit Franval,
en emmenant sa fille; vous ferez même très bien
d'employer votre clergé pour parvenir au mot de
l'énigme, et quand toutes vos puissances auront
habilement agi, quand vous serez instruits enfin,
vous voudrez bien me dire si j'ai tort ou si j'ai
raison de m'opposer au mariage d'Eugénie. »

Le sarcasme qui portait sur les conseillers
ecclésiastiques de la belle-mère de Franval avait
pour but un personnage respectable, qu'il est à
propos de faire connaître, puisque la suite des
événements va le montrer bientôt en action.

Il s'agissait du directeur de Mme de Farneille
et de sa fille, l'un des hommes les plus vertueux
qu'il y eût en France; honnête, bienfaisant, plein
de candeur et de sagesse, M. de Clervil, loin de
tous les vices de sa robe, n'avait que des qualités

douces et utiles. Appui certain du pauvre, ami
sincère de l'opulent, consolateur du malheureux,
ce digne homme réunissait tous les dons qui rendent aimable, à toutes les vertus qui font l'homme
sensible.

Clervil, consulté, répondit en homme de bon
sens, qu'avant de prendre aucun parti dans cette
affaire, il fallait démêler les raisons de M. de
Franval, pour s'opposer au mariage de sa fille;
et quoique Mme de Farneille lançât quelques
traits propres à faire soupçonner l'intrigue, qui
n'existait que trop réellement, le prudent directeur rejeta ces idées, et les trouvant beaucoup
trop outrageuses pour Mme de Franval et pour son
mari, il s'en éloigna toujours avec indignation.

« C'est une chose si affligeante que le crime,
madame, disait quelquefois cet honnête homme;
il est si peu vraisemblable de supposer qu'un
être sage franchisse volontairement toutes les
digues de la pudeur et tous les freins de la vertu,
que ce n'est jamais qu'avec la répugnance la plus
extrême que je me détermine à prêter de tels torts;
livrons-nous rarement aux soupçons du vice;
ils sont souvent l'ouvrage de notre amour-propre,
presque toujours le fruit d'une comparaison
sourde, qui se fait au fond de notre âme; nous
nous pressons d'admettre le mal, pour avoir
droit de nous trouver meilleurs. En y réfléchissant
bien, ne vaudrait-il pas mieux, madame, qu'un
tort secret ne fût jamais dévoilé, que d'en supposer d'illusoires par une impardonnable préci-
pitation, et de flétrir ainsi sans sujet, à nos yeux,
des gens qui n'ont jamais commis d'autres fautes
que celles que leur a prêtées notre orgueil; tout ne
gagne-t-il pas d'ailleurs à ce principe? N'est-il
pas infiniment moins nécessaire de punir un
crime, qu'il n'est essentiel d'empêcher ce crime

de s'étendre? En le laissant dans l'ombre qu'il recherche, n'est-il pas comme anéanti? Le scandale est sûr en l'ébruitant, le récit qu'on en fait réveille les passions de ceux qui sont enclins au même genre de délits; l'inséparable aveuglement du crime flatte l'espoir qu'a le coupable d'être plus heureux que celui qui vient d'être reconnu; ce n'est pas une leçon qu'on lui a donnée, c'est un conseil, et il se livre à des excès qu'il n'eût peut-être jamais osés, sans l'imprudent éclat... faussement pris pour de la justice... et qui n'est que de la rigueur mal conçue, ou de la vanité qu'on déguise. »

Il ne se prit donc d'autre résolution dans ce premier comité, que celle de vérifier avec exactitude les raisons de l'éloignement de Franval pour le mariage de sa fille, et les causes qui faisaient partager à Eugénie cette même manière de penser : on se décida à ne rien entreprendre que ces motifs ne fussent dévoilés.

« Eh bien! Eugénie, dit Franval le soir à sa fille, vous le voyez, on veut nous séparer, y réussira-t-on, mon enfant?... Parviendra-t-on à briser les plus doux nœuds de ma vie?

— Jamais... jamais, ne l'appréhende pas, ô mon plus tendre ami! Ces nœuds que tu délectes me sont aussi précieux qu'à toi; tu ne m'as point trompée, tu m'as fait voir, en les formant, à quel point ils choquaient nos mœurs; et peu effrayée de franchir des usages qui, variant à chaque climat, ne peuvent avoir rien de sacré, je les ai voulus ces nœuds, je les ai tissés sans remords, ne crains donc pas que je les rompe.

— Hélas! qui sait?... Colunce est plus jeune que moi... Il a tout ce qu'il faut pour te charmer : n'écoute pas, Eugénie, un reste d'égarement qui t'aveugle sans doute; l'âge et le flam-

beau de la raison en dissipant le prestige
produiront bientôt des regrets, tu les déposeras
dans mon sein, et je ne me pardonnerai pas de
les avoir fait naître!

— Non, reprit Eugénie fermement, non, je suis
décidée à n'aimer que toi seul; je me croirais
la plus malheureuse des femmes s'il me fallait
prendre un époux... Moi, poursuivit-elle avec
chaleur, moi, me joindre à un étranger qui,
n'ayant pas comme toi de doubles raisons pour
m'aimer, mettrait à la mesure de ses sentiments,
tout au plus celle de ses désirs... Abandonnée,
méprisée par lui, que deviendrai-je après? Prude,
dévote, ou catin? Eh! non, non. J'aime mieux
être ta maîtresse, mon ami. Oui, je t'aime mieux
cent fois, que d'être réduite à jouer dans le monde
l'un ou l'autre de ces rôles infâmes... Mais quelle
est la cause de tout ce train, poursuivait Eugénie
avec aigreur... La sais-tu, mon ami? Quelle elle
est?... Ta femme?... Elle seule... Son implacable
jalousie... N'en doute point, voilà les seuls
motifs des malheurs dont on nous menace... Ah!
je ne l'en blâme point : tout est simple... tout se
conçoit... tout se fait quand il s'agit de te conserver. Que n'entreprendrais-je pas si j'étais à sa
place, et qu'on voulût m'enlever ton cœur? »

Franval, étonnamment ému, embrasse mille
fois sa fille; et celle-ci, plus encouragée par ces
criminelles caresses, développant son âme atroce
avec plus d'énergie, hasarda de dire à son père,
avec une impardonnable impudence, que la seule
façon d'être moins observés l'un et l'autre était
de donner un amant à sa mère. Ce projet divertit
Franval; mais bien plus méchant que sa fille, et
voulant préparer imperceptiblement ce jeune cœur
à toutes les impressions de haine qu'il désirait y
semer pour sa femme, il répondit que cette ven-

geance lui paraissait trop douce; qu'il y avait bien d'autres moyens de rendre une femme malheureuse quand elle donnait de l'humeur à son mari.

Quelques semaines se passèrent ainsi, pendant lesquelles Franval et sa fille se décidèrent enfin au premier plan conçu pour le désespoir de la vertueuse épouse de ce monstre, croyant, avec raison, qu'avant d'en venir à des procédés plus indignes, il fallait au moins essayer celui d'un amant qui, non seulement pourrait fournir matière à tous les autres, mais qui, s'il réussissait, obligerait nécessairement alors Mme de Franval à ne plus tant s'occuper des torts d'autrui, puisqu'elle en aurait elle-même d'aussi constatés. Franval porta les yeux pour l'exécution de ce projet sur tous les jeunes gens de sa connaissance et, après avoir bien réfléchi, il ne trouva que Valmont qui lui parût susceptible de le servir.

Valmont avait trente ans, une figure charmante, de l'esprit, bien de l'imagination, pas le moindre principe, et par conséquent très propre à remplir le rôle qu'on allait lui offrir, Franval l'invite un jour à dîner, et le prenant à part au sortir de table :

« Mon ami, lui dit-il, je t'ai toujours cru digne de moi; voici l'instant de me prouver que je n'ai pas eu tort : j'exige une preuve de tes sentiments... mais une preuve très extraordinaire.

— De quoi s'agit-il? explique-toi, mon cher, et ne doute jamais de mon empressement à t'être utile!

— Comment trouves-tu ma femme?

— Délicieuse; et si tu n'en étais pas le mari, il y a longtemps que j'en serais l'amant.

— Cette considération est bien délicate, Valmont, mais elle ne me touche pas.

— Comment?

— Je m'en vais t'étonner... c'est précisément

parce que tu m'aimes... précisément parce que je suis l'époux de Mme de Franval que j'exige de toi d'en devenir l'amant.

— Es-tu fou?

— Non, mais fantasque... mais capricieux, il y a longtemps que tu me connais sur ce ton... je veux faire faire une chute à la vertu et je prétends que ce soit toi qui la prennes au piège.

— Quelle extravagance!

— Pas un mot, c'est un chef-d'œuvre de raison.

— Quoi! tu veux que je te fasse...?

— Oui, je le veux, je l'exige, et je cesse de te regarder comme mon ami, si tu me refuses cette faveur... je te servirai... je te procurerai des instants... je les multiplierai... tu en profiteras; et, dès que je serai bien certain de mon sort, je me jetterai, s'il le faut, à tes pieds pour te remercier de ta complaisance.

— Franval, je ne suis pas ta dupe; il y a là-dessous quelque chose de fort étonnant... Je n'entreprends rien que je ne sache tout.

— Oui... mais je te crois un peu scrupuleux, je ne te soupçonne pas encore assez de force dans l'esprit pour être susceptible d'entendre le développement de tout ceci... Encore des préjugés... de la chevalerie, je gage?... tu frémiras comme un enfant quand je t'aurai tout dit, et tu ne voudras plus rien faire.

— Moi, frémir?... Je suis en vérité confus de ta façon de me juger : apprends, mon cher, qu'il n'y a pas un égarement dans le monde... non, pas un seul, de quelque irrégularité qu'il puisse être, qui soit capable d'alarmer un instant mon cœur.

— Valmont, as-tu quelquefois fixé Eugénie?

— Ta fille?

— Ou ma maîtresse, si tu l'aimes mieux?

— Ah! scélérat, je te comprends.

— Voilà la première fois de ma vie où je te trouve de la pénétration.

— Comment? d'honneur, tu aimes ta fille?

— Oui, mon ami, comme Loth! j'ai toujours été pénétré d'un si grand respect pour les livres saints, toujours si convaincu qu'on gagnait le ciel en imitant ses héros!... Ah! mon ami, la folie de Pygmalion ne m'étonne plus... L'univers n'est-il donc pas rempli de ces faiblesses? N'a-t-il pas fallu commencer par là pour peupler le monde? Et ce qui n'était pas un mal alors, peut-il donc l'être devenu? Quelle extravagance! Une jolie personne ne saurait me tenter, parce que j'aurais le tort de l'avoir mise au monde; ce qui doit m'unir plus intimement à elle deviendrait la raison qui m'en éloignerait? C'est parce qu'elle me ressemblerait, parce qu'elle serait issue de mon sang, c'est-à-dire, parce qu'elle réunirait tous les motifs qui peuvent fonder le plus ardent amour, que je la verrais d'un œil froid?... Ah! quels sophismes... quelle absurdité! Laissons aux sots ces ridicules freins, ils ne sont pas faits pour des âmes telles que les nôtres; l'empire de la beauté, les saints droits de l'amour, ne connaissent point les futiles conventions humaines; leur ascendant les anéantit comme les rayons de l'astre du jour épurent le sein de la terre des brouillards qui la couvrent la nuit. Foulons aux pieds ces préjugés atroces, toujours ennemis du bonheur; s'ils séduisirent quelquefois la raison, ce ne fut jamais qu'aux dépens des plus flatteuses jouissances... qu'ils soient à jamais méprisés par nous.

— Tu me convaincs, répondit Valmont, et je t'accorde bien facilement que ton Eugénie doit être une maîtresse délicieuse; beauté bien plus vive que sa mère, si elle n'a pas tout à fait, comme ta femme, cette langueur qui s'empare de l'âme avec tant de volupté, elle en a ce piquant qui nous dompte, qui semble en un mot subjuguer tout ce qui voudrait user de résistance; si l'une a l'air de céder, l'autre exige; ce que l'une permet, l'autre l'offre, et j'y conçois beaucoup plus de charmes.

— Ce n'est pourtant pas Eugénie que je te donne, c'est sa mère.

— Eh, quelle raison t'engage à ce procédé?

— Ma femme est jalouse, elle me gêne, elle m'examine; elle veut marier Eugénie, il faut que je lui fasse avoir des torts, pour réussir à couvrir les miens; il faut donc que tu l'aies... que tu t'en amuses quelque temps... que tu la trahisses ensuite... que je te surprenne dans ses bras... que je la punisse, ou qu'au moyen de cette découverte j'achète la paix de part et d'autre dans nos mutuelles erreurs... mais point d'amour, Valmont, du sang-froid, enchaîne-la, et ne t'en laisse pas maîtriser; si le sentiment s'en mêle, mes projets sont au diable.

— Ne crains rien, ce serait la première femme qui aurait échauffé mon cœur. »

Nos deux scélérats convinrent donc de leurs arrangements, et il fut résolu que dans très peu de jours, Valmont entreprendrait Mme de Franval avec pleine permission d'employer tout ce qu'il voudrait pour réussir... même l'aveu des amours de Franval, comme le plus puissant des moyens pour déterminer cette honnête femme à la vengeance.

Eugénie, à qui le projet fut confié, s'en amusa prodigieusement; l'infâme créature osa dire que si Valmont réussissait, pour que son bonheur, à elle devînt aussi complet qu'il pourrait l'être, il faudrait qu'elle pût s'assurer par ses yeux

mêmes, de la chute de sa mère, qu'elle pût voir
cette héroïne de vertu céder incontestablement
aux attraits d'un plaisir, qu'elle blâmait avec
tant de rigueur.

Enfin le jour arrive où la plus sage et la plus
malheureuse des femmes va, non seulement recevoir le coup le plus sensible qui puisse lui être
porté, mais où elle va être assez outragée de son
affreux époux pour être abandonnée... livrée par
lui-même à celui par lequel il consent d'être
déshonoré... Quel délire!... quel mépris de tous
les principes, et dans quelles vues la nature peut-
elle créer des cœurs aussi dépravés que ceux-là!...
Quelques conversations préliminaires avaient disposé cette scène; Valmont, d'ailleurs, était assez
lié avec Franval, pour que sa femme, à qui cela
était déjà arrivé sans risque, pût n'en imaginer
aucun à rester en tête-à-tête avec lui. Tous trois
étaient dans le salon, Franval se lève.

« Je me sauve, dit-il, une affaire importante
m'appelle... C'est vous mettre avec votre gouvernante, madame, ajouta-t-il, en riant, que de vous
laisser avec Valmont, il est si sage... mais s'il
s'oublie, vous me le direz, je ne l'aime pas encore
au point de lui céder mes droits... »

Et l'impudent s'échappe.

Après quelques propos ordinaires, nés de la
plaisanterie de Franval, Valmont dit qu'il trouvait son ami changé depuis six mois.

« Je n'ai pas trop osé lui en demander la
raison, continua-t-il, mais il a l'air d'avoir des
chagrins.

— Ce qu'il y a de bien sûr, répondit Mme de
Franval, c'est qu'il en donne furieusement aux
autres.

— Ô Ciel! que m'apprenez-vous?... mon ami
aurait avec vous des torts?

— Puissions-nous n'en être encore que là!

— Daignez m'instruire, vous connaissez mon zèle... mon inviolable attachement.

— Une suite de désordres horribles... une corruption de mœurs, des torts enfin de toutes les espèces... le croiriez-vous? On nous propose pour sa fille le mariage le plus avantageux... il ne le veut pas... »

Et ici l'adroit Valmont détourne les yeux, de l'air d'un homme qui pénètre... qui gémit... et qui craint de s'expliquer.

« Comment, monsieur, reprend Mme de Franval, ce que je vous dis ne vous étonne pas? votre silence est bien singulier.

— Ah! madame, ne vaut-il pas mieux se taire, que de parler pour désespérer ce qu'on aime?

— Quelle est cette énigme, expliquez-la, je vous en conjure.

— Comment voulez-vous que je ne frémisse pas à vous dessiller les yeux, dit Valmont, en saisissant avec chaleur une des mains de cette intéressante femme.

— Oh! monsieur, reprit Mme de Franval très animée, ou ne dites plus mot, ou expliquez-vous, je l'exige... la situation où vous me tenez est affreuse.

— Peut-être bien moins que l'état où vous me réduisez vous-même, dit Valmont, laissant tomber sur celle qu'il cherche à séduire, des regards enflammés d'amour.

— Mais que signifie tout cela, monsieur; vous commencez par m'alarmer, vous me faites désirer une explication, osant ensuite me faire entendre des choses que je ne dois ni ne peux souffrir, vous m'ôtez les moyens de savoir de vous ce qui m'inquiète aussi cruellement. Parlez, monsieur, parlez, ou vous allez me réduire au désespoir.

— Je serai donc moins obscur, puisque vous

l'exigez, madame, et quoiqu'il m'en coûte à déchirer votre cœur... apprenez le motif cruel qui fonde les refus que votre époux fait à M. de Colunce... Eugénie...

— Eh bien?

— Eh bien! madame, Franval l'adore; moins son père aujourd'hui que son amant, il préférerait l'obligation de renoncer au jour, à celle de céder Eugénie. »

Mme de Franval n'avait pas entendu ce fatal éclaircissement sans une révolution qui lui fit perdre l'usage de ses sens; Valmont s'empresse de la secourir, et dès qu'il a réussi :

« Vous voyez, continue-t-il, madame, ce que coûte l'aveu que vous avez exigé... Je voudrais pour tout au monde...

— Laissez-moi, monsieur, laissez-moi, dit Mme de Franval dans un état difficile à peindre; après d'aussi violentes secousses, j'ai besoin d'être un instant seule.

— Et vous voudriez que je vous quittasse dans cette situation? Ah! vos douleurs sont trop vivement ressenties de mon âme, pour que je ne vous demande pas la permission de les partager; j'ai fait la plaie, laissez-moi la guérir.

— Franval amoureux de sa fille, juste Ciel! cette créature que j'ai portée dans mon sein, c'est elle qui le déchire avec tant d'atrocité!... Un crime aussi épouvantable... ah! monsieur, cela se peut-il?... en êtes-vous bien sûr?

— Si j'en doutais encore, madame, j'aurais gardé le silence, j'eusse aimé mieux cent fois ne vous rien dire, que de vous alarmer en vain; c'est de votre époux même que je tiens la certitude de cette infamie, il m'en a fait la confidence; quoi qu'il en soit, un peu de calme, je vous en supplie; occupons-nous plutôt maintenant des moyens de

rompre cette intrigue, que de ceux de l'éclaircir;
or, ces moyens sont en vous seule...

— Ah! pressez-vous de me les apprendre... ce
crime me fait horreur.

— Un mari du caractère de Franval, madame,
ne se ramène point par de la vertu; votre époux
croit peu à la sagesse des femmes; fruit de leur
orgueil ou de leur tempérament, prétend-il, ce
qu'elles font pour se conserver à nous est bien
plus, pour se contenter elles-mêmes, que pour
nous plaire ou nous enchaîner... Pardon,
madame, mais je ne vous déguiserai pas que je
pense assez comme lui sur cet objet; je n'ai jamais
vu que ce fût avec des vertus qu'une femme parvînt à détruire les vices de son époux; une
conduite à peu près semblable à celle de Franval
le piquerait beaucoup davantage et vous le ramè-
nerait bien mieux; la jalousie en serait la suite
assurée, et que de cœurs rendus à l'amour par ce
moyen toujours infaillible; votre mari voyant
alors que cette vertu à laquelle il est fait, et qu'il a
l'impudence de mépriser, est bien plus l'ouvrage
de la réflexion que de l'insouciance ou des
organes, apprendra réellement à l'estimer en
vous, au moment où il vous croira capable d'y
manquer;... il imagine... il ose dire que si vous
n'avez jamais eu d'amants, c'est que vous n'avez
jamais été attaquée; prouvez-lui qu'il ne tient
qu'à vous de l'être... de vous venger de ses torts
et de ses mépris; peut-être aurez-vous fait un petit
mal, d'après vos rigoureux principes; mais que
de maux vous aurez prévenus; quel époux vous
aurez converti! et pour un léger outrage à la
déesse que vous révérez, quel sectateur n'aurez-
vous pas ramené dans son temple? Ah! madame,
je n'en appelle qu'à votre raison. Par la conduite
que j'ose vous prescrire vous ramenez à jamais

Franval, vous le captivez éternellement; il vous fuit, par une conduite contraire; il s'échappe pour ne plus revenir; oui, madame, j'ose le certifier, ou vous n'aimez pas votre époux, ou vous ne devez pas balancer. »

Mme de Franval, très surprise de ce discours, fut quelque temps sans y répondre; reprenant ensuite la parole, en se rappelant les regards de Valmont, et ses premiers propos :

« Monsieur, dit-elle, avec adresse, à supposer que je cédasse aux conseils que vous me donnez, sur qui croiriez-vous que je dusse jeter les yeux pour inquiéter davantage mon mari?

— Ah! s'écria Valmont, ne voyant pas le piège qu'on lui tendait; chère et divine amie... sur l'homme de l'univers qui vous aime le mieux, sur celui qui vous adore depuis qu'il vous connaît, et qui jure à vos pieds de mourir sous vos lois...

— Sortez, monsieur, sortez! dit alors impérieusement Mme de Franval, et ne reparaissez jamais devant mes yeux; votre artifice est découvert; vous ne prêtez à mon mari, des torts... qu'il est incapable d'avoir, que pour mieux établir vos perfides séductions; apprenez que fût-il même coupable, les moyens que vous m'offrez répugneraient trop à mon cœur pour les employer un instant; jamais les travers d'un époux ne légitiment ceux d'une femme; ils doivent devenir pour elle des motifs de plus d'être sage, afin que le Juste, que l'Éternel trouvera dans les villes affligées et prêtes à subir les effets de sa colère, puisse écarter, s'il se peut, de leur sein, les flammes qui vont les dévorer. »

Mme de Franval sortit à ces mots, et, demandant les gens de Valmont, elle l'obligea à se retirer... très honteux de ses premières démarches.

Quoique cette intéressante femme eût démêlé les ruses de l'ami de Franval, ce qu'il avait dit s'accordait si bien avec ses craintes et celles de sa mère, qu'elle se résolut de tout mettre en œuvre, pour se convaincre de ces cruelles vérités. Elle va voir Mme de Farneille, elle lui raconte ce qui s'était passé et revient, décidée aux démarches que nous allons lui voir entreprendre.

Il y a longtemps que l'on a dit, et avec bien de la raison, que nous n'avions pas de plus grands ennemis que nos propres valets; toujours jaloux, toujours envieux, il semble qu'ils cherchent à alléger leurs chaînes en développant des torts qui, nous plaçant alors au-dessous d'eux, laissent au moins, pour quelques instants, à leur vanité, la prépondérance sur nous que leur enlève le sort.

Mme de Franval fit séduire une des femmes d'Eugénie : une retraite sûre, un sort agréable, l'apparence d'une bonne action, tout détermine cette créature, et elle s'engage, dès la nuit suivante, à mettre Mme de Franval à même de ne plus douter de ses malheurs.

L'instant arrive. La malheureuse mère est introduite dans un cabinet voisin de l'appartement où son perfide époux outrage chaque nuit et ses nœuds et le Ciel. Eugénie est avec son père; plusieurs bougies restent allumées sur une encoignure, elles vont éclairer le crime... l'autel est préparé, la victime s'y place, le sacrificateur la suit... Mme de Franval n'a plus pour elle que son désespoir, son amour irrité, son courage... Elle brise les portes qui la retiennent, elle se jette dans l'appartement; et là, tombant à genoux et en larmes aux pieds de cet incestueux :

« Ô vous! qui faites le malheur de ma vie, s'écrie-t-elle, en s'adressant à Franval, vous, dont

je n'ai pas mérité de tels traitements... vous que
j'adore encore quelles que soient les injures que
j'en reçoive, voyez mes pleurs... et ne me rejetez
pas; je vous demande la grâce de cette malheureuse, qui, trompée par sa faiblesse et par vos
séductions, croit trouver le bonheur au sein de
l'impudence et du crime... Eugénie, Eugénie,
veux-tu porter le fer dans le sein où tu pris le
jour? Ne te rends pas plus longtemps complice
du forfait dont on te cache l'horreur!... Viens...
accours... vois mes bras prêts à te recevoir. Vois
ta malheureuse mère, à tes genoux, te conjurer
de ne pas outrager à la fois l'honneur et la
nature... Mais si vous me refusez l'un et l'autre,
continue cette femme désolée, en se portant un
poignard sur le cœur, voilà par quel moyen je
vais me soustraire aux flétrissures dont vous pré-
tendez me couvrir; je ferai jaillir mon sang jusqu'à
vous, et ce ne sera plus que sur mon triste corps
que vous pourrez consommer vos crimes. »

Que l'âme endurcie de Franval pût résister à
ce spectacle, ceux qui commencent à connaître
ce scélérat le croiront facilement; mais que celle
d'Eugénie ne s'y rendît point, voilà ce qui est
inconcevable.

« Madame, dit cette fille corrompue, avec le
flegme le plus cruel, je n'accorde pas avec votre
raison, je l'avoue, le ridicule esclandre que vous
venez faire chez votre mari; n'est-il pas le maître
de ses actions? et quand il approuve les miennes,
avez-vous quelques droits de les blâmer? Exami-
nons-nous vos incartades avec M. de Valmont?
vous troublons-nous dans vos plaisirs? Daignez
donc respecter les nôtres, ou ne pas vous étonner
que je sois la première à presser votre époux de
prendre le parti qui pourra vous y contraindre... »

En ce moment la patience échappe à Mme de

Franval, toute sa colère se tourne contre l'indigne
créature qui peut s'oublier au point de lui parler
ainsi, et, se relevant avec fureur, elle s'élance sur
elle... Mais l'odieux, le cruel Franval, saisissant
sa femme par les cheveux, l'entraîne en furie loin
de sa fille et de la chambre, et, la jetant avec force
dans les degrés de la maison, il l'envoie tomber
évanouie et en sang sur le seuil de la porte d'une
de ses femmes qui, réveillée par ce bruit horrible,
soustrait en hâte sa maîtresse aux fureurs de son
tyran, déjà descendu pour achever sa malheureuse victime... Elle est chez elle, on l'y enferme,
on l'y soigne, et le monstre, qui vient de la traiter
avec tant de rage, revole auprès de sa détestable
compagne passer aussi tranquillement la nuit que
s'il ne se fût pas ravalé au-dessous des bêtes les
plus féroces, par des attentats tellement exécrables, tellement faits pour l'humilier... tellement
horribles, en un mot, que nous rougissons de la
nécessité où nous sommes de les dévoiler.

Plus d'illusions pour la malheureuse Franval;
il n'en était plus aucune qui pût lui devenir permise; il n'était que trop clair que le cœur de
son époux, c'est-à-dire le plus doux bien de sa
vie, lui était enlevé... et par qui? par celle qui
lui devait le plus de respect... et qui venait de
lui parler avec le plus d'insolence; elle s'était
également doutée que toute l'aventure de Valmont n'était qu'un détestable piège tendu pour
lui faire avoir des torts, si l'on pouvait, et, dans
le cas contraire, pour lui en prêter, pour l'en
couvrir afin de balancer, de légitimer par là, ceux
mille fois plus graves qu'on osait avoir avec elle.

Rien n'était plus certain. Franval, instruit des
mauvais succès de Valmont, l'avait engagé à
remplacer le vrai par l'imposture et l'indiscrétion... à publier hautement qu'il était l'amant

de Mme de Franval; et il avait été conclu dans cette société qu'on ferait contrefaire des lettres abominables, qui statueraient, de la manière la moins équivoque, l'existence du commerce auquel cependant cette malheureuse épouse avait refusé de se prêter.

Cependant au désespoir, blessée même en plusieurs endroits de son corps, Mme de Franval tomba sérieusement malade; et son barbare époux se refusant à la voir, ne daignant pas même s'informer de son état, partit avec Eugénie pour la campagne, sous prétexte que la fièvre étant dans sa maison, il ne voulait pas exposer sa fille.

Valmont se présenta plusieurs fois à la porte de Mme de Franval pendant sa maladie, mais sans être une seule fois reçu; enfermée avec sa tendre mère et M. de Clervil, elle ne vit absolument personne; consolée par des amis si chers, si faits pour avoir des droits sur elle, et rendue à la vie par leurs soins, au bout de quarante jours elle fut en état de voir du monde. Franval alors ramena sa fille à Paris, et l'on disposa tout avec Valmont pour se munir d'armes capables de balancer celles qu'il paraissait que Mme de Franval et ses amis allaient diriger contre eux.

Notre scélérat parut chez sa femme dès qu'il la crut en état de le recevoir.

« Madame, lui dit-il froidement, vous ne devez pas douter de la part que j'ai prise à votre état; il m'est impossible de vous déguiser, que c'est à lui seul, que vous devez la retenue d'Eugénie; elle était décidée à porter contre vous les plaintes les plus vives sur la façon dont vous l'avez traitée; quelque convaincue qu'elle puisse être du respect qu'une fille doit à sa mère, elle ne peut ignorer cependant que cette mère se met dans le plus

mauvais cas du monde en se jetant sur sa fille,
le poignard à la main; une vivacité de cette espèce,
madame, pourrait en ouvrant les yeux du gouvernement sur votre conduite, nuire infailliblement
un jour à votre liberté et à votre honneur.

— Je ne m'attendais pas à cette récrimina-
tion, monsieur, répondit Mme de Franval; et
quand, séduite par vous, ma fille se rend à la fois
coupable d'inceste, d'adultère, de libertinage
et de l'ingratitude la plus odieuse envers celle
qui l'a mise au monde... oui, je l'avoue, je n'imaginais pas que, d'après cette complication d'horreurs, ce fût à moi de redouter des plaintes : il
faut tout votre art, toute votre méchanceté, monsieur, pour, en excusant le crime avec autant
d'audace, accuser l'innocence.

— Je n'ignore pas, madame, que les prétextes
de votre scène ont été les odieux soupçons que
vous osez former sur moi; mais des chimères
ne légitiment pas des crimes : ce que vous avez
pensé est faux; ce que vous avez fait n'a malheureusement que trop de réalité. Vous vous étonnez
des reproches que vous a adressés ma fille à l'occasion de votre intrigue avec Valmont; mais,
madame, elle ne dévoile les irrégularités de votre
conduite qu'après tout Paris; cet arrangement est
si connu... les preuves, malheureusement si cons-
tantes, que ceux qui vous en parlent, commettent
tout au plus une imprudence, mais non pas une
calomnie.

— Moi, monsieur, dit cette respectable épouse,
en se levant indignée... moi, des arrangements
avec Valmont?... juste Ciel! c'est vous qui le
dites! (Et avec des flots de larmes :) Ingrat! voilà
le prix de ma tendresse... voilà la récompense de
t'avoir tant aimé : tu n'es pas content de m'outrager aussi cruellement; il ne te suffit pas de

séduire ma propre fille, il faut encore que tu oses
légitimer tes crimes en m'en prêtant qui seraient
plus affreux pour moi que la mort... (Et se reprenant :) Vous avez des preuves de cette intrigue,
monsieur, dites-vous, faites-les voir, j'exige
qu'elles soient publiques, je vous contraindrai de
les faire paraître à toute la terre, si vous refusez
de me les montrer.

— Non, madame, je ne les montrerai point à
toute la terre, ce n'est pas communément un
mari qui fait éclater ces sortes de choses; il en
gémit et les cache de son mieux; mais si vous les
exigez, vous, madame, je ne vous les refuserai
certainement point... (Et sortant alors un portefeuille de sa poche) : Asseyez-vous, dit-il, ceci
doit être vérifié avec calme; l'humeur et l'emportement nuiraient sans me convaincre; remettez-vous donc, je vous prie, et discutons ceci de
sang-froid. »

Mme de Franval, bien parfaitement convaincue
de son innocence, ne savait que penser de ces
préparatifs; et sa surprise, mêlée d'effroi, la tenait
dans un état violent.

« Voici d'abord, madame, dit Franval en
vidant un des côtés du portefeuille, toute votre
correspondance avec Valmont depuis environ six
mois : n'accusez point ce jeune homme d'imprudence ou d'indiscrétion : il est trop honnête sans
doute pour oser vous manquer à ce point. Mais
un de ses gens, plus adroit que lui n'est attentif,
a trouvé le secret de me procurer ces monuments
précieux de votre extrême sagesse et de votre
éminente vertu. (Puis feuilletant les lettres qu'il
éparpillait sur la table) : Trouvez bon, continua-t-il, que parmi beaucoup de ces bavardages
ordinaires d'une femme échauffée... par un
homme fort aimable... j'en choisisse une qui m'a

paru plus leste et plus décisive encore que les autres... La voici, madame :

« *Mon ennuyeux époux soupe ce soir à sa petite maison du faubourg avec cette créature horrible... et qu'il est impossible que j'aie mise au monde : venez, mon cher, me consoler de tous les chagrins que me donnent ces deux monstres... Que dis-je ? n'est-ce pas le plus grand service qu'ils puissent me rendre à présent, et cette intrigue n'empêchera-t-elle pas mon mari d'apercevoir la nôtre ? Qu'il en resserre donc les nœuds autant qu'il lui plaira; mais qu'il ne s'avise point au moins de vouloir briser ceux qui m'attachent au seul homme que j'aie vraiment adoré dans le monde.* »

« Eh bien ! madame ?

— Eh bien ! monsieur, je vous admire, répondit Mme de Franval; chaque jour ajoute à l'incroyable estime que vous êtes fait pour mériter; et quelques grandes qualités que je vous aie reconnues jusqu'à présent, je l'avoue, je ne vous savais pas encore celles de faussaire et de calomniateur.

— Ah ! vous niez ?

— Point du tout; je ne demande qu'à être convaincue; nous ferons nommer des juges... des experts; et nous demanderons, si vous le voulez bien, la peine la plus rigoureuse pour celui des deux qui sera le coupable ?

— Voilà ce qu'on appelle de l'effronterie : allons, j'aime mieux cela que de la douleur... Poursuivons. Que vous ayez un amant, madame, dit Franval, en secouant l'autre partie du portefeuille, avec une jolie figure et un *ennuyeux époux,* rien que de très simple assurément; mais qu'à votre âge vous entreteniez cet amant, et cela à mes frais, c'est ce que vous me permettrez de ne pas trouver aussi simple... Cependant voici pour

100 000 écus de mémoires, ou payés par vous, ou arrêtés de votre main en faveur de Valmont; daignez les parcourir, je vous conjure, ajouta ce monstre en les lui présentant sans les lui laisser toucher...

A Zaide, bijoutier.

Arrêté le présent mémoire de la somme de vingt-deux mille livres pour le compte de M. de Valmont, par arrangement avec lui.

FARNEILLE DE FRANVAL.

« A Jamet, marchand de chevaux, *six mille livres*... c'est cet attelage bai-brun qui fait aujourd'hui les délices de Valmont et l'admiration de tout Paris... Oui, madame, en voilà pour *trois cent mille deux cent quatre-vingt-trois livres dix sols,* dont vous devez encore plus d'un tiers, et dont vous avez très loyalement acquitté le reste... Eh bien! madame?

— Ah! monsieur, quant à cette fraude, elle est trop grossière pour me causer la plus légère inquiétude; je n'exige qu'une chose pour confondre ceux qui l'inventent contre moi... que les gens à qui j'ai, dit-on, arrêté ces mémoires, paraissent, et qu'ils fassent serment que j'ai eu affaire à eux.

— Ils le feront, madame, n'en doutez pas; m'auraient-ils eux-mêmes prévenu de votre conduite, s'ils n'étaient décidés à soutenir ce qu'ils ont déclaré? L'un d'eux devait même, sans moi, vous faire assigner aujourd'hui... »

Des pleurs amers jaillissent alors des beaux yeux de cette malheureuse femme; son courage cesse de la soutenir, elle tombe dans un accès de désespoir, mêlé de symptômes effrayants, elle frappe sa tête contre les marbres qui l'entourent, elle se meurtrit le visage.

« Monsieur, s'écrie-t-elle, en se jetant aux pieds de son époux, daignez vous défaire de moi, je vous en supplie, par des moyens moins lents et moins affreux; puisque mon existence gêne vos crimes, anéantissez-la d'un seul coup... ne me plongez pas si lentement au tombeau... Suis-je coupable de vous avoir aimé?... de m'être révoltée contre ce qui m'enlevait aussi cruellement votre cœur?... Eh bien! punis-m'en, barbare, oui, prends ce fer, dit-elle, en se jetant sur l'épée de son mari, prends-le, te dis-je, et perce-moi le sein sans pitié; mais que je meure au moins digne de ton estime, que j'emporte au tombeau, pour unique consolation, la certitude que tu me crois incapable des infâmies dont tu ne m'accuses... que pour couvrir les tiennes... »

Et elle était à genoux, renversée aux pieds de Franval, ses mains saignantes et blessées du fer nu dont elle s'efforçait de se saisir pour déchirer son sein; ce beau sein était découvert, ses cheveux en désordre y retombaient en s'inondant des larmes qu'elle répandait à grands flots; jamais la douleur n'eut plus de pathétique et plus d'expression, jamais on ne l'avait vue sous les détails plus touchants, plus intéressants et plus nobles.

« Non, madame, dit Franval, en s'opposant au mouvement, non, ce n'est pas votre mort que l'on veut, c'est votre punition; je conçois votre repentir, vos pleurs ne m'étonnent point, vous êtes furieuse d'être découverte; ces dispositions me plaisent en vous, elles me font augurer un amendement... que précipitera sans doute le sort que je vous destine, et je vole y donner mes soins.

— Arrête, Franval, s'écrie cette malheureuse;

n'ébruite pas ton déshonneur, n'apprends pas toi-même au public que tu es à la fois parjure, faussaire, incestueux et calomniateur... Tu veux te défaire de moi, je te fuirai, j'irai chercher quelque asile où ton souvenir même échappe à ma mémoire... tu seras libre, tu seras criminel impunément... oui, je t'oublierai... si je le puis, cruel, ou si ta déchirante image ne peut s'effacer de mon cœur, si elle me poursuit encore dans mon obscurité profonde... je ne l'anéantirai pas, perfide, cet effort serait au-dessus de moi, non, je ne l'anéantirai pas, mais je me punirai de mon aveuglement, et j'ensevelirai dès lors dans l'horreur des tombeaux, l'autel coupable où tu fus trop chéri... »

À ces mots, derniers élans d'une âme accablée par une maladie récente, l'infortunée s'évanouit et tomba sans connaissance. Les froides ombres de la mort s'étendirent sur les roses de ce beau teint, déjà flétries par l'aiguillon du désespoir; on ne vit plus qu'une masse inanimée, que ne pouvaient pourtant abandonner les grâces, la modestie, la pudeur... tous les attraits de la vertu. Le monstre sort, il va jouir, avec sa coupable fille, du triomphe effrayant que le vice, ou plutôt la scélératesse, ose emporter sur l'innocence et sur le malheur.

Ces détails plurent infiniment à l'exécrable fille de Franval, elle aurait voulu les voir... il aurait fallu porter l'horreur plus loin, il aurait fallu que Valmont triomphât des rigueurs de sa mère, que Franval surprît leurs amours. Quels moyens, si tout cela eût eu lieu, quels moyens de justification fût-il resté à leur victime? et n'était-il pas important de les lui ravir tous? Telle était Eugénie.

Cependant la malheureuse épouse de Franval

n'ayant que le sein de sa mère qui pût s'entrouvrir
à ses larmes, ne fut pas longtemps à lui faire part
de ses nouveaux sujets de chagrins; ce fut alors
que Mme de Farneille imagina que l'âge, l'état,
la considération personnelle de M. de Clervil,
pourraient peut-être produire quelques bons
effets sur son gendre; rien n'est confiant comme le
malheur; elle mit le mieux qu'elle put ce respectable ecclésiastique au fait de tous les désordres
de Franval, elle le convainquit de ce qu'il n'avait
jamais voulu croire, elle lui enjoignit surtout de
n'employer avec un tel scélérat, que cette éloquence persuasive, plutôt faite pour le cœur que
pour l'esprit; après qu'il aurait causé avec ce perfide, elle lui recommanda d'obtenir une entrevue
d'Eugénie, où il mettrait de même en usage tout
ce qu'il croirait de plus propre à éclairer cette
jeune malheureuse sur l'abîme ouvert sous ses
pas, et à la ramener, s'il était possible, au sein de
sa mère et de la vertu.

Franval, instruit que Clervil devait demander
à voir sa fille et lui, eut le temps de se combiner
avec elle, et leurs projets bien disposés, ils firent
savoir au directeur de Mme de Farneille que l'un
et l'autre étaient prêts à l'entendre. La crédule
Franval espérait tout de l'éloquence de ce guide
spirituel; les malheureux saisissent les chimères
avec tant d'avidité, et pour se procurer une
jouissance que la vérité leur refuse, ils réalisent
avec beaucoup d'art toutes les illusions!

Clervil arrive : il était 9 heures du matin;
Franval le reçoit dans l'appartement où il avait
coutume de passer les nuits avec sa fille; il l'avait
fait orner avec toute l'élégance imaginable, en
y laissant néanmoins régner une sorte de désordre qui constatait ses criminels plaisirs... Eugénie, près de là, pouvait tout entendre, afin de

se mieux disposer à l'entrevue qu'on lui destinait à son tour.

« Ce n'est qu'avec la plus grande crainte de
vous déranger, monsieur, dit Clervil, que j'ose
me présenter devant vous; les gens de notre état
sont communément si à charge aux personnes
qui, comme vous, passent leur vie dans les voluptés de ce monde, que je me reproche d'avoir
consenti aux désirs de Mme de Farneille, en vous
faisant demander la permission de vous entretenir
un instant.

— Asseyez-vous, monsieur, et tant que le langage de la justice et de la raison régnera dans
vos discours, ne redoutez jamais l'ennui pour moi.

Vous êtes adoré d'une jeune épouse pleine
de charmes et de vertus, qu'on vous accuse de
rendre bien malheureuse, monsieur; n'ayant pour
elle que son innocence et sa candeur, n'ayant que
l'oreille de sa mère qui puisse écouter ses plaintes,
vous idolâtrant toujours malgré vos torts, vous
imaginez aisément quelle doit être l'horreur de
sa position!

— Je voudrais, monsieur, que nous allassions
au fait, il me semble que vous employez des
détours; quel est l'objet de votre mission?

— De vous rendre au bonheur, s'il était possible.

— Donc, si je me trouve heureux comme je
suis, vous ne devez plus rien avoir à me dire?

— Il est impossible, monsieur, que le bonheur
puisse se trouver dans le crime.

— J'en conviens; mais celui qui, par des
études profondes, par des réflexions mûres, a
pu mettre son esprit au point de ne soupçonner
de mal à rien, de voir avec la plus tranquille
indifférence toutes les actions humaines, de les
considérer toutes comme des résultats néces-

saires d'une puissance, telle qu'elle soit, qui tantôt bonne et tantôt perverse, mais toujours impérieuse, nous inspire tour à tour, ce que les hommes approuvent ou ce qu'ils condamnent, mais jamais rien qui la dérange ou qui la trouble, celui-là, dis-je, vous en conviendrez, monsieur, peut se trouver aussi heureux, en se conduisant comme je le fais, que vous l'êtes dans la carrière que vous parcourez; le bonheur est idéal, il est l'ouvrage de l'imagination; c'est une manière d'être mû, qui dépend uniquement de notre façon de voir et de sentir; il n'est, excepté la satisfaction des besoins, aucune chose qui rende tous les hommes également heureux; nous voyons chaque jour un individu le devenir, de ce qui déplaît souverainement à un autre; il n'y a donc point de bonheur certain, il ne peut en exister pour nous d'autre que celui que nous nous formons en raison de nos organes et de nos principes.

— Je le sais, monsieur, mais si l'esprit nous trompe, la conscience ne nous égare jamais, et voilà le livre où la nature écrit tous nos devoirs.

— Et n'en faisons-nous pas ce que nous voulons, de cette conscience factice? L'habitude la ploie, elle est pour nous une cire molle qui prend sous nos doigts toutes les formes; si ce livre était aussi sûr que vous le dites, l'homme n'aurait-il pas une conscience invariable? D'un bout de la terre à l'autre, toutes les actions ne seraient-elles pas les mêmes pour lui? et cependant cela est-il? L'Hottentot tremble-t-il de ce qui effraie le Français? et celui-ci ne fait-il pas tous les jours ce qui le ferait punir au Japon? Non, monsieur, non, il n'y a rien de réel dans le monde, rien qui mérite louange ou blâme, rien qui soit digne d'être récompensé ou puni, rien qui, injuste ici, ne soit légitime à cinq cents lieues de là, aucun mal réel, en un mot, aucun bien constant.

— Ne le croyez pas, monsieur, la vertu n'est point une chimère; il ne s'agit pas de savoir si une chose est bonne ici, ou mauvaise à quelques degrés de là, pour lui assigner une détermination précise de crime ou de vertu, et s'assurer d'y trouver le bonheur en raison du choix qu'on en aura fait; l'unique félicité de l'homme ne peut se trouver que dans la soumission la plus entière aux lois de son pays; il faut, ou qu'il les respecte, ou qu'il soit misérable, point de milieu entre leur infraction ou l'infortune. Ce n'est pas, si vous le voulez, de ces choses en elles-mêmes, d'où naissent les maux qui nous accablent, quand nous nous y livrons, lorsqu'elles sont défendues, c'est de la lésion que ces choses, bonnes ou mauvaises intrinsèquement, font aux conventions sociales du climat que nous habitons. Il n'y a certainement aucun mal à préférer la promenade des boulevards à celle des Champs-Élysées; s'il se promulguait néanmoins une loi, qui interdît les boulevards aux citoyens, celui qui enfreindrait cette loi se préparerait peut-être une chaîne éternelle de malheurs, quoiqu'il n'eût fait qu'une chose très simple en l'enfreignant; l'habitude d'ailleurs, de rompre des freins ordinaires, fait bientôt briser les plus sérieux, et d'erreurs en erreurs, on arrive à des crimes, faits pour être punis dans tous les pays de l'univers, faits pour inspirer de l'effroi à toutes les créatures raisonnables qui habitent le globe, sous quelque pôle que ce puisse être. S'il n'y a pas une conscience universelle pour l'homme, il y en a donc une nationale, relative à l'existence que nous avons reçue de la nature, et dans laquelle sa main

imprime nos devoirs en traits, que nous n'effa-
çons point sans danger. Par exemple, monsieur,
votre famille vous accuse d'inceste; de quelques
sophismes que l'on se soit servi pour légitimer
ce crime, pour en amoindrir l'horreur, quelque
spécieux qu'aient été les raisonnements entrepris
sur cette matière, de quelque autorité qu'on les
ait appuyés par des exemples pris chez les nations
voisines, il n'en reste pas moins démontré que
ce délit, qui n'est tel que chez quelques peuples,
ne soit certainement dangereux, là où les lois
l'interdisent, il n'en est pas moins certain qu'il
peut entraîner après lui les plus affreux inconvénients, et des crimes nécessités par ce premier;...
des crimes, dis-je, les plus faits pour être en
horreur aux hommes. Si vous eussiez épousé
votre fille sur les bords du Gange, où ces mariages
sont permis, peut-être n'eussiez-vous fait qu'un
mal très inférieur; dans un gouvernement où ces
alliances sont défendues, en offrant ce tableau
révoltant au public... aux yeux d'une femme qui
vous adore, et que cette perfidie met au tombeau,
vous commettez, sans doute, une action épouvantable, un délit qui tend à briser les plus saints
nœuds de la nature, ceux qui, attachant votre
fille à l'être dont elle a reçu le jour, doivent lui
rendre cet être le plus respectable et le plus sacré
de tous les objets. Vous obligez cette fille à mépriser des devoirs aussi précieux, vous lui faites
haïr celle qui l'a portée dans son sein; vous pré-
parez, sans vous en apercevoir, les armes qu'elle
peut diriger contre vous; vous ne lui présentez
aucun système, vous ne lui inculquez aucun
principe, où ne soit gravée votre condamnation;
et si son bras attente un jour à votre vie, vous
aurez vous-même aiguisé les poignards.

— Votre manière de raisonner, si différente de

celle des gens de votre état, répondit Franval,
va m'engager d'abord à de la confiance, monsieur ; je pourrais nier votre inculpation ; ma
franchise à me dévoiler vis-à-vis de vous va vous
obliger, je l'espère, à croire également les torts
de ma femme, quand j'emploierai, pour vous les
exposer, la même vérité qui va guider l'aveu des
miens. Oui, monsieur, j'aime ma fille, je l'aime
avec passion, elle est ma maîtresse, ma femme,
ma sœur, ma confidente, mon amie, mon unique
dieu sur la terre, elle a tous les titres enfin qui
peuvent obtenir les hommages d'un cœur, et tous
ceux du mien lui sont dus ; ces sentiments dure-
ront autant que ma vie ; je dois donc les justifier,
sans doute, ne pouvant parvenir à y renoncer.

« Le premier devoir d'un père envers sa fille
est incontestablement, vous en conviendrez, monsieur, de lui procurer la plus grande somme de
bonheur possible ; s'il n'y est point parvenu, il
est en reste avec cette fille ; s'il a réussi, il est à
l'abri de tous les reproches. Je n'ai ni séduit ni
contraint Eugénie, cette considération est remarquable, ne la laissez pas échapper ; je ne lui ai
point caché le monde, je lui ai développé les
roses de l'hymen à côté des ronces qu'on y trouve ;
je me suis offert ensuite, j'ai laissé Eugénie libre
de choisir, elle a eu tout le temps de la réflexion ;
elle n'a point balancé, elle a protesté qu'elle ne
trouvait le bonheur qu'avec moi ; ai-je eu tort de
lui donner pour la rendre heureuse ce qu'avec
connaissance de cause elle a paru préférer à
tout ?

— Ces sophismes ne légitiment rien, monsieur ;
vous ne deviez pas laisser entrevoir à votre fille,
que l'être qu'elle ne pouvait préférer sans crime,
pouvait devenir l'objet de son bonheur ; quelque
belle apparence que pût avoir un fruit, ne vous

repentiriez-vous pas de l'offrir à quelqu'un, si vous étiez sûr que la mort fût cachée sous sa pulpe? Non, monsieur, non, vous n'avez eu que vous pour objet, dans cette malheureuse conduite, et vous en avez rendu votre fille et la complice et la victime; ces procédés sont impardonnables... et cette épouse vertueuse et sensible, dont vous déchirez le sein à plaisir, quels torts a-t-elle à vos yeux? quels torts, homme injuste... quel autre que celui de vous idolâtrer?

— Voilà où je vous veux, monsieur, et c'est sur cet objet que j'attends de vous de la confiance; j'ai quelque droit d'en espérer sans doute, après la manière pleine de franchise dont vous venez de me voir convenir ce qu'on m'impute! »

Et alors Franval, en montrant à Clervil les fausses lettres et les faux billets qu'il attribuait à sa femme, lui certifia que rien n'était plus réel que ces pièces, et que l'intrigue de Mme de Franval avec celui qu'elles avaient pour objet.

Clervil savait tout :

« Eh bien! monsieur, dit-il alors fermement à Franval, ai-je eu raison de vous dire qu'une erreur vue d'abord comme sans conséquence en elle-même peut, en nous accoutumant à franchir des bornes, nous conduire aux derniers excès du crime et de la méchanceté? Vous avez commencé par une action, nulle à vos yeux, et vous voyez, pour la légitimer ou la couvrir, toutes les infamies qu'il vous faut faire... Voulez-vous m'en croire, monsieur, jetons au feu ces impardonnables noirceurs, et oublions-en, je vous conjure, jusqu'au plus léger souvenir.

— Ces pièces sont réelles, monsieur.

— Elles sont fausses.

— Vous ne pouvez être que dans le doute; cet état suffit-il à me donner un démenti?

— Permettez, monsieur; je n'ai pour les supposer vraies que ce que vous me dites, et vous avez le plus grand intérêt à soutenir votre accusation; j'ai, pour croire ces pièces fausses, les aveux de votre épouse, qui aurait également le plus grand intérêt à me dire si elles étaient réelles, dans le cas où elles le seraient; voilà comme je juge, monsieur... L'intérêt des hommes, tel est le véhicule de toutes leurs démarches, le grand ressort de toutes leurs actions; où je le trouve, s'allume aussitôt pour moi le flambeau de la vérité; cette règle ne me trompa jamais, il y a quarante ans que je m'en sers; et la vertu de votre femme n'anéantira-t-elle pas d'ailleurs à tous les yeux cette abominable calomnie? Est-ce avec sa franchise, est-ce avec sa candeur, est-ce avec l'amour dont elle brûle encore pour vous, qu'on se permet de telles atrocités? Non, monsieur, non, ce ne sont point là les débuts du crime; en en connaissant aussi bien les effets, vous en deviez mieux diriger les fils.

— Des invectives, monsieur!

— Pardon, l'injustice, la calomnie, le libertinage, révoltent si souverainement mon âme, que je ne suis quelquefois pas le maître de l'agitation où ces horreurs me plongent; brûlons ces papiers, monsieur, je vous le demande encore avec instance... brûlons-les, pour votre honneur et pour votre repos.

— Je n'imaginais pas, monsieur, dit Franval, en se levant, qu'avec le ministère que vous exercez, on devînt aussi facilement l'apologiste... le protecteur de l'inconduite et de l'adultère; ma femme me flétrit, elle me ruine, je vous le prouve; votre aveuglement sur elle vous fait préférer de m'accuser moi-même et de me supposer plutôt un calomniateur, qu'elle une femme perfide et

débauchée! Eh bien, monsieur, les lois en déci-
deront; tous les tribunaux de France retentiront
de mes plaintes, j'y porterai mes preuves, j'y
publierai mon déshonneur, et nous verrons alors
si vous aurez encore la bonhomie ou plutôt la sottise de protéger contre moi une aussi impudente
créature.

— Je me retirerai donc, monsieur, dit Clervil,
en se levant aussi; je n'imaginais pas que les
travers de votre esprit altérassent autant les qualités de votre cœur, et qu'aveuglé par une vengeance injuste, vous devinssiez capable de soutenir de sang-froid ce que put enfanter le délire...
Ah! monsieur, comme tout ceci me convainc
mieux que jamais, que quand l'homme a fran-
chi le plus sacré de ses devoirs, il se permet
bientôt de pulvériser tous les autres... Si vos
réflexions vous ramènent, vous daignerez me faire
avertir, monsieur, et vous trouverez toujours,
dans votre famille et moi, des amis prêts à vous
recevoir... M'est-il permis de voir un instant
mademoiselle votre fille?

— Vous en êtes le maître, monsieur, je vous
exhorte même à faire valoir auprès d'elle, ou
des moyens plus éloquents, ou des ressources
plus sûres, pour lui présenter ces vérités lumi-
neuses, où je n'ai eu le malheur d'apercevoir
que de l'aveuglement et des sophismes. »

Clervil passa chez Eugénie. Elle l'attendait
dans le déshabillé le plus coquet et le plus élé-
gant; cette sorte d'indécence, fruit de l'abandon
de soi-même et du crime, régnait impudemment
dans ses gestes et dans ses regards, et la perfide,
outrageant les grâces qui l'embellissaient malgré
elle, réunissait et ce qui peut enflammer le vice,
et ce qui révolte la vertu.

N'appartenant pas à une jeune fille d'entrer

dans des détails aussi profonds, qu'à un philosophe comme Franval, Eugénie s'en tint au per-
siflage; peu à peu, elle en vint aux agaceries les
plus décidées; mais s'apercevant bientôt que ses
séductions étaient perdues, et qu'un homme aussi
vertueux, que celui auquel elle avait affaire, ne
se prendrait pas à ses pièges, elle coupe adroitement les nœuds qui retiennent le voile de ses
charmes, et se mettant ainsi dans le plus grand
désordre avant que Clervil ait le temps de s'en
apercevoir :

« Le misérable, dit-elle en jetant les hauts cris,
qu'on éloigne ce monstre! que l'on cache surtout
son crime à mon père. Juste Ciel! j'attends de lui
des conseils pieux... et le malhonnête homme en
veut à ma pudeur... Voyez, dit-elle à ses gens
accourus sur ses cris, voyez l'état où l'impudent
m'a mise; les voilà, les voilà ces bénins sectateurs d'une divinité qu'ils outragent; le scandale,
la débauche, la séduction, voilà ce qui compose
leurs mœurs, et, dupes de leur fausse vertu, nous
osons sottement les révérer encore. »

Clervil, très irrité d'un pareil esclandre, parvint
pourtant à cacher son trouble; et se retirant, avec
sang-froid, au travers de la foule qui l'entoure :

« Que le Ciel, dit-il paisiblement, conserve
cette infortunée... qu'il la rende meilleure s'il le
peut, et que personne dans sa maison n'attente
plus que moi sur des sentiments de vertu... que
je venais bien moins pour flétrir que pour ranimer dans son cœur. »

Tel fut le seul fruit que Mme de Farneille et
sa fille recueillirent d'une négociation dont elles
avaient tant espéré. Elles étaient loin de connaître
les dégradations que le crime occasionne dans
l'âme des scélérats; ce qui agirait sur les autres,
les aigrit, et c'est dans les leçons mêmes de la sa-

gesse qu'ils trouvent de l'encouragement au mal.

De ce moment tout s'envenima de part et d'autre; Franval et Eugénie virent bien qu'il fallait convaincre Mme de Franval de ses prétendus torts, d'une manière qui ne lui permît plus d'en douter; et Mme de Farneille, de concert avec sa fille, projeta très sérieusement de faire enlever Eugénie. On en parla à Clervil : cet honnête ami refusa de prendre part à d'aussi vives résolutions; il avait, disait-il, été trop maltraité dans cette affaire pour pouvoir autre chose qu'implorer la grâce des coupables, il la demandait avec instance, et se défendait constamment de tout autre genre d'office ou de médiation. Quelle sublimité de sentiments! Pourquoi cette noblesse est-elle si rare dans les individus de cette robe? Ou pourquoi cet homme unique en portait-il une si flétrie? Commençons par les tentatives de Franval.

Valmont reparut.

« Tu es un imbécile, lui dit le coupable amant d'Eugénie, tu es indigne d'être mon élève; et je te tympanise aux yeux de tout Paris si, dans une seconde entrevue, tu ne te conduis pas mieux avec ma femme; il faut l'avoir, mon ami, mais l'avoir authentiquement, il faut que mes yeux me convainquent de sa défaite... il faut enfin que je puisse ôter à cette détestable créature tout moyen d'excuse et de défense.

— Mais si elle résiste, répondit Valmont.

— Tu emploieras la violence... j'aurai soin d'écarter tout le monde... Effraie-la, menace-la, qu'importe?... je regarderai comme autant de services signalés de ta part tous les moyens de ton triomphe.

— Écoute, dit alors Valmont, je consens à ce que tu me proposes, je te donne ma parole que ta femme cédera; mais j'exige une condition, rien de fait si tu la refuses; la jalousie ne doit entrer pour rien dans nos arrangements, tu le sais; j'exige donc que tu me laisses passer un seul quart d'heure avec Eugénie... tu n'imagines pas comme je me conduirai quand j'aurai joui du plaisir d'entretenir un moment ta fille...

— Mais, Valmont...

— Je conçois tes craintes; mais si tu me crois ton ami, je ne te les pardonne pas; je n'aspire qu'aux charmes de voir Eugénie seule et de l'entretenir une minute.

— Valmont, dit Franval un peu étonné, tu mets à tes services un prix beaucoup trop cher; je connais, comme toi, tous les ridicules de la jalousie, mais j'idolâtre celle dont tu me parles, et je céderais plutôt ma fortune que ses faveurs.

— Je n'y prétends pas, sois tranquille. »

Et Franval qui voit bien que, dans le nombre de ses connaissances, aucun être n'est capable de le servir comme Valmont, s'opposant vivement à ce qu'il échappe :

« Eh bien! lui dit-il avec un peu d'humeur, je le répète, tes services sont chers; en les acquittant de cette façon, tu me tiens quitte de la reconnaissance.

— Oh! la reconnaissance n'est le prix que des services honnêtes; elle ne s'allumera jamais dans ton cœur pour ceux que je vais te rendre; il y a mieux c'est qu'ils nous brouilleront avant deux mois... Va, mon ami, je connais l'homme... ses travers... ses écarts, et toutes les suites qu'ils entraînent; place cet animal, le plus méchant de tous, dans telle situation qu'il te plaira, et je ne manquerai pas un seul résultat sur tes données. Je veux donc être payé d'avance, ou je ne fais rien.

— J'accepte, dit Franval.

— Eh bien! répondit Valmont, tout dépend de ta volonté maintenant, j'agirai quand tu voudras.

— Il me faut quelques jours pour mes prépa-ratifs, dit Franval, mais dans quatre au plus je suis à toi. »

M. de Franval avait élevé sa fille de manière à être bien sûr que ce ne serait pas l'excès de sa pudeur qui lui ferait refuser de se prêter aux plans combinés avec son ami; mais il était jaloux, Eugénie le savait; elle l'adorait pour le moins autant qu'elle en était chérie, et elle avoua à Franval, dès qu'elle sut de quoi il s'agissait, qu'elle redoutait infiniment que ce tête-à-tête n'eût des suites. Franval, qui croyait connaître assez Valmont, pour être sûr qu'il n'y aurait dans tout cela que quelques aliments pour sa tête, mais aucun danger pour son cœur, dissipa de son mieux les craintes de sa fille, et tout se prépara.

Tel fut l'instant où Franval apprit par des gens sûrs et totalement à lui dans la maison de sa belle-mère, qu'Eugénie courait de grands risques et que Mme de Farneille était au moment d'obtenir un ordre pour la faire enlever. Franval ne doute pas que le complot ne soit l'ouvrage de Clervil; et laissant là pour un moment les projets de Val-mont, il ne s'occupe que du soin de se défaire du malheureux ecclésiastique qu'il croit si faus-sement l'instigateur de tout; il sème l'or, ce véhi-cule puissant de tous les vices est placé par lui dans mille mains diverses : six coquins affidés lui répondent enfin d'exécuter ses ordres.

Un soir, au moment où Clervil, qui soupait souvent chez Mme de Farneille, s'en retire seul, et à pied, on l'enveloppe, on le saisit... on lui dit que c'est de la part du gouvernement. On lui montre un ordre contrefait, on le jette dans une chaise de poste et on le conduit en toute diligence dans les prisons d'un château isolé que possédait Franval, au fond des Ardennes. Là, le malheureux est recommandé au concierge de cette terre, comme un scélérat qui a voulu attenter à la vie de son maître; et les meilleures précautions se prennent pour que cette victime infortunée, dont le seul tort est d'avoir usé de trop d'indulgence envers ceux qui l'outragent aussi cruellement, ne puisse jamais reparaître au jour.

Mme de Farneille fut au désespoir. Elle ne douta point que le coup ne partît de la main de son gendre; les soins nécessaires à retrouver Clervil ralentirent un peu ceux de l'enlèvement d'Eugénie; avec un très petit nombre de connaissances et un crédit fort médiocre, il était difficile de s'occuper à la fois de deux objets aussi importants, d'ailleurs cette action vigoureuse de Franval en avait imposé. On ne pensa donc qu'au directeur; mais toutes les recherches furent vaines; notre scélérat avait si bien pris ses mesures, qu'il devint impossible de rien découvrir : Mme de Franval n'osait trop questionner son mari, ils ne s'étaient pas encore parlé depuis la dernière scène, mais la grandeur de l'intérêt anéantit toute considération; elle eut enfin le courage de demander à son tyran, si son projet était d'ajouter à tous les mauvais procédés qu'il avait pour elle, celui d'avoir privé sa mère du meilleur ami qu'elle eût au monde. Le monstre se défendit; il poussa la fausseté jusqu'à s'offrir pour faire des recherches; voyant que pour préparer la scène de Valmont, il avait besoin d'adoucir l'esprit de sa femme en renouvelant sa parole de tout mettre en mouvement pour retrouver Clervil, il prodigua les caresses à cette crédule

épouse, l'assura que quelque infidélité qu'il lui
fît, il lui devenait impossible de ne pas l'adorer
au fond de l'âme; et Mme de Franval, toujours
complaisante et douce, toujours heureuse de ce
qui la rapprochait d'un homme, qui lui était
plus cher que la vie, se prêta à tous les désirs de
cet époux perfide, les prévint, les servit, les
partagea, tous, sans oser profiter du moment,
comme elle l'aurait dû, pour obtenir au moins
de ce barbare une conduite meilleure, et qui ne
plongeât pas chaque jour sa malheureuse épouse
dans un abîme de tourments et de maux. Mais
l'eût-elle fait, le succès eût-il couronné ses tentatives? Franval, si faux dans toutes les actions de
sa vie, devait-il être plus sincère dans celle qui
n'avait, selon lui, d'attraits qu'autant qu'on y
franchissait quelques digues; il eût tout promis
sans doute pour le seul plaisir de tout enfreindre,
peut-être même eût-il désiré qu'on exigeât de lui
des serments, pour ajouter les attraits du parjure
à ses affreuses jouissances.

Franval, absolument en repos, ne songea plus
qu'à troubler les autres; tel était le genre de son
caractère vindicatif, turbulent, impétueux, quand
on l'inquiétait; redésirant sa tranquillité à quelque prix que ce pût être, et ne prenant mala-
droitement pour l'avoir que les moyens les plus
capables de la lui faire perdre de nouveau.
L'obtenait-il? ce n'était plus qu'à nuire qu'il
employait toutes ses facultés morales et physiques; ainsi toujours en agitation, ou il fallait
qu'il prévînt les artifices qu'il contraignait les
autres à employer contre lui, ou il fallait qu'il
en dirigeât contre eux.

Tout était disposé pour satisfaire Valmont; et
son tête-à-tête eut lieu près d'une heure dans
l'appartement même d'Eugénie.

* Là, dans une salle décorée, Eugénie, sur un piédestal, représentait une jeune sauvage fatiguée de la chasse et s'appuyant sur un tronc de palmier, dont les branches élevées cachaient une infinité de lumières disposées de façon que les reflets, ne portant que sur les charmes de cette belle fille, les faisaient valoir avec le plus d'art. L'espèce de petit théâtre où paraissait cette statue animée se trouvait environné d'un canal plein d'eau et de six pieds de large, qui servait de barrière à la jeune sauvage et l'empêchait d'être approchée de nulle part. Au bord de cette circonvallation était placé le fauteuil du chevalier, un cordon de soie y répondait. En manœuvrant ce filet, il faisait tourner le piédestal en telle sorte que l'objet de son culte pouvait être aperçu par lui de tous côtés, et l'attitude était telle qu'en quelque manière qu'elle fût dirigée, elle se trouvait toujours agréable. Le comte, caché derrière une décoration du bosquet, pouvait à la fois porter ses yeux sur sa maîtresse et sur son ami, et l'examen d'après la dernière convention devait être d'une demi-heure... Valmont se place... Il est dans l'ivresse, jamais autant d'attraits ne se sont, dit-il, offerts à sa vue. Il cède aux transports qui l'enflamment, le cordon variant sans cesse lui offre à tout instant des attraits nouveaux. Auquel sacrifiera-t-il, lequel sera préféré, il l'ignore; tout est si beau dans Eugénie! Cependant les minutes s'écoulent; elles passent vite dans de telles circonstances. L'heure frappe, le chevalier s'abandonne, et l'encens vole aux pieds du dieu dont le sanctuaire lui est interdit. Une gaze tombe, il faut se retirer.*

« Eh bien! es-tu content? dit Franval, en rejoignant son ami.

— C'est une créature délicieuse, répondit Valmont; mais Franval, je te le conseille, ne hasarde pas pareille chose avec un autre homme, et félicite-toi des sentiments qui, dans mon cœur, doivent te garantir de tous dangers.

— J'y compte, répondit Franval assez sérieusement, agis donc maintenant au plus tôt.

— Je préparerai demain ta femme... tu sens qu'il faut une conversation préliminaire... quatre jours après tu peux être sûr de moi. »

Les paroles se donnent et l'on se sépare.

Mais il s'en fallut bien qu'après une telle entrevue, Valmont eût envie de trahir Mme de Franval, ou d'assurer à son ami une conquête dont il n'était devenu que trop envieux. Eugénie avait fait sur lui des impressions assez profondes pour qu'il ne pût y renoncer; il était résolu de l'obtenir pour femme, à quelque prix que ce pût être. En y pensant mûrement, dès que l'intrigue d'Eugénie avec son père ne le rebutait pas, il était bien certain que sa fortune égalant celle de Colunce, il pouvait à tout aussi juste titre prétendre à la même alliance; il imagina donc qu'en se présentant pour époux, il ne pouvait pas être refusé, et qu'en agissant avec ardeur, pour rompre les liens incestueux d'Eugénie, en répondant à la famille d'y réussir, il obtiendrait infailliblement l'objet de son culte... à une affaire près avec Franval, dont son courage et son adresse lui faisaient espérer le succès. Vingt-quatre heures suffisent à ces réflexions, et c'est tout plein de ces idées que Valmont se rend chez Mme de Franval. Elle était avertie; dans sa dernière entrevue avec son mari, on se rappelle qu'elle s'était presque raccommodée, ou plutôt qu'ayant cédé aux artifices insidieux de ce perfide, elle ne pouvait plus refuser la visite de Valmont. Elle lui avait pourtant objecté les billets, les propos, les idées qu'avait eues Franval; mais lui, n'ayant plus l'air de songer à rien, l'avait très assurée, que la plus sûre façon de faire croire que tout cela était faux ou n'existait plus, était de voir son ami comme à l'ordinaire; s'y refuser, assurait-il, légitimerait ses soupçons; la meilleure preuve qu'une femme puisse fournir de son honnêteté, lui avait-il dit, est de continuer à voir publiquement celui dont on a tenu des propos relatifs à elle : tout cela était sophistique; Mme de Franval le sentait à merveille, mais elle espérait une explication de Valmont; le désir de l'avoir, joint à celui de ne point fâcher son époux, avait fait disparaître à ses yeux tout ce qui aurait dû raisonnablement l'empêcher de voir ce jeune homme. Il arrive donc, et Franval se hâtant de sortir, les laisse aux prises comme la dernière fois : les éclaircissements devaient être vifs et longs; Valmont, plein de ses idées, abrège tout et vient au fait.

« Ô madame! ne voyez plus en moi le même homme qui se rendit si coupable à vos yeux la dernière fois qu'il vous entretint, se pressa-t-il de dire; j'étais alors le complice des torts de votre époux, j'en deviens aujourd'hui le réparateur; mais prenez confiance en moi, madame; daignez vous pénétrer de la parole d'honneur que je vous donne de ne venir ici ni pour vous mentir, ni pour vous en imposer sur rien. »

Alors il convint de l'histoire des faux billets et des lettres contrefaites, il demanda mille excuses de s'y être prêté, il prévint Mme de Franval des nouvelles horreurs qu'on exigeait

encore de lui, et pour constater sa franchise, il
avoua ses sentiments pour Eugénie, dévoila ce
qui s'était fait, s'engagea à tout rompre, à enlever Eugénie à Franval, et à la conduire en Picardie, dans une des terres de Mme de Farneille,
si l'une et l'autre de ces dames lui en accordaient la
permission, et lui promettaient en mariage pour
récompense, celle qu'il aurait retirée de l'abîme.

Ces discours, ces aveux de Valmont, portaient
un tel caractère de vérité, que Mme de Franval
ne put s'empêcher d'être convaincue; Valmont
était un excellent parti pour sa fille; après la
mauvaise conduite d'Eugénie, pouvait-elle espérer autant? Valmont se chargeait de tout, il n'y
avait pas d'autre moyen de faire cesser le crime
affreux qui désespérait Mme de Franval; ne
devait-elle pas se flatter d'ailleurs du retour des
sentiments de son époux, après la rupture de la
seule intrigue, qui réellement pût devenir dangereuse et pour elle et pour lui; ces considérations
la décidèrent, elle se rendit, mais aux conditions
que Valmont lui donnerait sa parole de ne point
se battre contre son mari, de passer en pays
étranger après avoir rendu Eugénie à Mme de
Farneille, et d'y rester jusqu'à ce que la tête de
Franval fût devenue assez calme, pour se consoler de la perte de ses illicites amours, et consentir
enfin au mariage. Valmont s'engagea à tout;
Mme de Franval, de son côté, lui répondit des
intentions de sa mère, elle l'assura qu'elle ne
contrarierait en rien les résolutions qu'ils prenaient ensemble, et Valmont se retira en renouvelant ses excuses à Mme de Franval, d'avoir pu
se porter contre elle à tout ce que son malhonnête époux en avait exigé. Dès le lendemain,
Mme de Farneille, instruite, partit pour la Picardie, et Franval, noyé dans le tourbillon perpétuel

de ses plaisirs, comptant solidement sur Valmont, ne craignant plus Clervil, se jeta dans le piège préparé, avec la même bonhomie qu'il désirait si souvent voir aux autres, quand à son tour il avait envie de les y faire tomber.

Depuis environ six mois, Eugénie qui touchait à sa dix-septième année, sortait assez souvent seule, ou avec quelques-unes de ses amies. La veille du jour où Valmont, par arrangement pris avec son ami, devait attaquer Mme de Franval, elle était absolument seule à une pièce nouvelle des Français, et elle en revenait de même, devant aller chercher son père dans une maison où il lui avait donné rendez-vous, afin de se rendre ensemble dans celle où tous deux soupaient... A peine la voiture de Mlle de Franval a-t-elle quitté le faubourg Saint-Germain, que dix hommes masqués arrêtent les chevaux, ouvrent la portière, se saisissent d'Eugénie et la jettent dans une chaise de poste, à côté de Valmont, qui prenant toutes sortes de précautions pour empêcher les cris, recommande la plus extrême diligence, et se trouve hors de Paris en un clin d'œil.

Il était malheureusement devenu impossible de se défaire des gens et du carrosse d'Eugénie, moyennant quoi Franval fut averti fort vite. Valmont, pour se mettre à couvert, avait compté sur l'incertitude où serait Franval de la route qu'il prendrait, et sur les deux ou trois heures d'avance qu'il devrait nécessairement avoir. Pourvu qu'il touchât la terre de Mme de Farneille, c'était tout ce qu'il fallait, parce que de là, deux femmes sûres, et une voiture de poste, attendaient Eugénie pour la conduire sur les frontières, dans un asile ignoré même de Valmont, qui, passant tout de suite en Hollande, ne reparaissait plus que pour épouser sa maîtresse, dès que Mme de Farneille et sa fille lui feraient savoir qu'il n'y avait plus d'obstacles; mais la fortune permit que ces sages projets échouassent près des horribles desseins du scélérat dont il s'agit.

Franval, instruit, ne perd pas un instant, il se rend à la poste, il demande pour quelle route on a donné des chevaux depuis 6 heures du soir. A 7 heures, il est parti une berline pour Lyon, à 8, une chaise de poste pour la Picardie; Franval ne balance pas, la berline de Lyon ne doit assurément pas l'intéresser, mais une chaise de poste faisant route vers une province où Mme de Farneille a des terres, c'est cela, en douter serait une folie; il fait donc mettre promptement les huit meilleurs chevaux de la poste sur la voiture dans laquelle il se trouve, il fait prendre des bidets à ses gens, achète et charge des pistolets pendant qu'on attelle, et vole comme un trait où le conduisent l'amour, le désespoir et la vengeance. En relayant à Senlis, il apprend que la chaise qu'il poursuit en sort à peine... Franval ordonne qu'on fende l'air; pour son malheur, il atteint la voiture : ses gens et lui, le pistolet à la main, arrêtent le postillon de Valmont, et l'impétueux Franval reconnaissant son adversaire, lui brûle la cervelle avant qu'il ne se mette en défense, arrache Eugénie mourante, se jette avec elle dans son carrosse, et se retrouve à Paris avant 10 heures du matin. Peu inquiet de tout ce qui vient d'arriver, Franval ne s'occupe que d'Eugénie... Le perfide Valmont n'a-t-il point voulu profiter des circonstances? Eugénie est-elle encore fidèle, et ses coupables nœuds ne sont-ils pas flétris? Mlle de Franval rassure son père. Valmont n'a fait que lui dévoiler son projet, et plein d'espoir de l'épouser bientôt, il s'est gardé de profaner l'autel où il voulait offrir des vœux purs; les serments

d'Eugénie rassurent Franval... Mais sa femme...
était-elle au fait de ces manœuvres... s'y était-elle
prêtée? Eugénie, qui avait eu le temps de s'instruire, certifie que tout est l'ouvrage de sa mère,
à laquelle elle prodigue les noms les plus odieux,
et que cette fatale entrevue, où Franval s'imaginait que Valmont se préparait à le servir si
bien, était positivement celle où il le trahissait
avec le plus d'impudence.

« Ah! dit Franval, furieux, que n'a-t-il encore
mille vies... j'irais les lui arracher toutes les unes
après les autres... Et ma femme!... quand je cher-
chais à l'étourdir... elle était la première à me
tromper... cette créature que l'on croit si douce... cet
ange de vertu!... Ah! traîtresse, traîtresse, tu paieras
cher ton crime... il faut du sang à ma vengeance,
et j'irai, s'il le faut, le puiser de mes lèvres dans tes
veines perfides... Tranquillise-toi, Eugénie, poursuit Franval dans un état violent... oui, tranquillise-
toi, le repos te devient nécessaire, va le goûter pendant quelques heures, je veillerai seul à tout ceci. »

Cependant Mme de Farneille, qui avait placé
des espions sur la route, n'est pas longtemps sans
être avertie de tout ce qui vient de se passer;
sachant sa petite-fille reprise, et Valmont tué,
elle accourt promptement à Paris... Furieuse, elle
assemble sur-le-champ son conseil; on lui fait
voir que le meurtre de Valmont va livrer Franval
entre ses mains, que le crédit qu'elle redoute va
s'éclipser dans un instant, et qu'elle redevient
aussitôt maîtresse et de sa fille et d'Eugénie; mais
on lui recommande de prévenir l'éclat, et dans
la crainte d'une procédure flétrissante, de solliciter un ordre qui puisse mettre son gendre à couvert. Franval aussitôt instruit de ces avis et des
démarches qui en deviennent les suites, apprenant à la fois que son affaire se sait, et que sa

belle-sœur n'attend, lui dit-on, que son désastre
pour en profiter, vole aussitôt à Versailles, voit le
ministre, lui confie tout, et n'en reçoit pour
réponse que le conseil d'aller se cacher promptement dans celle de ses terres qu'il possède en
Alsace, sur les frontières de la Suisse. Franval
revient à l'instant chez lui, et dans le dessein de ne
pas manquer sa vengeance, de punir la trahison
de sa femme et de se trouver toujours possesseur
d'objets assez chers à Mme de Farneille, pour
qu'elle n'ose, politiquement au moins, prendre
parti contre lui, il se résout de ne partir pour
Valmor, cette terre que lui a conseillée le ministre,
de n'y aller, dis-je, qu'accompagné de sa femme et
de sa fille... Mais Mme de Franval acceptera-t-elle?
Se sentant coupable de l'espèce de trahison qui a
occasionné tout ce qui arrive, pourra-t-elle s'éloigner autant? Osera-t-elle se confier sans crainte
aux bras d'un époux outragé? Telle est l'inquiétude de Franval; pour savoir à quoi s'en tenir, il
entre à l'instant chez sa femme, qui savait déjà tout.

« Madame, lui dit-il avec sang-froid, vous
m'avez plongé dans un abîme de malheurs par
des indiscrétions bien peu réfléchies; tout en
blâmant l'effet j'en approuve néanmoins la
cause, elle est assurément dans votre amour pour
votre fille et pour moi; et comme les premiers
torts m'appartiennent, je dois oublier les seconds.
Chère et tendre moitié de ma vie, continue-t-il,
en tombant aux genoux de sa femme, voulez-vous
accepter une réconciliation que rien ne puisse
troubler désormais; je viens vous l'offrir, et voici
ce que je mets en vos mains pour la sceller... »

Alors il dépose aux pieds de son épouse tous les
papiers contrefaits de la prétendue correspondance de Valmont.

« Brûlez tout cela, chère amie, je vous conjure,

poursuit le traître, avec des larmes feintes, et
pardonnez ce que la jalousie m'a fait faire :
bannissons toute aigreur entre nous; j'ai de
grands torts, je le confesse; mais qui sait si
Valmont, pour réussir dans ses projets, ne m'a
point noirci près de vous bien que je ne le
mérite... S'il avait osé dire que j'eusse pu cesser
de vous aimer... que vous n'eussiez pas toujours
été l'objet le plus précieux et le plus respectable
qui fût pour moi dans l'univers; ah! cher ange,
s'il se fût souillé de ces calomnies, que j'aurais
bien fait de priver le monde d'un pareil fourbe
et d'un tel imposteur!

— Oh! monsieur, dit Mme de Franval en
larmes, est-il possible de concevoir les atrocités
que vous enfantâtes contre moi? Quelle confiance
voulez-vous que je prenne en vous après de telles
horreurs?

— Je veux que vous m'aimiez encore, ô la
plus tendre et la plus aimable des femmes! Je
veux, qu'accusant uniquement ma tête de la
multitude de mes écarts, vous vous convainquiez
que jamais ce cœur, où vous régnâtes éternellement, ne pût être capable de vous trahir... oui,
je veux que vous sachiez qu'il n'est pas une de
mes erreurs qui ne m'ait rapproché plus vivement de vous... Plus je m'éloignais de ma chère
épouse, moins je voyais la possibilité de la retrouver dans rien; ni les plaisirs, ni les sentiments
n'égalaient ceux que mon inconstance me faisait
perdre avec elle, et dans les bras mêmes de son
image, je regrettais la réalité... Oh! chère et divine
amie, où trouver une âme comme la tienne? Où
goûter les faveurs qu'on cueille dans tes bras!
Oui, j'abjure tous mes égarements... je ne veux
plus vivre que pour toi seule au monde... que pour
rétablir dans ton cœur ulcéré cet amour si juste-

ment détruit par des torts... dont j'abjure jusqu'au souvenir. »

Il était impossible à Mme de Franval de résister à des expressions aussi tendres de la part d'un
homme qu'elle adorait toujours; peut-on haïr ce
qu'on a bien aimé? Avec l'âme délicate et sensible de cette intéressante femme, voit-on de sang-
froid, à ses pieds, noyé des larmes du remords, l'objet qui fut si précieux. Des sanglots s'échappèrent...

« Moi, dit-elle, en pressant sur son cœur les
mains de son époux... moi qui n'ai jamais cessé
de t'idolâtrer, cruel! c'est moi que tu désespères
à plaisir!... Ah! le Ciel m'est témoin que de tous
les fléaux dont tu pouvais me frapper, la crainte
d'avoir perdu ton cœur, ou d'être soupçonnée par
toi, devenait le plus sanglant de tous... Et quel
objet encore tu prends pour m'outrager?... ma
fille!... c'est de ses mains dont tu perces mon
cœur... tu veux me forcer de haïr celle que la
nature m'a rendue si chère?

— Ah! dit Franval, toujours plus enflammé,
je veux la ramener à tes genoux, je veux qu'elle
y abjure, comme moi, et son impudence et ses
torts... qu'elle obtienne, comme moi, son pardon.
Ne nous occupons plus tous trois que de notre
mutuel bonheur. Je vais te rendre ta fille...
rends-moi mon épouse... et fuyons.

— Fuir, grand Dieu!

— Mon aventure fait du bruit... je puis être
perdu demain... Mes amis, le ministre, tous
m'ont conseillé un voyage à Valmor... Daigneras-
tu m'y suivre, ô mon amie! Serait-ce à l'instant
où je demande à tes pieds mon pardon, que tu
déchirerais mon cœur par un refus?

— Tu m'effraies... Quoi, cette affaire!...

— Se traite comme un meurtre, et non comme
un duel.

— Ô Dieu! et c'est moi qui en suis cause!...
Ordonne... ordonne : dispose de moi, cher
époux... Je te suis, s'il le faut, au bout de la
terre... Ah! je suis la plus malheureuse des
femmes!

— Dis la plus fortunée sans doute, puisque
tous les instants de ma vie vont être consacrés
à changer désormais en fleurs les épines dont
j'entourais tes pas... un désert ne suffit-il pas
quand on s'aime? D'ailleurs ceci ne peut être
éternel; mes amis, prévenus, vont agir.

— Et ma mère... je voudrais la voir...

— Ah! garde-t'en bien, chère amie, j'ai des
preuves sûres qu'elle aigrit les parents de Valmont... qu'elle-même, avec eux, sollicite ma
perte...

— Elle en est incapable; cesse d'imaginer ces
perfides horreurs; son âme faite pour aimer n'a
jamais connu l'imposture... tu ne l'apprécias
jamais bien, Franval... que ne sus-tu l'aimer
comme moi! nous eussions trouvé dans ses bras
la félicité sur la terre! c'était l'ange de paix
qu'offrait le Ciel aux erreurs de ta vie, ton injustice a repoussé son sein, toujours ouvert à ta tendresse, et par inconséquence ou caprice, par
ingratitude ou libertinage, tu t'es volontairement
privé de la meilleure et de la plus tendre amie
qu'eût créée pour toi la nature : eh bien! je ne la
verrai donc pas?

— Non, je te le demande avec instance... les
moments sont si précieux! Tu lui écriras, tu lui
peindras mon repentir... peut-être se rendra-
t-elle à mes remords... peut-être recouvrerai-je
un jour son estime et son cœur; tout s'apaisera,
nous reviendrons... nous reviendrons jouir dans
ses bras de son pardon et de sa tendresse... Mais
éloignons-nous maintenant, chère amie... Il le

faut dès l'heure même, et les voitures nous attendent... »

Mme de Franval effrayée n'ose plus rien répondre ; elle se prépare : un désir de Franval n'est-il pas un ordre pour elle. Le traître vole à sa fille ; il la conduit aux pieds de sa mère ; la fausse créature s'y jette avec autant de perfidie que son père : elle pleure, elle implore sa grâce, elle l'obtient. Mme de Franval l'embrasse ; il est si difficile d'oublier qu'on est mère, quelque outrage qu'on ait reçu de ses enfants... la voix de la nature est si impérieuse dans une âme sensible, qu'une seule larme de ces objets sacrés suffit à nous faire oublier dans eux, vingt ans d'erreurs ou de travers.

On partit pour Valmor. L'extrême diligence qu'on était obligé de mettre à ce voyage légitima aux yeux de Mme de Franval, toujours crédule et toujours aveuglée, le petit nombre de domestiques qu'on emmenait. Le crime évite les regards... il les craint tous ; sa sécurité ne se trouvant possible que dans les ombres du mystère, il s'en enveloppe quand il veut agir.

Rien ne se démentit à la campagne ; assiduités, égards, attentions, respects, preuves de tendresse d'une part... du plus violent amour de l'autre, tout fut prodigué, tout séduisit la malheureuse Franval... Au bout de monde, éloignée de sa mère, dans le fond d'une solitude horrible, elle se trouvait heureuse puisqu'elle avait, disait-elle, le cœur de son mari, et que sa fille, sans cesse à ses genoux, ne s'occupait que de lui plaire.

Les appartements d'Eugénie et de son père ne se trouvaient plus voisins l'un de l'autre ; Franval logeait à l'extrémité du château, Eugénie, tout près de sa mère ; et la décence, la régularité, la pudeur, remplaçaient à Valmor, dans le degré

le plus éminent, tous les désordres de la capitale.
Chaque nuit Franval se rendait auprès de son
épouse, et le fourbe, au sein de l'innocence, de la
candeur et de l'amour, osait impudemment nourrir l'espoir de ses horreurs. Assez cruel pour n'être
pas désarmé par ces caresses naïves et brûlantes,
que lui prodiguait la plus délicate des femmes,
c'était au flambeau de l'amour même, que le
scélérat allumait celui de la vengeance.

On imagine pourtant bien que les assiduités
de Franval pour Eugénie ne se ralentissaient pas.
Le matin, pendant la toilette de sa mère, Eugénie
rencontrait son père au fond des jardins, elle en
obtenait à son tour et les avis nécessaires à la
conduite du moment et les faveurs qu'elle était
loin de vouloir céder totalement à sa rivale.

Il n'y avait pas huit jours que l'on était arrivé
dans cette retraite, lorsque Franval y apprit que
la famille de Valmont le poursuivait à outrance,
et que l'affaire allait se traiter de la manière la
plus grave; il devenait, disait-on, impossible de
la faire passer pour un duel, il y avait eu malheureusement trop de témoins; rien de plus certain
d'ailleurs, ajoutait-on à Franval, que Mme de
Farneille était à la tête des ennemis de son
gendre, pour achever de le perdre en le privant
de sa liberté, ou en le contraignant à sortir de
France, afin de faire incessamment rentrer sous
son aile les deux objets chéris qui s'en séparaient.

Franval montra ces lettres à sa femme; elle
prit à l'instant la plume pour calmer sa mère,
pour l'engager à une façon de penser différente,
et pour lui peindre le bonheur dont elle jouissait
depuis que l'infortune avait amolli l'âme de son
malheureux époux; elle assurait d'ailleurs qu'on
emploierait en vain toute sorte de procédés pour
la faire revenir à Paris avec sa fille, qu'elle était

résolue de ne point quitter Valmor que l'affaire
de son mari ne fût arrangée; et que si la méchanceté de ses ennemis, ou l'absurdité de ses juges,
lui faisait encourir un arrêt qui dût le flétrir, elle
était parfaitement décidée à s'expatrier avec lui.

Franval remercia sa femme; mais n'ayant
nulle envie d'attendre le sort que l'on lui préparait, il la prévint qu'il allait passer quelque temps
en Suisse, qu'il lui laissait Eugénie, et les conju-
rait toutes deux de ne pas s'éloigner de Valmor
que son destin ne fût éclairci; que, quel qu'il fût,
il reviendrait toujours passer vingt-quatre heures
avec sa chère épouse pour aviser de concert au
moyen de retourner à Paris si rien ne s'y opposait,
ou d'aller, dans le cas contraire, vivre quelque
part en sûreté.

Ces résolutions prises, Franval, qui ne perdait
point de vue que l'imprudence de sa femme avec
Valmont était l'unique cause de ses revers, et qui
ne respirait que la vengeance, fit dire à sa fille
qu'il l'attendait au fond du parc, et s'étant
enfermé avec elle dans un pavillon solitaire,
après lui avoir fait jurer la soumission la plus
aveugle à tout ce qu'il allait lui prescrire, il l'embrasse, et lui parle de la manière suivante :

« Vous me perdez, ma fille... peut-être pour
jamais... »

Et voyant Eugénie en larmes :

« Calmez-vous, mon ange, lui dit-il, il ne tient
qu'à vous que notre bonheur renaisse, et qu'en
France, ou ailleurs, nous ne nous retrouvions à
peu de chose près, aussi heureux que nous
l'étions. Vous êtes, je me flatte, Eugénie, aussi
convaincue qu'il est possible de l'être, que votre
mère est la seule cause de tous nos malheurs; vous
savez que je n'ai pas perdu ma vengeance de vue;
si je l'ai déguisée aux yeux de ma femme, vous en

avez connu les motifs, vous les avez approuvés,
vous m'avez aidé à former le bandeau, dont il
était prudent de l'aveugler; nous voici au terme,
Eugénie; il faut agir; votre tranquillité en dépend,
ce que vous allez entreprendre assure à jamais la
mienne; vous m'entendrez j'espère, et vous avez
trop d'esprit, pour que ce que je vous propose
puisse vous alarmer un instant... Oui, ma fille,
il faut agir, il le faut sans délais, il le faut sans
remords, et ce doit être votre ouvrage. Votre
mère a voulu vous rendre malheureuse, elle a
souillé les nœuds qu'elle réclame, elle en a perdu
les droits; dès lors, non seulement elle n'est plus
pour vous qu'une femme ordinaire, mais elle
devient même votre plus mortelle ennemie; or,
la loi de la nature la plus intimement gravée dans
nos âmes est de nous défaire les premiers, si nous
le pouvons, de ceux qui conspirent contre nous;
cette loi sacrée, qui nous meut et qui nous
inspire sans cesse, ne mit point en nous l'amour
du prochain avant celui que nous nous devons à
nous-mêmes... D'abord nous, et les autres ensuite,
voilà la marche de la nature; aucun respect, par
conséquent, aucun ménagement pour les autres,
sitôt qu'ils ont prouvé que notre infortune ou
notre perte était le seul objet de leurs vœux; se
conduire différemment, ma fille, serait préférer
les autres à nous, et cela serait absurde. Maintenant, venons aux motifs qui doivent décider
l'action que je vous conseille.

« Je suis obligé de m'éloigner, vous en savez
les raisons; si je vous laisse avec cette femme,
avant un mois, gagnée par sa mère, elle vous
ramène à Paris, et comme vous ne pouvez plus
être mariée après l'éclat qui vient d'être fait,
soyez bien sûre que ces deux cruelles personnes
ne deviendront maîtresses de vous, que pour

vous faire éternellement pleurer dans un cloître,
et votre faiblesse et nos plaisirs. C'est votre grand-
mère, Eugénie, qui poursuit contre moi, c'est elle
qui se réunit à mes ennemis pour achever de
m'écraser; de tels procédés de sa part peuvent-ils
avoir d'autre objet que celui de vous ravoir, et
vous aura-t-elle sans vous renfermer? Plus mes
affaires s'enveniment, plus le parti qui nous tour-
mente prend de la force et du crédit. Or, il ne
faut pas douter que votre mère ne soit intérieu-
rement à la tête de ce parti, il ne faut pas douter
qu'elle ne le rejoigne dès que je serai absent;
cependant ce parti ne veut ma perte, que pour
vous rendre la plus malheureuse des femmes; il
faut donc se hâter de l'affaiblir, et c'est lui enlever
sa plus grande énergie, que d'en soustraire
Mme de Franval. Prendrons-nous un autre arrangement? vous emmènerai-je avec moi? Votre
mère irritée, rejoint aussitôt la sienne, et dès lors,
Eugénie, plus un seul instant de tranquillité pour
nous; nous serons recherchés, poursuivis partout,
pas un pays n'aura le droit de nous donner un
asile, pas un refuge sur la surface du globe ne
deviendra sacré... inviolable, aux yeux des
monstres dont nous poursuivra la rage; ignorez-
vous à quelle distance atteignent ces armes
odieuses du despotisme et de la tyrannie, lorsque
payées au poids de l'or, la méchanceté les dirige?
Votre mère morte, au contraire, Mme de
Farneille, qui l'aime plus que vous, et qui n'agit
dans tout que pour elle, voyant son parti diminué
du seul être qui réellement l'attache à ce parti,
abandonnera tout, n'excitera plus mes ennemis...
ne les enflammera plus contre moi. De ce
moment, de deux choses l'une, ou l'affaire de
Valmont s'arrange, et rien ne s'oppose plus à
notre retour à Paris, ou elle devient plus mau-

vaise, et contraints alors à passer chez l'étranger, au moins y sommes-nous à l'abri des traits de la Farneille, qui, tant que votre mère vivra, n'aura pour but que notre malheur, parce que, encore une fois, elle s'imagine que la félicité de sa fille ne peut être établie que sur notre chute.

« De quelque côté que vous envisagiez notre position, vous y verrez donc Mme de Franval traversant dans tout notre repos, et sa détestable existence, le plus sûr empêchement à notre félicité.

« Eugénie, Eugénie, poursuit Franval avec chaleur, en prenant les deux mains de sa fille... chère Eugénie, tu m'aimes, veux-tu donc, dans la crainte d'une action... aussi essentielle à nos intérêts, perdre à jamais celui qui t'adore! Ô chère et tendre amie, décide-toi, tu n'en peux conserver qu'un des deux; nécessairement parricide, tu n'as plus que le choix du cœur, où tes criminels poignards doivent s'enfoncer; ou il faut que ta mère périsse, ou il faut renoncer à moi... que dis-je, il faut que tu m'égorges moi-même... Vivrais-je, hélas! sans toi?... crois-tu qu'il me serait possible d'exister sans mon Eugénie? Résisterai-je au souvenir des plaisirs que j'aurai goûtés dans ces bras... à ces plaisirs délicieux éternellement perdus pour mes sens? Ton crime, Eugénie, ton crime, est le même en l'un et l'autre cas; ou il faut détruire une mère qui t'abhorre, et qui ne vit que pour ton malheur, ou il faut assassiner un père qui ne respire que pour toi. Choisis, choisis donc, Eugénie, et si c'est moi que tu condamnes, ne balance pas, fille ingrate, déchire sans pitié ce cœur dont trop d'amour est le seul tort, je bénirai les coups qui viendront de ta main, et mon dernier soupir sera pour t'adorer. »

Franval se tait pour écouter la réponse de sa fille; mais une réflexion profonde paraît la tenir en suspens... elle s'élance à la fin dans les bras de son père.

« O toi! que j'aimerai toute ma vie, s'écrie-t-elle, peux-tu douter du parti que je prends? peux-tu soupçonner mon courage? Arme à l'instant mes mains, et celle que proscrivent ses horreurs et ta sûreté, va bientôt tomber sous mes coups; instruis-moi, Franval, règle ma conduite, pars, puisque ta tranquillité l'exige... j'agirai pendant ton absence, je t'instruirai de tout; mais quelque tournure que prennent les affaires... notre ennemie perdue, ne me laisse pas seule en ce château, je l'exige... viens m'y reprendre, ou fais-moi part des lieux où je pourrai te joindre.

— Fille chérie, dit Franval, en embrassant le monstre qu'il a trop su séduire, je savais bien que je trouverais en toi tous les sentiments d'amour et de fermeté nécessaires à notre mutuel bonheur... Prends cette boîte... la mort est dans son sein... »

Eugénie prend la funeste boîte, elle renouvelle ses serments à son père; les autres résolutions se déterminent; il est arrangé qu'elle attendra l'événement du procès, et que le crime projeté aura lieu ou non, en raison de ce qui se décidera pour ou contre son père... On se sépare, Franval revient trouver son épouse, il porte l'audace et la fausseté jusqu'à l'inonder de larmes, jusqu'à recevoir, sans se démentir, les caresses touchantes et pleines de candeur prodiguées par cet ange céleste. Puis étant convenu qu'elle restera sûrement en Alsace avec sa fille, quel que soit le succès de son affaire, le scélérat monte à cheval, et s'éloigne... Il s'éloigne de l'innocence et de la vertu, si longtemps souillées par ses crimes.

Franval fut s'établir à Bâle, afin de se trouver, moyennant cela, et à l'abri des poursuites qu'on pourrait faire contre lui, et en même temps aussi près de Valmor qu'il était possible, pour que ses lettres pussent, à son défaut, entretenir dans Eugénie les dispositions qu'il y désirait... Il y avait environ vingt-cinq lieues de Bâle à Valmor, mais des communications assez faciles, quoique au milieu des bois de la Forêt-Noire, pour qu'il pût se procurer une fois la semaine des nouvelles de sa fille. A tout hasard, Franval avait emporté des sommes immenses, mais plus encore en papier qu'en argent. Laissons-le s'établir en Suisse, et retournons auprès de sa femme.

Rien de pur, rien de sincère comme les intentions de cette excellente créature; elle avait promis à son époux de rester à cette campagne, jusqu'à ses nouveaux ordres; rien n'eût fait changer ses résolutions, elle en assurait chaque jour Eugénie... Trop malheureusement éloignée de prendre en elle la confiance que cette respectable mère était faite pour lui inspirer, partageant toujours l'injustice de Franval, qui en nourrissait les semences par des lettres réglées, Eugénie n'imaginait pas qu'elle pût avoir au monde une plus grande ennemie que sa mère. Il n'y avait pourtant rien que ne fît celle-ci pour détruire dans sa fille l'éloignement invincible que cette ingrate conservait au fond de son cœur; elle l'accablait de caresses et d'amitié, elle se félicitait tendrement avec elle de l'heureux retour de son mari, portait la douceur et l'aménité au point de remercier quelquefois Eugénie, et de lui laisser tout le mérite de cette heureuse conversion; ensuite, elle se désolait d'être devenue l'innocente cause des nouveaux malheurs qui menaçaient Franval; loin d'en accuser Eugénie, elle ne s'en prenait

qu'à elle-même, et la pressant sur son sein, elle
lui demandait avec des larmes, si elle pourrait
jamais lui pardonner... L'âme atroce d'Eugénie
résistait à ces procédés angéliques, cette âme
perverse n'entendait plus la voix de la nature, le
vice avait fermé tous les chemins qui pouvaient
arriver à elle... Se retirant froidement des bras
de sa mère, elle la regardait avec des yeux quelquefois égarés, et se disait, pour s'encourager :
*Comme cette femme est fausse... comme elle est perfide...
elle me caressa de même le jour où elle me fit enlever ;*
mais ces reproches injustes n'étaient que les
sophismes abominables dont s'étaie le crime,
quand il veut étouffer l'organe du devoir. Mme
de Franval, en faisant enlever Eugénie pour le
bonheur de l'une... pour la tranquillité de l'autre,
et pour les intérêts de la vertu, avait pu déguiser
ses démarches ; de telles feintes ne sont désap-
prouvées que par le coupable qu'elles trompent ;
elles n'offensent pas la probité. Eugénie résistait
donc à toute la tendresse de Mme de Franval,
parce qu'elle avait envie de commettre une horreur, et nullement à cause des torts d'une mère qui
sûrement n'en avait aucuns vis-à-vis de sa fille.

Vers la fin du premier mois de séjour à Valmor ; Mme de Farneille écrivit à sa fille que
l'affaire de son mari devenait des plus sérieuses,
et que d'après la crainte d'un arrêt flétrissant, le
retour de Mme de Franval et d'Eugénie devenait
d'une extrême nécessité, tant pour en imposer au
public, qui tenait les plus mauvais propos, que
pour se joindre à elle, et solliciter ensemble un
arrangement qui pût désarmer la justice, et
répondre du coupable sans le sacrifier.

Mme de Franval, qui s'était décidée à n'avoir
aucun mystère pour sa fille, lui montra sur-le-
champ cette lettre ; Eugénie, de sang-froid,

demanda, en fixant sa mère, quel était, à ces tristes nouvelles, le parti qu'elle avait envie de prendre ?

« Je l'ignore, reprit Mme de Franval... Dans le fait, à quoi servons-nous ici ? ne serions-nous pas mille fois plus utiles à mon mari, en suivant les conseils de ma mère ?

— Vous êtes la maîtresse, madame, répondit Eugénie, je suis faite pour vous obéir, et ma soumission vous est assurée... »

Mais Mme de Franval, voyant bien à la sécheresse de cette réponse que ce parti ne convient pas à sa fille, lui dit qu'elle attendra encore, qu'elle va récrire, et qu'Eugénie peut être sûre, que si elle manque aux intentions de Franval, ce ne sera que dans l'extrême certitude de lui être plus utile à Paris qu'à Valmor.

Un autre mois se passa de cette manière, pendans lequel Franval ne cessait d'écrire à sa femme et à sa fille, et d'en recevoir les lettres les plus faites pour lui être agréables, puisqu'il ne voyait dans les unes qu'une parfaite condescendance à ses désirs, et dans les autres qu'une fermeté la plus entière aux résolutions du crime projeté, dès que la tournure des affaires l'exigerait, ou dès que Mme de Franval aurait l'air de se rendre aux sollicitations de sa mère ; « car, disait Eugénie dans ses lettres, si je ne remarque dans votre femme que de la droiture et de la franchise, et si les amis qui servent vos affaires à Paris parviennent à les finir, je vous remettrai le soin dont vous m'avez chargée, et vous le remplirez vous-même quand nous serons ensemble, si vous le jugez alors à propos, à moins pourtant que, dans tous les cas, vous ne m'ordonniez d'agir, et que vous ne le trouviez indispensable, alors je prendrai tout sur moi, soyez-en certain. »

Franval approuva dans sa réponse tout ce que lui mandait sa fille, et telle fut la dernière lettre qu'il en reçut et qu'il écrivit. La poste d'ensuite n'en apporta plus. Franval s'inquiéta; aussi peu satisfait du courrier d'après, il se désespère, et son agitation naturelle ne lui permettant plus d'attendre, il forme dès l'instant le projet de venir lui-même à Valmor savoir la cause des retards qui l'inquiètent aussi cruellement.

Il monte à cheval suivi d'un valet fidèle; il devait arriver le second jour, assez avant dans la nuit pour n'être reconnu de personne; à l'entrée des bois qui couvrent le château de Valmor, et qui se réunissent à la Forêt-Noire vers l'orient, six hommes bien armés arrêtent Franval et son laquais; ils demandent la bourse; ces coquins sont instruits, ils savent à qui ils parlent, ils savent que Franval, impliqué dans une mauvaise affaire, ne marche jamais sans son portefeuille et prodigieusement d'or... Le valet résiste, il est étendu sans vie aux pieds de son cheval; Franval, l'épée à la main, met pied à terre, il fond sur ces malheureux, il en blesse trois, et se trouve enveloppé par les autres; on lui prend tout ce qu'il a, sans parvenir néanmoins à lui ravir son arme, et les voleurs s'échappent aussitôt qu'ils l'ont dépouillé; Franval les suit, mais les brigands fendant l'air avec leur vol et les chevaux, il devient impossible de savoir de quel côté se sont dirigés leurs pas.

Il faisait une nuit horrible, l'aquilon, la grêle... tous les éléments semblaient s'être déchaînés contre ce misérable... Il y a peut-être des cas, où la nature révoltée des crimes de celui qu'elle poursuit, veut l'accabler, avant de le retirer à elle, de tous les fléaux dont elle dispose... Franval, à moitié nu, mais tenant toujours son épée, s'éloigne comme il peut de ce lieu funeste en se dirigeant du côté de Valmor. Connaissant mal les environs d'une terre dans laquelle il n'a été que la seule fois où nous l'y avons vu, il s'égare dans les routes obscures de cette forêt entièrement inconnue de lui... Épuisé de fatigue, anéanti par la douleur... dévoré d'inquiétude, tourmenté de la tempête, il se jette à terre, et là, les premières larmes qu'il ait versées de sa vie viennent par flots inonder ses yeux...

« Infortuné, s'écrie-t-il, tout se réunit donc pour m'écraser enfin... pour me faire sentir le remords... c'était par la main du malheur qu'il devait pénétrer mon âme; trompé par les douceurs de la prospérité, je l'aurais toujours méconnu. Ô toi, que j'outrageai si grièvement, toi, qui deviens peut-être en cet instant la proie de ma fureur et de ma barbarie !... épouse adorable... le monde, glorieux de ton existence, te posséderait-il encore? La main du Ciel a-t-elle arrêté mes horreurs ?... Eugénie! fille trop crédule... trop indignement séduite par mes abominables artifices... la nature a-t-elle amolli ton cœur ?... a-t-elle suspendu les cruels effets de mon ascendant et de ta faiblesse? est-il temps ?... est-il temps, juste Ciel... »

Tout à coup le son plaintif et majestueux de plusieurs cloches, tristement élancé dans les nues, vient accroître l'horreur de son sort... Il s'émeut... il s'effraie...

« Qu'entends-je? s'écrie-t-il en se levant... fille barbare... est-ce la mort ?... est-ce la vengeance ?... Sont-ce les furies de l'enfer qui viennent achever leur ouvrage ?... ces bruits m'annoncent-ils ?... où suis-je? puis-je les entendre ?... achève, ô Ciel !... achève d'immoler le coupable... »

Et se prosternant :

« Grand Dieu! souffre que je mêle ma voix à ceux qui t'implorent en cet instant... vois mes remords et ta puissance, pardonne-moi de t'avoir méconnu... et daigne exaucer les vœux... les premiers vœux que j'ose élever vers toi! Être Suprême... préserve la vertu, garantis celle qui fut ta plus belle image en ce monde; que ces sons, hélas! que ces lugubres sons ne soient pas ceux que j'appréhende. »

Et Franval égaré... ne sachant plus ni ce qu'il fait, ni où il va, ne proférant que des mots décousus, suit le chemin qui se présente... Il entend quelqu'un... il revient à lui... il prête l'oreille... c'est un homme à cheval...

« Qui que vous soyez, s'écrie Franval, s'avançant vers cet homme... qui que vous puissiez être, ayez pitié d'un malheureux que la douleur égare; je suis prêt d'attenter à mes jours... instruisez-moi, secourez-moi, si vous êtes homme et compatissant... daignez me sauver de moi-même.

— Dieu! répond une voix trop connue de cet infortuné, quoi! vous ici... ô Ciel! éloignez-vous. »

Et Clervil... c'était lui, c'était ce respectable mortel échappé des fers de Franval, que le sort envoyait vers ce malheureux, dans le plus triste instant de sa vie, Clervil se jette à bas de son cheval, et vient tomber dans les bras de son ennemi.

« C'est vous, monsieur, dit Franval en pressant cet honnête homme sur son sein, c'est vous envers qui j'ai tant d'horreurs à me reprocher?

— Calmez-vous, monsieur, calmez-vous, j'écarte de moi les malheurs qui viennent de m'entourer, je ne me souviens plus de ceux dont vous

avez voulu me couvrir, quand le Ciel me permet de vous être utile... et je vais vous l'être,
monsieur, d'une façon cruelle sans doute, mais
nécessaire... Asseyons-nous... jetons-nous au
pied de ce cyprès, ce n'est plus qu'à sa feuille
sinistre qu'il appartient de vous couronner maintenant... O mon cher Franval, que j'ai de revers
à vous apprendre!... Pleurez... ô mon ami! les
larmes vous soulagent, et j'en dois arracher de
vos yeux de bien plus amères encore... Ils sont
passés les jours de délices... Ils se sont évanouis
pour vous comme un songe, il ne vous reste plus
que ceux de la douleur.

— Oh! monsieur, je vous comprends... ces
cloches...

— Elles vont porter aux pieds de l'Être Suprême... les hommages, les vœux des tristes habitants de Valmor, à qui l'Éternel ne permit de
connaître un ange que pour le plaindre et le
regretter... »

Alors Franval tournant la pointe de son épée
sur son cœur, allait trancher le fil de ses jours;
mais Clervil, prévenant cette action furieuse :

« Non, non, mon ami, s'écrie-t-il, ce n'est pas
mourir qu'il faut, c'est réparer. Écoutez-moi,
j'ai beaucoup de choses à vous dire, il est besoin
de calme pour les entendre.

— Eh bien! monsieur, parlez, je vous écoute;
enfoncez par degrés le poignard dans mon sein,
il est juste qu'il soit oppressé comme il a voulu
tourmenter les autres.

— Je serai court sur ce qui me regarde, monsieur, dit Clervil. Au bout de quelques mois du
séjour affreux où vous m'aviez plongé, je fus
assez heureux pour fléchir mon gardien; il m'ou-
vrit les portes; je lui recommandai surtout de
cacher avec le plus grand soin l'injustice que

vous vous étiez permise envers moi. Il n'en parlera pas, cher Franval, jamais il n'en parlera.

— Oh! monsieur...

— Écoutez-moi, je vous le répète, j'ai bien
d'autres choses à vous dire. De retour à Paris
j'appris votre malheureuse aventure... votre départ... Je partageai les larmes de Mme de Farneille... elles étaient plus sincères que vous ne
l'avez cru; je me joignis à cette digne femme
pour engager Mme de Franval à nous ramener
Eugénie, leur présence étant plus nécessaire à
Paris qu'en Alsace... Vous lui aviez défendu
d'abandonner Valmor... elle vous obéit... elle
nous manda ces ordres, elle nous fit part de ses
répugnances à les enfreindre; elle balança tant
qu'elle le put... vous fûtes condamné, Franval...
vous l'êtes. Vous avez perdu la tête comme coupable d'un meurtre de grands chemins : ni les
sollicitations de Mme de Farneille, ni les démarches de vos parents et de vos amis n'ont pu
détourner le glaive de la justice; vous avez suc-
combé... vous êtes à jamais flétri... vous êtes
ruiné... tous vos biens sont saisis... (Et sur un
second mouvement furieux de Franval) : Écoutez-moi, monsieur, écoutez-moi, je l'exige de
vous comme une réparation à vos crimes; je
l'exige au nom du Ciel que votre repentir peut
désarmer encore. De ce moment nous écrivîmes
à Mme de Franval, nous lui apprîmes tout : sa
mère lui annonça que sa présence étant devenue indispensable, elle m'envoyait à Valmor pour
la décider absolument au départ : je suivis la
lettre; mais elle parvint malheureusement avant
moi; il n'était plus temps quand j'arrivai... votre
horrible complot n'avait que trop réussi; je trouvai Mme de Franval mourante... Oh! monsieur,
quelle scélératesse!... Mais votre état me touche,

je cesse de vous reprocher vos crimes... Apprenez tout. Eugénie ne tint pas à ce spectacle; son repentir, quand j'arrivai, s'exprimait déjà par les larmes et les sanglots les plus amers... Oh! monsieur, comment vous rendre l'effet cruel de ces diverses situations... Votre femme expirante... défigurée par les convulsions de la douleur... Eugénie, rendue à la nature, poussant des cris affreux, s'avouant coupable, invoquant la mort, voulant se la donner, tour à tour aux pieds de ceux qu'elle implore, tour à tour collée sur le sein de sa mère, cherchant à la ranimer de son souffle, à la réchauffer de ses larmes, à l'attendrir de ses remords; tels étaient, monsieur, les tableaux sinistres qui frappèrent mes yeux : quand j'entrai chez vous, Mme de Franval me reconnut... elle me pressa les mains... les mouilla de ses pleurs, et prononça quelques mots que j'entendis avec difficulté, ils ne s'exhalaient qu'à peine de ce sein comprimé par les palpitations du venin... elle vous excusait... elle implorait le Ciel pour vous... elle demandait surtout la grâce de sa fille... Vous le voyez, homme barbare, les dernières pensées, les derniers vœux de celle que vous déchiriez étaient encore pour votre bonheur. Je donnai tous mes soins; je ranimai ceux des domestiques, j'employai les plus célèbres gens de l'art... je prodiguai les consolations à votre Eugénie; touché de son horrible état, je ne crus pas devoir les lui refuser; rien ne réussit : votre malheureuse femme rendit l'âme dans des tressaillements... dans des supplices impossibles à dire... à cette funeste époque, monsieur, je vis un des effets subits du remords qui m'avait été inconnu jusqu'à ce moment. Eugénie se précipite sur sa mère et meurt en même temps qu'elle : nous crûmes qu'elle n'était qu'éva-

nouie... Non, toutes ses facultés étaient éteintes;
ses organes absorbés par le choc de la situation
s'étaient anéantis à la fois, elle était réellement
expirée de la violente secousse du remords, de
la douleur et du désespoir... Oui, monsieur,
toutes deux sont perdues pour vous; et ces cloches dont le son frappe encore vos oreilles, célè-
brent à la fois deux créatures, nées l'une de
l'autre pour votre bonheur, que vos forfaits ont
rendues victimes de leur attachement pour vous,
et dont les images sanglantes vous poursuivront
jusqu'au sein des tombeaux.

« O cher Franval! avais-je tort de vous engager
autrefois à sortir de l'abîme où vous précipi-
taient vos passions; et blâmerez-vous, ridiculi-
serez-vous les sectateurs de la vertu? Auront-
ils tort enfin d'encenser ses autels, quand ils
verront autour du crime tant de troubles et tant
de fléaux? »

Clervil se tait. Il jette ses regards sur Franval;
il le voit pétrifié par la douleur; ses yeux étaient
fixes, il en coulait des larmes, mais aucune
expression ne pouvait arriver sur ses lèvres. Clervil lui demande les raisons de l'état de nudité
dans lequel il le voit : Franval le lui apprend en
deux mots.

« Ah! monsieur, s'écria ce généreux mortel,
que je suis heureux même au milieu des horreurs qui m'environnent, de pouvoir au moins
soulager votre état. J'allais vous trouver à Bâle,
j'allais vous apprendre tout, j'allais vous offrir
le peu que je possède... Acceptez-le, je vous en
conjure; je ne suis pas riche, vous le savez... mais
voilà cent louis... ce sont mes épargnes, c'est
tout ce que j'ai... J'exige de vous...

— Homme généreux, s'écrie Franval, en embrassant les genoux de cet honnête et rare ami,

à moi?... Ciel! ai-je besoin de quelque chose après les pertes que j'essuie! et c'est vous... vous que j'ai si mal traité... c'est vous qui volez à mon secours.

— Doit-on se souvenir des injures quand le malheur accable celui qui peut nous les faire, la vengeance qu'on lui doit en ce cas est de le soulager; et d'où vient l'accabler encore quand ses reproches le déchirent?... Monsieur, voilà la voix de la nature; vous voyez bien que le culte sacré d'un Être Suprême ne la contrarie pas comme vous vous l'imaginiez, puisque les conseils que l'une inspire ne sont que les lois sacrées de l'autre.

— Non, répondit Franval en se levant; non, je n'ai plus besoin, monsieur, de rien; le Ciel me laissant ce dernier effet, poursuit-il, en montrant son épée, m'apprend l'usage que j'en dois faire... (Et la regardant) : C'est la même, oui, cher et unique ami, c'est la même arme que ma céleste femme saisit un jour pour s'en percer le sein, lorsque je l'accablais d'horreurs et de calomnies... c'est la même... je trouverais peut-être des traces de ce sang sacré... il faut que le mien les efface... Avançons... gagnons quelques chaumières où je puisse vous faire part de mes dernières volontés... et puis nous nous quitterons pour toujours... »

Ils marchent. Ils allaient chercher un chemin qui pût les rapprocher de quelque habitation... La nuit continuait d'envelopper la forêt de ses voiles... de tristes chants se font entendre, la pâle lueur de quelques flambeaux vient tout à coup dissiper les ténèbres, vient y jeter une teinte d'horreur qui ne peut être conçue que par des âmes sensibles; le son des cloches redouble; il se joint à ces accents lugubres, qu'on ne

distingue encore qu'à peine, la foudre qui s'est
tue jusqu'à cet instant, étincelle dans les cieux
et mêle ses éclats aux bruits funèbres qu'on
entend. Les éclairs qui sillonnent la nue, éclip-
sant par intervalles le sinistre feu des flambeaux,
semblent disputer aux habitants de la terre le
droit de conduire au sépulcre celle qu'accompagne ce convoi, tout fait naître l'horreur, tout
respire la désolation... il semble que ce soit le
deuil éternel de la nature.

« Qu'est ceci? dit Franval ému.

— Rien, répond Clervil en saisissant la main
de son ami et le détournant de cette route.

— Rien, vous me trompez, je veux voir ce que
c'est... »

Il s'élance... il voit un cercueil :

« Juste ciel! s'écrie-t-il, la voilà, c'est elle...
c'est elle, Dieu permet que je la revoie... »

A la sollicitation de Clervil, qui voit l'impos-
sibilité de calmer ce malheureux, les prêtres
s'éloignent en silence... Franval égaré se jette
sur le cercueil, il en arrache les tristes restes de
celle qu'il a si vivement offensée; il saisit le corps
dans ses bras, il le pose au pied d'un arbre, et
se précipitant dessus avec le délire du désespoir :

« O toi, s'écrie-t-il hors de lui, toi, dont ma
barbarie put éteindre les jours, objet touchant
que j'idolâtre encore, vois à tes pieds ton époux
oser demander son pardon et sa grâce; n'imagine pas que ce soit pour te survivre, non, non,
c'est pour que l'Éternel, touché de tes vertus,
daigne, s'il est possible, le pardonner comme
toi... il te faut du sang, chère épouse, il en faut
pour que tu sois vengée... tu vas l'être... Ah!
vois mes pleurs avant, et vois mon repentir; je
vais te suivre, ombre chérie... mais qui recevra
mon âme bourrelée, si tu n'implores pour elle?

Rejetée des bras de Dieu comme de ton sein, veux-tu qu'elle soit condamnée aux affreux supplices des enfers, quand elle se repent aussi sincèrement de ses crimes... Pardonne, chère âme, pardonne-les, et vois comme je les venge. »

A ces mots Franval échappant à l'œil de Clervil, se passe l'épée qu'il tient, deux fois au travers du corps; son sang impur coule sur la victime et semble la flétrir bien plus que la venger.

« O mon ami! dit-il à Clervil, je meurs, mais je meurs au sein des remords... Apprenez à ceux qui me restent et ma déplorable fin et mes crimes, dites-leur que c'est ainsi que doit mourir le triste esclave de ses passions, assez vil, pour avoir éteint dans son cœur le cri du devoir et de la nature. Ne me refusez pas la moitié du cercueil de cette malheureuse épouse, je ne l'aurais pas mérité sans mes remords, mais ils m'en rendent digne, et je l'exige; adieu. »

Clervil exauça les désirs de cet infortuné, le convoi se remit en marche; un éternel asile ensevelit bientôt pour jamais deux époux nés pour s'aimer, faits pour le bonheur, et qui l'eussent goûté sans mélange, si le crime et ses effrayants désordres, sous la coupable main de l'un des deux, ne fussent venus changer en serpents toutes les roses de leur vie.

L'honnête ecclésiastique rapporta bientôt à Paris l'affreux détail de ces différentes catastrophes, personne ne s'alarma de la mort de Franval, on ne fut fâché que de sa vie, mais son épouse fut pleurée... elle le fut bien amèrement; et quelle créature en effet plus précieuse, plus intéressante aux regards des hommes que celle qui n'a chéri, respecté, cultivé les vertus de la terre, que pour y trouver à chaque pas, et l'infortune et la douleur.

Commentaires

et

éclaircissements

Histoire du livre

La vocation de conteur semble remonter très haut dans la vie littéraire de Sade. Dès 1788, il projetait de réunir une trentaine de textes, précédés d'un avertissement, sous le titre de *Contes et Fabliaux du XVIIIe siècle, par un trouvère provençal,* qui auraient constitué un ouvrage en quatre volumes, tandis que les *Historiettes* auraient été intégrées à un recueil d'essais sous le titre : le *Portefeuille d'un homme de lettres,* et que *Les Infortunes de la vertu* prenaient un tel développement qu'elles devenaient un roman autonome.

Toute cette énorme production était née à la Bastille, au cours des années 1787-1788, donc juste à la veille de la Révolution. Après cinq ans et demi de réclusion au château de Vincennes, Sade se trouve, depuis 1784, à la Bastille, à la « deuxième liberté », c'est-à-dire au deuxième étage de la tour de la Liberté, qui faisait partie de la bastide Saint-Antoine. Il appartenait à la catégorie des prisonniers détenus à la Bastille par suite d'une lettre de cachet demandée par la famille. Il n'a guère le droit qu'à une heure de promenade dans la cour — « cour resserrée où l'on ne respire qu'un air de corps de garde et de cuisine », et, après maintes requêtes, à une heure le matin pour prendre l'air sur les tours. Sa santé physique et psychique sont évidemment atteintes par cette réclusion. Le 23 mai 1787 : « Il a été donné au[eur]s m[arqu]is de Sade, qui n'avait qu'une heure de promenade tous les deux jours, une heure tous les jours, tant que cela se pourrait, et il en paraît content. » Il grossit, étant ainsi réduit à un exercice insuffisant; sa vue le fait souffrir, comme le prouvent la venue d'occulistes, le 21 juin 1787, et plus d'une note en marge du manuscrit des *Infortunes de la vertu*. Il reçoit assez souvent la visite de la marquise de Sade.

La grande joie de ces jours, de ces années sinistrement consumées dans la prison, c'est évidemment l'écriture : le 1er mars 1788, il commence le conte *Eugénie de Franval*. Et quand, le 1er octobre 1788, il établit un *Catalogue raisonné* de ses ouvrages, celui-ci s'élève déjà à la matière correspondant à quinze volumes in-octavo. Dans ce catalogue, il n'est plus question des *Contes et Fabliaux,* ou du moins le projet initial figure sous un autre titre, car Sade demeure fidèle à l'architecture qu'il annonçait déjà dans son manuscrit : « Cet ouvrage forme quatre volumes, avec une estampe à chaque conte; ces histoires sont entremêlées de manière qu'une aventure gaie et même polissonne, mais toujours contenue dans les règles de la pudeur et de la décence, suit immédiatement une aventure sérieuse ou tragique. » Retenons, de cette déclaration, deux éléments qui présideront à l'écriture des contes : d'une part le souci de conserver une variété de ton, au besoin par un système d'alternance, d'autre part la volonté de se soumettre aux règles d'un certain vocabulaire, disons, pour employer les termes de l'époque, le vocabulaire de la décence. Ce qui entraîne tout un système d'écriture sur lequel nous reviendrons, et qui se situe aux antipodes de l'entreprise des *Cent vingt journées,* et de la majeure partie de l'œuvre de Sade.

Mais ce projet initial, Sade ne le réalisa pas exactement, puisque l'an VIII, il publie un recueil de onze nouvelles, d'un ton uniquement tragique, et qu'il intitule *Les Crimes de l'amour*. Le sous-titre est caractéristique : « Nouvelles héroïques et tragiques ». L'ouvrage est précédé d'un texte théorique, extrêmement important pour l'histoire de l'esthétique romanesque : *Idée sur les romans*. Paru chez l'éditeur Massé, à Paris, il comporte 4 volumes. Tome I : *Juliette et Raunai, ou la Conspiration d'Amboise, nouvelle historique; La Double Épreuve;* tome II : *Miss Henriette Stralson, ou les Effets du désespoir, nouvelle anglaise; Faxelange ou les Torts de l'ambition; Florville et Courval ou le Fatalisme;* tome III : *Rodrigue ou la Tour enchantée, conte allégorique; Laurence et Antonio, nouvelle italienne; Ernestine, nouvelle suédoise;* tome IV : *Dorgeville, ou le Criminel par vertu; La comtesse de Sancerre, ou la Rivale de sa fille, anecdote de la Cour de Bourgogne; Eugénie de Franval.* Les autres nouvelles de Sade demeurèrent inédites jusqu'en 1926 où elles furent réunies par Maurice Heine sous le titre : *Historiettes, Contes et Fabliaux.* La plupart de ces textes sont plutôt gais; Maurice Heine leur adjoignait un texte plus dramatique et qui avait déjà été édité en 1881 : *Dorci ou la Bizarrerie du sort.* Quant à *Émilie de Tourville ou la Cruauté fraternelle,* on peut penser qu'elle aurait peut-être davantage eu sa place dans *Les Crimes de l'amour,* tant pour sa facture que pour son ton indéniablement tragique.

En 1803-1804, Sade revint à son projet, déjà bien ancien. Il semble vouloir reprendre cet enlacement de nouvelles tristes et gaies, en ajoutant dix récits allègres aux tragiques *Crimes de l'amour.* Il désirait enfin constituer un autre recueil, sous le titre où se révèle la conscience d'appartenir à toute une tradition littéraire : le *Boccace français.* Des notes, extraites des *Cahiers personnels,* révèlent également un certain nombre de projets : ainsi *Madame de Thélème, La Cruauté fraternelle, Les Inconvénients de la pitié, Aveuglement vaut mieux que lumière, L'Âne sacristain.* Sade ne put réaliser toutes ces ébauches.

Il est donc de coutume de réunir sous le titre *Crimes de l'amour* les onze nouvelles de l'an VIII; c'est ce que fait, par exemple, l'édition des *Œuvres complètes,* chez Pauvert. Ce classement est satisfaisant dans la mesure où il correspond à la seule édition publiée du vivant de l'auteur, et où nous ne pouvons pas affirmer que les plans des années 1803-1804 aient été définitifs dans l'esprit de Sade. De ces onze nouvelles, nous ne publions, ici, pour des raisons pratiques, qu'un choix. Mais si nous ne donnons pas toutes les nouvelles, nous donnons l'intégralité de celles que nous publions, étant hostile, par principe, à tout ce qui coupe, morcelle le texte. Chaque nouvelle conserve donc parfaitement son unité. Le nombre de onze répond plus aux hasards de l'édition qu'à une intention esthétique déterminée chez Sade, comme le prouve l'histoire de l'ouvrage; aussi pensons-nous que cette édition ne trahira pas Sade, en s'en tenant à un nombre de nouvelles plus limité.

L'accueil du livre

Les Crimes de l'amour suscitèrent un article extrêmement hostile de Villeterque dans le *Journal des Arts, des Sciences et de Littérature,* du 30 vendémiaire, an IX. Le moralisme y éclate à chaque ligne, contre un auteur qui est suspecté — non sans raison — d'avoir écrit *Justine.* Une partie de l'article porte donc, en fait, sur ce roman, plus que sur les nouvelles; il en vient finalement à parler des *Crimes* en ces termes :

« Je n'ai pu lire sans indignation ces quatre volumes d'atrocités révoltantes; on n'est même pas dédommagé du dégoût qu'elles inspirent par le style; celui de l'auteur, dans cet ouvrage, est pitoyable, toujours hors de mesure, plein de phrases de mauvais goût, de contresens, de réflexions triviales. »

Le Journal de Paris, dans un article anonyme du 6 brumaire an IX, est plus favorable et loue chez Sade, la « fécondité de l'imagination », la « grande variété dans les tableaux ». Mais l'article de Villeterque eut au moins le mérite de susciter, par la bassesse de son attaque, une réponse énergique et indignée de Sade lui-même. Cet opuscule de 20 pages, paru chez Massé, l'an IX, est un exemple de l'éloquence violente de Sade et, par certains points, complète, dans le style de la polémique, l'*Idée sur les romans,* plus sereine et plus théorique. A celui qu'il appelle

un « folliculaire », Sade rétorque qu'il n'a proba-
blement pas lu l'ouvrage dont il parle. Il refuse,
comme il l'a toujours fait, la paternité de *Justine*,
puis répond à des questions plus particulières. Villeterque lui impute de prétendues erreurs historiques :
« Il faudrait avoir soi-même un peu d'*érudition*
pour relever les erreurs en *érudition* »; mais là où
Sade foudroie l'adversaire, c'est sur la question de
la vertu dans l'œuvre d'art : « Ce n'est pas toujours
en faisant triompher la vertu qu'on (peut) prétendre à l'intérêt dans un roman ou dans une tragédie. » Et Sade de rappeler que les ressorts traditionnels de l'art dramatique étant la terreur et la
pitié, on les trouvera difficilement dans une atmosphère de vertu lénifiante. D'autres arguments se
succèdent alors, et qui nous semblent évidents :
« Chaque acteur d'un ouvrage dramatique doit y parler le langage établi par le caractère qu'il porte [...];
c'est le personnage qui parle et non l'auteur. »

Le manuscrit

La Bibliothèque nationale possède un manuscrit
de Sade du plus haut intérêt, sous la cote : Nouvelles acquisitions françaises, 4 010. Il s'agit d'un
groupe de cahiers, numérotés par Sade lui-même :
il manque malheureusement les cahiers 3 et 7. Là se
trouvent mêlés à la fois des textes qui appartiendront aux *Historiettes, Contes et Fabliaux,* la première
version de *Justine,* c'est-à-dire *Les Infortunes de la
vertu,* et enfin *Les Crimes de l'amour.* On voit nettement dans cet assemblage la trace du premier projet
où tous ces récits étaient réunis et où Sade s'efforçait
de varier les tons, en alternant le tragique et le
comique. Le deuxième cahier contient le début du
Fatalisme, qui est le premier titre de *Florville et Courval;* le cahier 4 nous donne la fin de cette nouvelle,
ainsi que *Le Mariage trompeur* qui deviendra *Faxelange,*
et qui se poursuit dans le cahier 5. Ce cahier comporte aussi *Émilie de Tourville ou la Cruauté fraternelle*

qui a été rattaché aux *Contes et Fabliaux,* mais qui, par le tragique, appartient plutôt au registre des *Crimes; Le Talion* qui, lui, est franchement de la veine des fabliaux, et enfin *La comtesse de Sancerre,* du moins les premiers feuillets, car la suite est donnée par le cahier 6 qui contient également *Henriette Stralson,* séparée de *La comtesse de Sancerre* par une anecdote gauloise : *Soit fait ainsi qu'il est requis. Henriette Stralson* est parfois désignée par ce qui deviendra son sous-titre : *Les Effets du désespoir.* On trouvera *Dorgeville* dans le cahier 8. La disparition du cahier 7 nous a privés du début. *La Double Épreuve* se répartit entre les huitième et neuvième cahiers, précédant *Les Infortunes de la vertu.* On se référera pour *Laurence et Antonio* aux cahiers 14 et 15; pour *Ernestine* aux 14, 16 et 18; pour *Eugénie de Franval* au dix-septième et dix-huitième, avec quelques passages refaits dans le vingtième; enfin pour *Juliette et Raunai,* aux cahiers 18, 19 et 20.

Outre les renseignements que l'ordre même de ces contes nous fournit, puisqu'y apparaît très nettement une volonté d'auteur, on trouve dans ce manuscrit de nombreuses indications sur la façon dont Sade travaillait. On est d'abord frappé par le rythme de composition très intense. Emprisonné, il se consacre à son œuvre très exclusivement. Il note à la fois des projets de travail où il s'impose un effort continu, avec de longues séances matin et soir; il consigne également, non sans quelqu'accent triomphant, de véritables records : pour *Eugénie de Franval :* « conte fait en six jours », et les dates exactes : « commencé le 1ᵉʳ mars et fini le 7 de bonne heure. » Il s'agit de l'année 1788, comme nous l'avons dit. En mai, il remanie des passages entiers d'*Eugénie* (cf. cahier 20). Très précieux également sont les tableaux récapitulatifs où l'auteur marque méthodiquement, sur des colonnes, la longueur, le caractère et la source de chacune de ses nouvelles. Les sources les plus fréquentes : « moi », « Dunoyer[1] », « mon

1. Mme Dunoyer (1663-1720), auteur des *Lettres historiques et galantes d'une dame de Paris.*

père », « entendu dire ». Mais on notera que pour *Les Crimes* dont nous avons le manuscrit, c'est presque toujours « moi » que Sade indique, à l'exception de *Rodrigue ou la Tour enchantée* dont le caractère est assez différent et pour lequel il note : « arabe et moi », ce qui suggère une source orientale, peut-être les *Mille et Une Nuits*. Pour le reste, donc Sade aurait puisé essentiellement dans son imagination. Les corrections de style sont nombreuses; la rapidité de la composition n'entraîne pas de négligence; les inexactitudes, les redites sont pourchassées; des passages entiers sont refaits, en particulier dans *Eugénie de Franval,* mais aussi dans *Ernestine* dont le début est retouché (cahier 18, fol. 389).

Sade et la tradition littéraire

En voulant composer des nouvelles, Sade se trouvait l'héritier de toute une tradition française et européenne. Nul doute qu'il ne se souvienne de Boccace, puisqu'il a pensé le faire figurer dans le titre même d'un autre volume, mais aussi de Marguerite de Navarre, et, plus près de lui, de la nouvelle qui eut un tel développement au XVIIᵉ siècle. On sait en effet que la deuxième moitié du XVIIᵉ siècle avait été marquée par le triomphe de la nouvelle ou du roman de petite proportion aux dépens du roman énorme et épique du début du siècle. Mme de Villedieu avait comme créé un genre nouveau, quand elle écrivait, en 1670, des nouvelles brèves, centrées sur un drame amoureux et qu'elle intitule *Annales galantes.* Bayle n'avait pas tort lorsqu'il affirmait : « Le nouveau goût qu'elle créa subsiste encore » : il subsistera bien au-delà de Bayle et certainement jusqu'à Sade.

Mais il est un autre courant du siècle classique auquel se rattache Sade, c'est celui de la nouvelle historique, des *Nouvelles françaises* de Segrais, ou de *La princesse de Montpensier* de Mme de La Fayette. Sade avait une grande admiration pour la première de nos romancières; il lui rend hommage, précisément dans cette *Idée sur les romans* qu'il plaça en tête des *Crimes de l'amour* :

« Rien d'intéressant comme *Zaïde,* rien d'écrit agréablement comme *La princesse de Clèves.* Aimable et charmante femme, si les grâces tenaient ton pinceau, n'était-il donc pas permis à l'amour de le diriger quelquefois. » Sade répond là à ceux qui prétendaient que les œuvres de Mme de La Fayette devaient tout à Segrais ou à La Rochefoucauld).

Le troisième courant que l'on peut distinguer dans la nouvelle classique, celui du réalisme d'un Donneau de Visé, par exemple, dans ses *Nouvelles galantes et comiques,* Sade en participe aussi, mais plus dans les textes présentés sous le titre *Contes et Fabliaux* que dans les récits que nous présentons ici : ils appartiennent bien évidemment à la tradition historique, tragique et galante. *Juliette et Raunai* se situe dans un contexte historique précis : celui de la Conspiration d'Amboise; *Laurence et Antonio* entraîne le lecteur en Italie, au temps de Charles Quint. Mais *Eugénie de Franval* se passe à l'époque contemporaine. Sade n'a garde d'oublier les ressources qu'il peut tirer de la féerie, ainsi dans le conte *Rodrigue ou la Tour enchantée,* et de la nouvelle noire importée d'Angleterre pour *Miss Henriette Stralson.* Si l'on ajoutait encore la diversité des tons pratiqués sur le registre comique dans les *Contes et Fabliaux,* on aurait une idée de l'extrême richesse, de la variété de Sade nouvelliste.

Cette ampleur de la gamme que lui offre le récit bref, Sade en est parfaitement conscient, lui qui, comme nous l'avons vu, voulait, dans son projet primitif, alterner le tragique et le comique, et qui, en tout cas, dans ses *Crimes de l'amour,* prend la peine de sous-titrer, pour *Juliette et Raunai* : « nouvelle historique », pour *Le comte de Sancerre* : « anecdote de la cour de Bourgogne » tandis qu'il appelle *Rodrigue* « conte allégorique », et que seule *Eugénie de Franval* a droit au terme de « nouvelle tragique ». Quant aux nouvelles dont le sous-titre indique plutôt une localisation géographique (anglaise, italienne,

suédoise), elles n'excluent pas cependant une référence
à un genre; la nouvelle anglaise n'ayant pas la même
structure de base que la nouvelle italienne.

Passion et cruauté dans « Les Crimes de l'amour »

Le sadisme des *Crimes de l'amour* est tout psychologique. Peu ou pas de violence physique; pas de
description érotique, ni même d'allusions tant soit
peu scabreuses. Sade est bien loin du libertinage
léger. Ce qui frappe ici, c'est le tragique et la passion :
tragique de la passion, passion tragique. La vraie
cruauté de Sade s'exerce à propos des âmes, beaucoup plus encore que des corps, et d'autant que les
âmes sont hautes et passionnées. Ainsi dans *Ernestine,*
Sade préfère décrire la souffrance de l'héroïne qui
voit d'une fenêtre son amant décapité que la torture
du malheureux sur l'échafaud. Et, plus loin dans
la nouvelle, la vraie souffrance n'est pas chez Ernestine transpercée par une épée, mais chez Sanders qui
s'aperçoit brusquement qu'il a tué, sans le savoir, sa
propre fille. L'art de Sade dans *Les Crimes* consiste,
non à peindre des scènes de violence — il veut ici
passer outre — mais à créer des situations véritablement torturantes.

Pour que ces douleurs soient parfaites, exquises
(au sens où les médecins désignent le point le plus aigu
d'une douleur diffuse), il faut que les êtres mis à
la torture aient un sens de l'honneur, et surtout une
passion d'absolu, qui ne supporte pas les compro-
missions. Des nouvelles de Sade sourdent non les
hurlements des suppliciés, mais un très beau et très
profond chant de l'amour passion. On glanerait tout
le long du texte ces déclarations de la passion la
plus violente : « Elle sonne, cette heure funeste du
départ; pour deux cœurs véritablement épris, quelle
différence y a-t-il entre celle-là et l'heure de la
mort? » « Pour des cœurs véritablement épris » : là
est le secret de la cruauté de Sade, et non dans le
raffinement de tel ou tel supplice. Mais il faut que

les cœurs soient « véritablement épris »; et, chez Sade, ils le sont furieusement, irrémédiablement jusqu'à la mort, et par-delà, dans l'absolu d'une passion qui calcine tout ce qui n'est pas elle.

De la passion encore chez Dorgeville qui ne peut cesser d'aimer celle qui l'a trompé, bafoué, celle qui, si affreusement criminelle, se révèle être sa sœur. Pas un personnage de *La comtesse de Sancerre* qui ne soit digne de figurer dans une tragédie. L'amour de la jeune Amélie est bien touchant. Sa foi, les pires calomnies ne peuvent l'ébranler : « Lui, fuir (sur le champ de bataille)! Je l'aurais vu, je ne le croirais pas. » Monrevel est un amant romantique, avant l'heure, ou plutôt de ce romantisme éternel que connaissent les meilleurs de chaque génération. Quand il s'aperçoit que, victime d'une atroce machi-nation, il avait tué Amélie, il « se poignarde, et s'élance tellement en rendant les derniers soupirs, dans les bras de celle qu'il chérit, il l'étreint avec tant de violence, qu'aucun effort humain ne put les séparer. » Mais l'âme — « l'âme damnée » de cette nouvelle, est la terrible comtesse de Sancerre, mère d'Amélie, aimant désespérément Monrevel et ne pouvant supporter qu'il lui préfère sa fille. Elle our-dit sa machination avec la science, la force de ven-geance de Mme de la Pommeraye. Mais quand elle fait, la première, l'aveu de sa passion à Monrevel, elle a les accents de Phèdre s'adressant à Hippolyte. A la fin, elle l'implorera, elle lui demandera la mort pour châtiment de ses crimes. Elle la réclamera en vain; il ne daignera pas même lui faire l'aumône d'un meurtre, et elle aura ce cri de vraie passion où n'entre ni remords, ni reniement, mais le désespoir d'un amour à jamais inassouvi : « Crois-tu que je chéris la vie, quand l'espoir de te posséder m'est enlevé pour jamais! » Et l'on doute qu'ensuite elle se retire dans un couvent pour « pleurer ses crimes » : il s'agit bien plutôt de pleurer l'amour impossible et d'atten-dre une mort trop longue à venir.

Thèmes romantiques

Au romantisme des sentiments, s'ajoute celui des décors et de toute une mode où l'on sent que l'auteur est contemporain du roman noir. C'est parfois le romantisme échevelé qu'autorise l'atmosphère anglaise de *Miss Henriette Strolson ;* la nouvelle aboutit à cette scène si étrange du cadavre de Williams transpercé de treize poignards, sur qui vient justement se poignarder à son tour la jeune miss : mais là, c'est presque trop! On peut préférer la seule évocation funèbre des tentures noires et des dagues enfoncées sur le corps inerte, veillant la victime, comme des cierges au nombre funeste.

La poésie des tombeaux, si chère aux romantiques anglais, à Grey, à Hervey, et en général à tout ce que l'on a coutume d'appeler le « préromantisme » européen, n'est pas absent des *Crimes* : il vient leur apporter un surcroît d'horreur dramatique, ou une touche de mélancolie. Ainsi, à la fin de *Florville et Courval,* ou, à la fin de *La comtesse de Sancerre :* les deux amants « furent mis dans le même cercueil, et déposées dans la principale église de Sancerre, où les vrais amants vont quelquefois encore verser des larmes sur leur tombe ». C'est sur le même ton que Sade fait l'éloge de l'automne au début de *Dorgeville :* cet ensemble de thèmes fait partie du code romanesque de cette fin du XVIIIe siècle.

A cette thématique du roman noir préromantique, se rattachent encore de nombreux rêves prémonitoires. Ainsi dans *Florville et Courval :* « Une nuit, entre autres, Senneval, ce malheureux amant que je n'avais pas oublié, puisque lui seul m'entraînait à Nancy (...), Senneval me faisait voir à la fois deux cadavres, celui de Saint-Ange, et celui d'une femme inconnue de moi, il les arrosait tous deux de ses larmes, et me montrait non loin de là, un cercueil hérissé d'épines qui paraissait s'ouvrir pour moi. » Mais la scène la plus pathétique se situe plus loin dans la nouvelle, quand Florville est affrontée avec celle dont elle va causer la mort et qui se révélera être la mère de Courval. Celle-ci s'écrie : « Mademoiselle, un rêve vous a offerte à moi au milieu des horreurs où me voilà; vous y étiez avec mon fils [...] vous aviez la même figure... la même taille... la même robe... et l'échafaud était devant mes yeux. » Aux pressentiments des rêves s'ajoutent enfin ceux que suscitent dans l'âme de Florville des lectures romanesques : cette fiction à l'intérieur de la fiction prend alors une seconde réalité fascinante.

La forme du récit

Le pressentiment a cependant une autre fonction : s'il permet de créer une atmosphère sombre et romantique, il est aussi un moyen de communiquer au lecteur lui-même une sorte de prescience, et par conséquent il peut devenir un élément organisateur du récit. On est frappé, en effet, par la grande simplicité de l'architecture, par l'extrême sobriété des moyens. A la limite, la nouvelle sadienne s'apparente à d'autres genres qui se caractérisent aussi par l'économie des procédés : la fable ou le conte. Bien que *Les Crimes* regroupent plus particulièrement les textes qui appartiennent au registre de la nouvelle proprement dite, on verra dans *Faxelange,* une histoire invraisemblable de brigands, où se révèle un art assez naïf du récit qui tient à la fois du conte de fées et de l'épisode picaresque. Cette ingénuité apparaît aussi dans la simplicité avec laquelle l'auteur confesse sa sympathie pour l'héroïne et la quasi-jalousie qu'il éprouve : par exemple, lorsqu'il refuse de la désigner par son nom de femme mariée, une fois révélée l'identité du mari : « Mlle de Faxelange (car son nom de femme nous répugne maintenant) ». Au registre de la fable, il faudrait rattacher le ton du début de *La Double Épreuve* qui est celui d'une maxime que la narration aura pour but, ensuite, d'illustrer : « Il y a longtemps que l'on a dit que la chose du monde la plus inutile était

d'éprouver une femme.,. » La nouvelle historique,
elle, suppose de plus vastes considérations comme
point de départ. C'est souvent pour Sade qui aime
l'Histoire, par instinct, par mode, par tradition littéraire, le prétexte à brosser une large fresque. Que
l'on se reporte à *Juliette et Raunai* où toute la conspiration d'Amboise est évoquée avec la situation de
la France au lendemain de la paix de Cateau-Cam-
brésis.

Que l'impulsion première de la nouvelle soit plus
ou moins ample, une fois qu'elle a été mise en route,
la mécanique est toujours un peu identique, et se
ramène plus ou moins à une conspiration, à un complot, ou, dans le cas le plus bénin, à une « épreuve »,
dans le sens marivaudesque. On peut voir là une
projection d'une des angoisses fondamentales de
Sade. Enfermé, il a perpétuellement le sentiment
d'être victime de machinations. Ces lettres écrites
à sa femme de Vincennes et de la Bastille sont très
révélatrices. Tout devient indice, tout est suspect
aux yeux du prisonnier qui ne peut jamais vérifier
si ses doutes sont fondés ou non, jamais connaître
cette contre-épreuve que lui apporterait le monde
extérieur, s'il lui était donné de sortir de sa claustration. A ce propos, on notera la véritable hallu-
cination arithmétique à laquelle le marquis s'est livré
jusqu'à la fin de ses jours : il s'agit pour lui d'essayer
de contrecarrer les machinations qui se trament à
l'extérieur, en les prévoyant dans son univers parfaitement clos et abstrait, grâce au jeu gratuit des
nombres prémonitoires et de leurs combinaisons
d'une complexité extrême. Ces fantasmes favorisent
donc admirablement chez Sade le recours à ce procédé du récit qu'est la machination avec ces qualités
propres : à la fois déroulement linéaire, complexité
et intensité au cœur du récit, dénouement parfaitement logique et où tout doit se résoudre, comme
dans une tragédie classique, ou dans un roman po-
licier.

La machination s'aide même de la machinerie.
Dans *La Double Épreuve*, le héros n'hésite pas à mo-

biliser une armée de comédiens et à faire exécuter les décors les plus somptueux, les plus coûteux : on se croirait à Versailles, au temps des fêtes royales, qui ne sont d'ailleurs pas encore abolies, lorsque Sade écrit. Le génie théâtral de Sade qui s'exprime si manifestement dans toute son œuvre romanesque, ne néglige pas les machines les plus encombrantes. D'ailleurs la mode, aussi bien dans les jardins que dans la littérature, est aux savants truquages.

Les personnages sont donc toujours amenés à jouer une comédie — ou plutôt une tragédie : ils se déguisent, ou le destin se charge de cacher longtemps, trop longtemps, leur véritable identité. Il peut s'agir de déguisement vestimentaire, en particulier dans *La comtesse de Sancerre* : « Revêtez donc ces habits, continua la comtesse, en présentant à sa fille ceux qui avaient servi au prétendu Salins » — déguisement double donc, puisque ce ne sont même pas les vêtements du véritable Salins. Le résultat de ce déguisement est atroce : Sancerre sera ainsi amené à tuer la femme qu'il aime, et la comtesse de Sancerre, au prix de cette longue intrigue, sera parvenue à exercer contre sa propre fille la vengeance la plus terrible. Mais le travesti porte, plus souvent, sur l'identité même des personnages. Pendant longtemps ils ignorent quels sont les liens de parenté qui les lient, ou bien encore le passé, le nom d'un des acteurs principaux, et c'est grâce à cette ignorance que tout se noue inextricablement, au point que la mort semble le seul recours. Le raffinement du sadisme consiste, dans ce chef-d'œuvre de cruauté qu'est *La comtesse de Sancerre,* à forcer un personnage naïf à revêtir un travesti tout aussi funeste pour celle qui se trouve chargée de tromper que pour celui qu'elle trompe. Avant de forcer sa fille à se déguiser matériellement, pendant toute la nouvelle, sa mère l'avait contrainte à feindre, mâtant sans pitié ses velléités de révolte : « Je veux que cette feinte continue, reprit Mme de Sancerre... »

Le lecteur, lui, entend bien ne pas se laisser prendre aux pièges qui captent les trop naïfs personnages.

A vrai dire, dans ce type de récit, les rapports de l'auteur au lecteur sont parfois difficiles. D'une part, il est bon que le public éprouve un sentiment de supériorité devant la victime; il doit pouvoir exercer sa sagacité, et prévoir ce qu'elle ne soupçonne même pas; ainsi participe-t-il à la joie du bourreau. Mais pour qu'il puisse connaître aussi le bonheur simple, mais toujours efficace, de qui découvre, au fur et à mesure, le déroulement d'une histoire, il est bon qu'il n'ait pas du premier coup deviné tout ce qui va se passer. Partagé entre deux nécessités contradictoires, il ne reste plus qu'une ressource à l'auteur : user à son tour de feintes multiples et suffisamment diverses. Le suspens qu'éprouve le lecteur n'est évidemment pas de même nature que celui que subit le personnage. La révélation n'aura pas pour lui l'effet brusque et bouleversant qu'elle a sur la victime, d'abord parce qu'il est moins concerné, ensuite parce qu'il est infiniment moins surpris et que dès le départ, il se méfiait, alors que la victime est, par définition, d'une innocence à toute épreuve. Pour stimuler, piquer le lecteur, Sade recourt à ce procédé qui consiste à différer sans cesse l'explication. Le lecteur a compris ce qui allait se passer; il brûle de voir enfin éclairci un mystère qu'il est fier d'avoir percé; le nouvelliste l'irrite en retardant le moment où il confirmera le bien fondé des intuitions de son lecteur trop perspicace. Dans *Florville et Courval,* on a tout de suite deviné de quoi il s'agit; mais l'explication sera remise jusqu'à la fin de la nouvelle. Dans *Dorgeville,* de même, le lecteur sait bien qu'il va y avoir une révélation, et il en pressent le contenu, mais elle sera faite le plus tard possible. Il est aussi un autre moyen de combler le lecteur, c'est de dépasser son attente. Dans *Florville et Courval,* s'il avait soupçonné la vérité, peut-être n'avait-il pas une claire conscience de l'extrême complexité de la situation, avant que Florville n'ait révélé à Courval la noirceur de ses crimes.

L'*Idée sur les romans* qui sert de préface aux *Crimes de l'amour* dans l'édition que Sade en a donnée, contient une violente prise à parti de Rétif. Sade lui reproche son style « bas, rampant », ses « aventures dégoûtantes », et de dire « ce que tout le monde sait ». On verra là mépris de grand seigneur pour le plébéien, le paysan; mais il y a davantage : une option morale et esthétique fondamentale. L'expérience de Rétif ne sort de l'ordinaire que par la quantité, si j'ose dire. Tandis que chez Sade, c'est la qualité exemplaire qui seule importe. Mais ce décri de Rétif ne pouvait trouver mieux sa place que dans cette « ouverture » des *Crimes de l'amour*. Tandis que, parallèlement, dans les *Cent vingt journées*, Sade entreprenait de *tout* dire, et de forcer le langage, et par conséquent le lecteur, par la violence même de sa parole et par cette volonté destructrice de dire l'indicible, ici, au contraire, il semble s'être efforcé à recourir au style le plus classique, le plus pudique. Il n'y a ni les allusions grivoises des *Historiettes*, ni la description clinique des *Cent vingt journées*. A la pudeur, se joint cette autre qualité, bien classique : la concision. Tandis qu'ailleurs l'auteur veut harasser son lecteur par l'insistance, l'ampleur, la monotonie, dans *Les Crimes de l'amour,* il évite les longueurs et les redites. Quand il se meut dans le registre du roman noir, Sade conserve pourtant une sobriété parfaite de la démonstration et du récit. Alors que l'esthétique baroque triomphe dans les œuvres les plus violentes de Sade, on trouvera dans *Les Crimes* un chef-d'œuvre du plus pur classicisme.

Les détracteurs de Sade sont impardonnables de s'être attaqués à son « style », et de lui avoir reproché sa grossièreté. Ce qui frappe, au contraire, c'est l'absence de vulgarité, assez remarquable dans des sujets aussi scabreux et très appréciable par rapport aux autres auteurs libertins de cette époque. Qu'il choque par son exubérance baroque, par l'outrance, ou qu'il veuille conserver l'extrême réserve des *Crimes de l'amour,* le style de Sade est toujours celui de l'aristocratie où s'allie étrangement, et avec des dosages différents suivant les œuvres, le vocabulaire technique et les grâces fleuries du XVIIIe siècle. L'alliage est inoubliable, unique. La beauté du récit linéaire et dépouillé ici, tient à cette fantastique violence du langage, complètement endiguée, mais que l'on sent toujours prête à éclater; alors, exécutions, passion, intrigues gardent le sombre feu d'un diamant noir.

BIOBIBLIOGRAPHIE

1740 — Naissance de Donatien-Aldonse-François de Sade.

Seigneur de La Coste et de Saumane, coseigneur de Mazan, l'écrivain est un aristocrate de vieille souche — ce qui ne l'empêchera pas de vouloir renverser l'ordre social : rien n'est plus bourgeois que d'y être attaché. Parmi les ancêtres de la longue lignée des Sade, la plus connue est certainement Laure, femme de Hugues de Sade, et que Pétrarque chanta : il fit plus que la chanter, et l'on est en droit d'imaginer qu'un peu de sang du poète se glissa dans l'antique lignée provençale. L'abbé de Sade qui s'était fait justement l'historien de Pétrarque, se chargea de l'éducation du marquis. Il l'emmena avec lui dans ses châteaux de Saint-Léger d'Ébreuil et de Saumane. Comme René à Combourg, Sade connut les voûtes sombres, l'isolement et le mystère des vieilles demeures seigneuriales.

1750 — L'enfant poursuit ses études chez les jésuites de Louis-le-Grand. La vie des collèges était rude. A Louis-le-Grand, une très grande place était laissée aux activités théâtrales. Sade put donc s'exercer très tôt à jouer : or, il sera hanté toute sa vie par le théâtre (essais de dramaturge, représentations de Charenton; *cf.* aussi les mises en scène de ses romans).

1754 — Sade quitte Louis-le-Grand pour entrer à l'école des Chevau-légers où n'étaient admis que les jeunes gens de la plus ancienne noblesse.

1755 — Il est nommé sous-lieutenant au régiment du Roi, infanterie, et ensuite capitaine de cavalerie. Il participera à la guerre de Sept Ans, et bravement. On peut voir une demi-confidence dans ce passage d'*Aline et Valcour* : « Cette impétuosité naturelle de mon caractère, cette âme de feu que j'avais reçue de la nature, ne prêtait qu'un plus grand degré de force et d'activité à cette vertu féroce que l'on appelle courage. »

1763 — La première passion que nous connaissions à Sade fut celle qui le lia à Mlle de Lauris, châtelaine de Vacqueyras; il était décidé à l'épouser, quand intervint l'opposition de la famille. Il épouse à regret Mlle de Montreuil, de petite noblesse de robe, mais assez riche. La famille de Montreuil avait de puissantes relations à la cour, ce qui, croyait-on, servirait à la carrière de Sade; mais ces relations, en fait, la redoutable belle-mère s'en servit surtout contre son gendre pour obtenir de prolonger ses incarcérations. La fureur et la morgue aristocratique du marquis éclatent dans les lettres qu'il écrira à sa femme : « Comme votre bassesse, celle de votre origine et celle de vos parents éclate en tout. »

Quatre mois après son mariage, le jeune marquis est incarcéré à Vincennes. Il n'y reste guère, grâce à l'intervention de son père : une résidence obligatoire est assignée au marquis : le château d'Échauffais.

Parmi les maîtresses qu'il eut pendant les premières années de son mariage, outre les filles fournies par la Brissault, il faut signaler des comédiennes de l'Académie royale de musique : Mlle Colet, Mlle Beauvoisin qu'il installa même à Lacoste pour un temps : il fit alors restaurer à grands frais le théâtre du château.

Deux « affaires » très révélatrices :

1763 — *Octobre*. Sade passe une nuit avec Jeanne Testard « ouvrière en éventails » : la profanation, « l'impiété horrible » secondèrent un délire sado-masochiste.

1768 — L'affaire d'Arcueil. Rose Keller fut emmenée (d'ailleurs de son consentement : elle prétendit avoir cru en toute bonne foi que le marquis avait des intentions honnêtes) dans sa petite maison d'Arcueil, le dimanche de Pâques : là aussi scène de libertinage où le sadisme semble capital.

Sade est incarcéré à Saumur, puis à Pierre-Encise, près de Lyon.

1768 — *Novembre*. Sade revient à son château de Lacoste. Il est très épris de sa belle-sœur, la chanoinesse Anne-Prospère de Launay; elle l'accompagnera en Italie, en 1772, lorsqu'il fuira. C'est qu'un nouveau scandale avait éclaté :

1772 — *27 juin*. De passage à Marseille, Sade s'était livré à une partie avec des prostituées et son valet. Il avait donné aux filles des bonbons à la cantharide qui les rendirent malades. Voilà le marquis condamné par le Parlement de Provence à la peine de mort pour empoisonnement et sodomie. Il se réfugie à Chambéry. *Décembre* — Il est arrêté par ordre du roi de Sardaigne et conduit au fort de Miolans, dont il s'évade le 1er mai 1773. Après une période où il change souvent de domicile pour dérouter les poursuivants, il revient à Lacoste.

De nouveaux scandales, dont le plus retentissant est « l'affaire des petites filles ».

La présidente de Montreuil est devenue, depuis la séduction d'Anne-Prospère de Launay, l'ennemie acharnée de son gendre. Elle obtient une lettre de cachet.

1777 — *Février*. Sade est emprisonné au donjon de Vincennes.

1778 — *Juin*. L'arrêt du parlement d'Aix est cassé : il n'y a pas eu d'empoisonnement. Sade est pourtant emprisonné encore à Vincennes de *septembre 1778*, à *février 1784;* puis transféré à la Bastille où il écrit *Les Crimes*, les *Historiettes*, la première *Justine*, les *Cent vingt journées*, *Aline et Valcour*. Il sera envoyé à Charenton, pour avoir tenté d'ameuter la foule, en criant qu'on allait égorger des prisonniers à la Bastille.

1789 — La Révolution, qui devait l'emprisonner à nouveau, commença pourtant par le libérer, puisqu'elle avait aboli les lettres de cachet. Il participe activement aux travaux des premiers temps de la Révolution, en particulier à la Section des Piques. Il s'occupe de la réforme des hôpitaux.

1791 — *Justine ou les Malheurs de la vertu*. En Hollande. Chez les libraires associés (Paris, Girouard). 2 vol. in-8.
Adresse d'un citoyen de Paris au roi des Français, Girouard.

1792 — Divers opuscules émanés de la Section des Piques.

1793 — *Août*. Victime de sa modération et de son humanité, Sade est emprisonné. Transféré de prison en prison, il doit d'ailleurs à ces transferts incessants de ne pas être guillotiné avant thermidor : il est sur la liste fatale; mais on ne va pas le chercher dans la prison où il est. La réaction thermidorienne lui donne droit à une période de liberté *(octobre 1794-mars 1801)*.

1795 — *Aline et Valcour, ou le roman philosophique*. *Écrit à la Bastille un an avant la Révolution de France*, chez Girouard, 1793 (1795).
La philosophie dans le boudoir. Ouvrage posthume de l'Auteur de Justine. A Londres, aux dépens de la Compagnie, 1795.
La Nouvelle Justine, ou les Malheurs de la vertu.

1797 — En Hollande.
La Nouvelle Justine, ou les Malheurs de la vertu. Suivie de l'histoire de Juliette, sa sœur. En Hollande, 1797.
Oxtiern, ou les Malheurs du libertinage. Représenté au théâtre Molière en 1791. Chez Blaizot, an VIII.

1799 — *Les Crimes de l'amour. Nouvelles historiques et tragiques*, précédées d'une « Idée sur les romans », par D.A.F. Sade, auteur d'*Aline et Valcour*. Massé, an VIII, 4 vol.

1800 — *L'auteur des Crimes de l'amour à Villeterque, folliculaire*. Massé, an IX.

1801 — Sade est de nouveau incarcéré par le Consulat, comme auteur libertin. Sainte-Pélagie, Bicêtre et enfin Charenton où viendra le rejoindre Marie-Constance. A Charenton, Sade organise des représentations théâtrales. Grande période d'activité littéraire.

1813 — *La marquise de Gange*, Béchet, 1813, 2 vol.

1814 — Malade, Sade demande en vain que la liberté lui soit rendue, quand il meurt le 2 décembre.

Principales éditions posthumes originales

1881. *Dorci ou la Bizarrerie du sort,* publié par Anatole France. Charpentier.

1926. *Historiettes, Contes et Fabliaux,* publiés par Maurice Heine, Société du roman philosophique.

1926. *Dialogue entre un prêtre et un moribond,* publié par Maurice Heine, « Stendhal et Compagnie ».

1953. *Histoire secrète d'Isabelle de Bavière,* publiée par G. Lély, Gallimard.

1953. *Cahiers personnels* (1803-1804), par G. Lély, Corréa.

1964. *Adélaïde de Brunswick,* par G. Lély, Cercle du livre précieux.

1971. *Journal inédit de Sade à Charenton.*

Œuvres de Sade 1) Édition Jean-Jacques Pauvert,
                    2) Édition du Cercle du livre précieux.

Table

IMPRIMÉ EN FRANCE PAR BRODARD ET TAUPIN
Usine de La Flèche (Sarthe).
LIBRAIRIE GÉNÉRALE FRANÇAISE - 43, quai de Grenelle - 75015 Paris.

ISBN : 2 - 253 - 00328 - X ✧ 30/3413/9